Nina Blazon

Die Reise nach Yndalamor

Ravensburger Buchverlag

Umschlagillustration: David Wyatt
Lektorat: Petra Deistler-Kaufmann

Printed in Germany

1 2 3 4 5   11 10 09 08 07

ISBN 978-3-473-52317-7

www.ravensburger.de

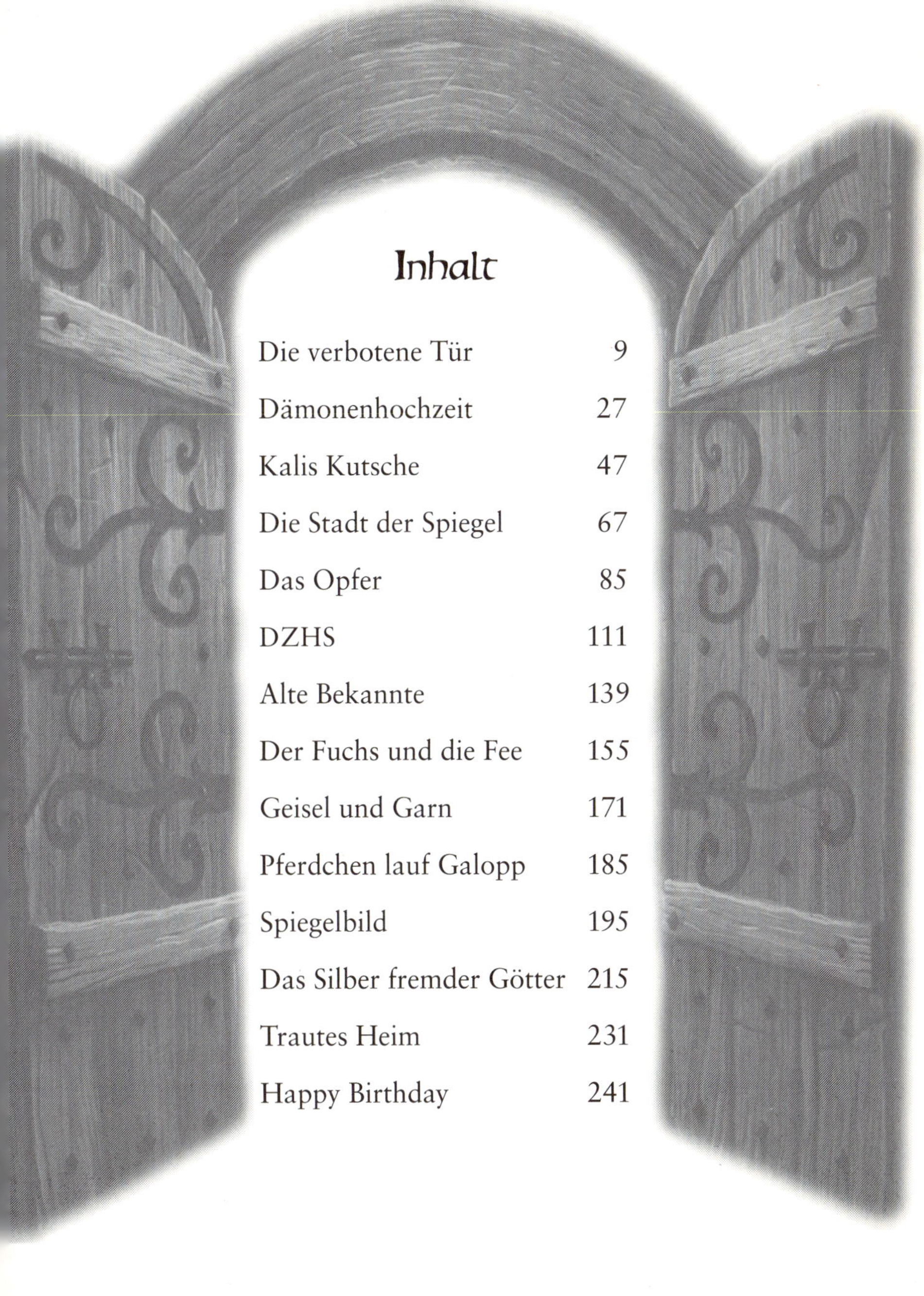

Inhalt

Für Olaf:
Eine Elfe muss tun, was eine Elfe tun muss.

Das Gesetz der Taverne

- Niemand bringt eigenes Essen mit. Schon gar nicht Essen, das sagen kann, wo es wohnt.

- Keine magischen Duelle, keine Verfluchungen. Falls doch: Wanja zeigt euch gerne eure Tür.

- Im Interesse der eigenen Sicherheit: Keine Witze über den Stammtisch der Schicksalsfrauen, Vegetarier oder unsere Katze. Wer über Wanja Witze macht, hat es nicht anders gewollt.

- Gegen Witze über Elfen kann ich nichts machen. Wer solche Ohren hat, braucht sich nicht zu beschweren.

- Achtung, Dämonen und Hexen: Es werden hier keine Kinder geopfert. Es werden keine Erwachsenen geopfert. Es wird gar nichts geopfert, außer vielleicht der letzte Dalar, um die Schankschulden zu bezahlen. (Wir verstehen uns, Baba Jaga?)

- Banshees und Sirenen sind von den Karaoke-Wettbewerben ausgeschlossen.

- Draußen bleiben: Tiere, die beißen, spucken, stechen. Tiere mit magischen Fähigkeiten. Alle anderen Tiere. Leute, die sich in Tiere verwandeln können, betreten die Taverne gefälligst in ihrer zivilisierten Gestalt. Es sei denn, das Tier IST ihre zivilisierte Gestalt.

- Wer die Katze quält, den wird Wanja quälen.

- Seit der Sache mit Fairy-Sam gibt es neue Türen-Regeln: Eine kaputte Tür kostet 18 Dupeten, ein kaputtes Schloss 4 Dupeten. Zu zahlen an Wanja. Persönlich.

- Hausverbot haben: alle Elfen. Welche Überraschung.

Costas H. Dopoulos

Die verbotene Tür

Die Dämonen hatten eine Torte bestellt. Sie hatte nicht viel mit den rosa eingefärbten Marzipan- und Sahne-Kolossen zu tun, wie die Schicksalsfrauen sie gerne für ihre Patenkinder in Auftrag gaben. Das Ungetüm, dem Dopoulos gerade den letzten Schliff gab, erinnerte eher an einen verkohlten Berg. Dopoulos hatte alle Sorgfalt darauf verwandt, die Sahne mit Pfeffer und getrockneter Oktopustinte dunkel einzufärben.

„Gib mir eine Zierschnur, Tobbs!“, brummte er nun. „Eine müsste noch im Karton sein.“ Tobbs rutschte gehorsam von seinem Stuhl und ließ sich auf den Knien neben der großen Kiste nieder, die unter dem Tisch stand. Alles Mögliche fand sich darin: Marzipankugeln, Zuckerperlen und „Spinnenschleier“ aus Salzwurzelsirup, die man malerisch über Gebäck und Kuchen breiten konnte. Und natürlich gab es in der Kiste auch jede Menge Kerzen. In Dopoulos’ Taverne wurde oft Geburtstag gefeiert, auch wenn die meisten Geburtstagskinder nach den ersten hundert oder zweihundert Jahren die Lust daran verloren. Manche der Kerzen sahen aus wie Eiszapfen und glitzerten im

Schein der rußenden Küchenlampen, andere waren unscheinbare Bündel gelblich schimmernder Stangen. Und dann lagen in einer Ecke noch ein paar ganz besondere Kerzen. Tobbs beugte sich tief über die Kiste und suchte. Allerdings hielt er nicht nach der Zierschnur Ausschau. Nein, er suchte nach den auffälligen glutroten Kerzen, die der Wirt erst vor einigen Tagen unter den Sirupnetzen versteckt hatte. Sein Herz machte einen freudigen Satz, als er sah, dass die Kerzen verschwunden waren.

„Schlägst du da unten Wurzeln?“, rief Dopoulos.

Tobbs griff nach der zusammengerollten Schnur und schoss mit hochrotem Kopf nach oben. Dopoulos sah ihn scharf an.

„Was grinst du denn wie ein betrunkener Schnapsgeist?“

„Hier ist sie!“, rief Tobbs statt einer Antwort und hielt dem Wirt die Schnur hin. „Aber sie ist rot-weiß geringelt – sieht aus wie eine Zündschnur, oder?“

Dopoulos zuckte mit den Schultern und nahm die Zierschnur an sich. „Das ist die einzige, die wir noch haben. Erinnere mich beim nächsten Marktbesuch daran, dass wir neue kaufen. Na, für heute lass uns hoffen, dass die Dämonen nicht etwas Ähnliches denken und ein paar Tricks damit versuchen.“ Er seufzte und legte seine Stirn in Falten. „Ich weiß ja nicht, wie es dir geht, aber ich schlage drei Kreuze, wenn diese Veranstaltung vorbei ist.“ Seine Halbglatze glänzte im Licht der Öllampen und seine dicken Finger zitterten, während er versuchte, die Schnur möglichst dekorativ an der Torte anzubringen.

„Das wird bestimmt aufregend!“, erwiderte Tobbs gut

gelaunt. „Wanja hat mir erzählt, dass die Dämonenfrauen sehr gut tanzen können."

„Ja, und dabei beißen sie dir den Kopf ab", brummte der Wirt. „Also, sei höflich und halte dich fern von der Braut. Ich habe keine Lust, mir einen neuen Schankjungen zu suchen. Und sag Wanja, sie soll dir endlich mal das Haar schneiden – so ein magerer, schlaksiger Kerl und so viele Haare! Du siehst aus wie ein Pony. Ein Wunder, dass du überhaupt noch etwas siehst."

Tobbs strich sich die schwarzen, glatten Strähnen aus der Stirn und nahm wieder auf dem Stuhl Platz. Die nächste Frage lag ihm bereits auf der Zunge, aber er befolgte Wanjas Rat und zählte, statt zu fragen, langsam bis zwanzig. Es gab Tage, da konnte man Dopoulos fast alles sagen, und Tage, da brodelte unter der scheinbar so ruhigen Oberfläche ein Vulkan, der jederzeit ausbrechen konnte. Wenn Dopoulos' Augenringe so dunkel waren wie heute und seine Augen so klein und verschwollen von der durchwachten Nacht, dann war Vulkantag, und es war besser, ihm nicht zu widersprechen. Siebzehn ... achtzehn ... neunzehn ..., zählte Tobbs in Gedanken, doch die Frage, die wichtigste Frage von allen, ließ sich nicht mit Zählspielchen einschläfern. Sie sprang herum, drängte gegen seine fest zusammengekniffenen Lippen und wollte hinaus. Schließlich konnte Tobbs nicht länger widerstehen.

„Und nach der Hochzeit ...", platzte er heraus, „also morgen, meine ich, dann feiern wir ..."

„... dann feiern wir deinen Geburtstag, jaja", knurrte Dopoulos.

„Und du erzählst mir alles, was du herausgefunden hast über …“

„… die Leute, die dich damals hier vergessen haben, jaja.“

Die Falten auf Dopoulos’ Stirn wurden noch tiefer. Schwarze Sahne klebte an seiner Wange und an seiner Stirn pochte eine Ader.

„Wanja und du, ihr wart deswegen letzte Woche so lange in der Stadt, nicht wahr?“, wollte Tobbs wissen. „Ihr habt nachgeforscht!“

Dopoulos gab keine Antwort. Vielleicht hatte er die Frage tatsächlich nicht gehört, viel wahrscheinlicher war jedoch, dass er sich wieder einmal taub stellte.

„Den dreizehnten, stimmt’s?“, bohrte Tobbs mit lauterer Stimme weiter. „Ich werde dreizehn. Oder nicht?“

Dopoulos brummte irgendetwas Unverständliches und drückte die Zündschnur tiefer in die Sahne. „Wenn es dir wichtig ist – ja. Wahrscheinlich. Vermutlich. Wer weiß das schon so genau. Jedenfalls siehst du aus wie jemand, der dreizehn Jahre alt ist. Bisschen mickrig vielleicht, aber trotzdem.“

„Aber du hast doch gesagt …“

„Jaja. Aber du weißt ja, wie es hier in unserer Taverne ist. Eine Nacht kann ein Jahr sein und ein Jahr ein Tag. Hier verläuft die Zeit nicht immer so wie an anderen Orten. Erinnerst du dich noch an Muttke Pillepie?“

Tobbs nickte eifrig. „Sie kam am Sonntag in die Taverne und war zwanzig Jahre alt – und am Montag kam sie wieder – und da war sie plötzlich eine alte Frau. Sie sagte, sie sei fünfzig Jahre nicht in der Taverne gewesen, und fragte mich, ob ich Tobbs' Enkel sei."

„Siehst du, genau das meine ich."

„Aber Muttke kam durch eine der Türen – ich bin nur mit Wanja in die anderen Länder gegangen – und auch nur in die, in denen die Zeit so schnell läuft wie bei uns. Und hier in unserem Land und in der Taverne ist immer dieselbe Zeit und …"

„Hör mal, Schankjunge", unterbrach ihn Dopoulos ungeduldig. „Geh doch mal raus und sieh nach, wie weit Wanja mit dem Gaul ist. Geburtstag ist Geburtstag und Hochzeit Hochzeit. Und jetzt kommt erst einmal die Hochzeit. Wir müssen anfangen, den Gastraum herzurichten. Tische rücken, Stühle aus dem Keller holen, Lampions aufhängen und so weiter. Na los, geh, geh, geh!" Er fuchtelte mit seiner riesigen Hand in der Luft herum. Ein Sahneklecks landete auf Tobbs' Handrücken. Tobbs leckte ihn ab. Beißender Pfeffergeschmack trieb ihm die Tränen in die Augen. „Ach, und stell im Nebenraum das Warnschild für die Todesfeen auf", fügte Dopoulos hinzu. „Sie sollten wissen, dass es heute Abend vielleicht knallen wird. Schließlich wollen wir nicht, dass am Montag die Leute tot von den Stühlen fallen, nur weil die Todesfeen in meiner Taverne am Sonntag aus dem Kreischen nicht mehr rausgekommen sind."

Tobbs schluckte seine Enttäuschung mit der Pfeffersahne hinunter, nickte und machte sich auf den Weg. Er musste sich beeilen, denn von der Konditorküche bis zum großen Wirtsraum war es eine ordentliche Strecke, genauer gesagt vier Gänge, drei schmale Flure und der erste kleine Wirtsraum, der meistens für den Stammtisch der Schicksalsfrauen reserviert war. Tobbs hatte sich schon oft gefragt, was sich der Erbauer des Wirtshauses wohl dabei gedacht hatte, mehr Gänge als Räume anzulegen. Und jedes Jahr schienen noch mehr Gänge dazuzukommen, aber Tobbs wusste natürlich, dass es eine Täuschung war. Tatsächlich wurden es nur mehr Türen – alleine zwanzig befanden sich im ersten Flur. Von innen sahen sie unscheinbar aus. Nur die Türglocken klangen unterschiedlich und verrieten, wer an der Tür war. Götter aus Yndalamor kündigten sich durch das Klingeln von Opferglöckchen an. Standen die Dämonen aus dem Olitai-Gebirge vor der Tür, erklang Donnergrollen. Für die Sylvanier hatte Dopoulos eine nicht gerade originelle Klingel mit einem Fledermausschrei angebracht und für die Leute aus Wanjas Heimat Kasatschok-Musik. Es gab Abende, da hörte sich der Lärm im Gang an wie das ohrenbetäubende Konzert einer verrückten Band, begleitet von Heulen, Schreien, Kreischen und Wolfsgeheul. Doch die Bewohner der Länder vor den Türen konnten klingeln, so viel sie wollten – solange Dopoulos sie nicht in seine Taverne ließ, blieben sie, wo sie waren.

Die Tür, durch die in wenigen Stunden die Dämonen des Olitai-Gebirges eintreten würden, befand sich am Ende des Flurs. Die Türzarge trug die Spuren von Feuer und Ruß. Tobbs schauderte, als er daran vorbeirannte. Eine Dämonenhochzeit! Noch nie hatte es so etwas in der Taverne gegeben. Jedenfalls nicht, seit Tobbs hier lebte, und das waren immerhin schon zwölf Jahre. Nein, seit heute waren es dreizehn Jahre, auch wenn seine Feier erst morgen stattfinden würde. Beim Gedanken an die roten Kerzen stahl sich wieder das breite Grinsen auf sein Gesicht.

Er stürmte in den nächsten Flur und durch den kleinen Wirtsraum, bis er endlich den Hintereingang der Taverne erreichte, der in den Hof führte. Als er das blonde Mädchen sah, das dort stand, war es bereits zu spät, noch umzukehren.

„Hallo, Tobbs", sagte sie leise.

Tobbs blieb stehen und räusperte sich. „Guten Tag, Anguana. Ich hab's eilig. Ich muss zu Wanja …"

Er machte Anstalten, an ihr vorbeizueilen, doch Anguana trat wie beiläufig einen Schritt zur Seite und schnitt ihm den Weg ab. Jetzt erst bemerkte er, dass sie etwas in den Händen hielt, so behutsam, als würde sie im Käfig ihrer hohlen Hände einen Schmetterling bergen. Ihre Augen strahlten so hell wie die blauen Eiskerzen, wenn sie entzündet wurden.

„Ich … wollte dir gratulieren", flüsterte sie. „Du hast heute Geburtstag. Wanja hat es mir erzählt. Herzlichen Glückwunsch." Tobbs seufzte und rang sich ein Lächeln ab.

„Danke. Das ist … wirklich nett von dir. Und jetzt muss ich aber …"

Er verstummte, als er sah, wie sie die Hände ausstreckte und einen Schritt auf ihn zutrat. Ihr langer, blauer Rock schleifte über den Boden. Auch heute konnte Tobbs es sich nicht verkneifen, einen verstohlenen Blick auf den Saum zu werfen, über den Anguana so oft stolperte. Jeder in der Taverne wusste, was sich darunter verbarg – aber jeder, dem sein Glück lieb war, würde sich davor hüten, Anguana zu verspotten. Warum auch? Im Grunde war sie einfach nur ein nettes Mädchen – und, wenn man es genau nahm, sogar hübsch. Wenn sie nur nicht jedes Mal so große, ängstliche Augen bekäme, sobald Tobbs ihr über den Weg lief! Und das passierte nicht gerade selten. Seit einigen Tagen hatte Tobbs das Gefühl, dass er kaum einen Schritt machen konnte, ohne dass Anguana wie durch Zauberei neben oder hinter ihm auftauchte und versuchte, ein Gespräch mit ihm anzufangen. Dabei lief sie jedes Mal so rot an wie seine Geburtstagskerze und begann zu stottern. Noch lästiger war die Tatsache, dass die Schicksalsfrauen, die neuerdings bei Tobbs' Anblick ohnehin die ganze Zeit tuschelten und hinter vorgehaltener Hand kicherten, von Anguana entzückt waren und sie auch noch ermutigten. Wo er auch hinging, Anguana saß in der Ecke und folgte mit ihren großen Augen jeder seiner Bewegungen. Tobbs wusste, dass sie aus keinem der Türenländer stammte, sondern aus den Bergen südlich der Stadt kam. Und er wusste auch, dass die Menschen dort Wesen wie sie entweder sehr liebten oder sehr hassten. Tobbs liebte sie nicht und hasste sie nicht – sie ging ihm nur auf die Nerven.

„Du ... weißt, dass es Glück bringt, wenn ... jemand wie ich einen Glückwunsch ausspricht?“, fragte sie leise.

Tobbs fuhr sich nervös durch das Haar und rollte mit den Augen. „Ja ... danke. Glück kann ich immer gebrauchen.“

„Du hast es nun“, sagte Anguana ernst. „Verschwende es nicht.“

Sie holte tief Luft und fuhr mit feierlicher Stimme fort: „Das hier ist Anguanas besonderes Geschenk.“ Vorsichtig klappte sie die Hände auseinander. Tobbs blickte Hilfe suchend über ihre Schulter.

Auf dem Hof stand Wanja in ihrer ledernen Schmiedeschürze und beschlug ein Pferd. Doch sie machte keine Anstalten, Tobbs beizustehen, stattdessen zuckte sie nur die Schultern, was bei ihr aussah, als würden zwei Berge verrutschen, und beugte sich wieder über den Huf, den sie gerade für das Eisen zurechtschnitt.

Tobbs seufzte und sah sich endlich das weiße Ding in Anguanas Händen an.

„Oh ... danke“, sagte er und versuchte, erfreut auszusehen. „Das ist ein schöner ... äh ... Spinnenkokon?“

Anguana lächelte geheimnisvoll. „Schau doch hinein!“ Vorsichtig ließ sie das seltsame Geschenk auf Tobbs’ Handfläche rollen.

Tobbs hielt sich den Kokon vor die Nase und drehte ihn hin und her. „Da ist ein blauer Faden drin.“

„Garn!“, rief Anguana. „Garn, das niemals ausgeht! Ich habe es selbst gesponnen. Da, wo ich herkomme, ist es das Schönste, was ein Mensch bekommen kann. Freust du dich?“

Tobbs gab sich geschlagen und schenkte ihr das Lächeln, auf das sie so lange gewartet hatte.

„Ja, sicher“, sagte er. „Es ist sehr ... äh ... nützlich. Danke!“

Endlich richtete sich Wanja auf und winkte ihn zu sich heran.

„He, Tobbs“, rief sie über den Hof. „Komm mal her, ich brauche deine Hilfe. Entschuldige, Anguana. Wir haben es heute eilig.“

Anguana zuckte zusammen. „Natürlich“, murmelte sie. „Wir sehen uns bestimmt später noch.“ Und mit einem Mut, den Tobbs ihr nie zugetraut hätte, umarmte sie ihn zum Abschied und rannte durch die Hintertür ins Wirtshaus. Verdutzt sah Tobbs ihr nach. Auf dem schlammigen Boden, der von den Regenfällen der letzten Tage durchweicht war, zeichneten sich Anguanas Fußspuren ab: ein Menschenfuß und – daneben, ganz klein und irgendwie verschämt – der Abdruck eines Ziegenhufs.

Wanjas Lachen riss Tobbs aus seinen Gedanken. „Nun mach doch nicht so ein Gesicht, nur weil ein Mädchen dir etwas geschenkt hat. Nicht jedem wünscht Anguana Glück! Komm her, du kannst mir die Feile reichen.“

Tobbs schob den kleinen Kokon in seine Jackentasche und ging in respektvollem Abstand um das Pferd herum. Das Tier war rot wie dunkles Blut und hatte eine Mähne, die golden glänzte. Und gemeine Augen. Tobbs fühlte sich in der Gegenwart von Pferden nie besonders wohl, aber dieses hier schien nicht nur viel zu groß, sondern auch niederträchtig zu sein. Es beobachtete ihn aus kleinen, funkelnden Drachenaugen. Tobbs war sich ziemlich sicher, dass es insgeheim boshaft in sich hineingrinste. Langsam beugte er sich zu der Feile hinunter, die auf einem Holzbrett lag. Und ebenso langsam, wie er sich dann wieder aufrichtete, legte das Pferd die Ohren an und zeigte ihm mit einem launischen Grinsen sein gelbes Gebiss.

„Wo bleibt die Feile, Tobbs!“, kam Wanjas ungeduldige Stimme aus der Schweifgegend. Tobbs brummte ein missmutiges „Kommt schon!“ und umrundete das Tier ein zweites Mal, diesmal in der anderen Richtung in einem noch größeren Bogen. Das Pferd schielte ihm hinterher und schätzte offenbar die Entfernung zwischen seinem Hinterhuf und Tobbs’ Knie genauestens ab. Anscheinend wusste es sehr genau, dass Tobbs ihm nahe kommen musste, um Wanja das Werkzeug zu reichen.

Tobbs blieb stehen. „Weißt du was, Wanja?“, rief er. „Ich bleib hier. Fang auf!“

Wanja gab einen überraschten Laut von sich und schoss hoch. Ihr rotes Gesicht erschien über der Kruppe des Pferdes. Jeder andere hätte sich mit einem Entsetzensschrei vor der heransausenden Feile in Sicherheit gebracht, aber Wanja fischte das Werkzeug so ruhig aus der Luft, als wäre es ein Spielball.

„Na vielen Dank“, murrte sie. „Hast du etwa Angst vor Rubin? Du solltest dich mit ihm vertragen, er bleibt bei uns. Je eher ihr euch aneinander gewöhnt, desto besser.“

Das Pferd schenkte ihm ein zähnefletschendes Gähnen. Tobbs schluckte. Vielleicht hieß das Fletschen so viel wie: „Ich kann warten“?

Wanja stützte sich auf den Pferderücken auf wie auf ein Fensterbrett und lächelte Tobbs voller Besitzerstolz zu.

„Guter Kauf, was? Ein echter Goldrusse. So hübsch, als wäre er direkt von einem der Lackdöschen gesprungen, die mit Pferden bemalt sind. Und er ist so stark, dass er eine Ladung Weinfässer ohne Mühe vom Taldorf zur Taverne tragen kann!“

Sie strahlte über das ganze sommersprossige Gesicht. Braune Locken fielen ihr über die muskulösen Schultern. Wanja sah so aus, wie Tobbs sich die Dämonenfrauen aus dem Süden des kargen Olitai-Gebirges vorstellte – stark und schrecklich und auf seltsame Weise schön.

„Bisher haben wir doch auch kein Pferd gebraucht“, wandte er lahm ein. Die Vorstellung, diesem Ungetüm jeden Tag begegnen zu müssen, war ungefähr so verlockend wie die Aussicht auf Pfeffersahne zum Frühstück.

Wanjas Augen blitzten auf.

„Etwas zu brauchen ist die eine Sache“, antwortete sie verschmitzt. „Aber etwas zu wollen eine ganz andere. Und darum geht es letztendlich. Alles geschieht, weil wir etwas wollen – und nur selten dann, wenn wir etwas nur brauchen.“

Sie lachte ihr kehliges Lachen, das Tobbs sonst immer wie eine warme, kräftige Umarmung umfing, und bückte sich wieder nach dem Huf.

Tobbs seufzte tief und das Geräusch schien in seiner Brust wiederzuhallen. Das Gefühl der Leere war wieder da – und die Unruhe, die ihn seit Wochen immer wieder ohne Vorwarnung überfiel. Oh ja, er verstand Wanjas Worte, sie waren wie für ihn gemacht. Denn Tobbs wollte etwas, er wollte etwas so sehr, dass er manchmal glaubte, verrückt zu werden, so sehr drehten sich all seine Gedanken darum. Und die leere Stelle in seiner Brust hatte sich in eine Kammer mit heißen, sehnsuchtsvollen Flammen verwandelt. Jedes Wort konnte die Flammen auflodern lassen. Tobbs sehnte sich danach zu wissen, woher er kam. Und gleichzeitig fürchtete er sich davor – jetzt, da dieses Ziel nur noch einige Stunden entfernt war.

„Freust du dich schon so auf die Feier?“, kam Wanjas Stimme hinter dem Pferd hervor.

„Und wie!“, rief Tobbs. „Natürlich! Dopoulos hat schon die Kerzen für meine Geburtstagstorte …“

„Nicht der Geburtstag!“, gab Wanja ungeduldig zurück. „Die Hochzeit meine ich!“

Tobbs seufzte wieder. Wollte denn heute niemand außer Anguana über seinen Geburtstag sprechen? Obwohl er geduldig sein wollte, spürte er, wie seine Laune sich verschlechterte. So viele Worte, so viele Fragen. Aber Wanja und Dopoulos hielten immer zusammen. Wenn Dopoulos ihm nichts sagte, würde er von Wanja erst recht kein Wort über das Thema hören.

Ein schleifendes Geräusch ertönte, als die Schmiedin den Huf zurechtfeilte. Tobbs glaubte, ein paar goldene Funken zu sehen, die zischend im Matsch verloschen, aber er verzichtete lieber darauf, näher heranzugehen. Endlich tauchte Wanja wieder auf und ging um das Pferd herum.

„Früher bin ich oft mit den Dämonen tanzen gegangen“, sagte sie. „Als ich jünger war. Richtig schöne Feste waren das! Mitten im Winter, auf der Spitze eines vereisten Berges. Oh, gute Pferde brauchte man, um dort hinaufzugelangen. Mit geschärften Hufeisen aus den Kronen gefallener Könige …“

„Dopoulos sagt, wir sollen die Tische aufbauen“, unterbrach Tobbs sie grob. Wenn Wanja nicht über seinen Geburtstag reden wollte, hatte er auch keine Lust, sich ihre Geschichten über Dämonenfeste anzuhören. Wanjas verträumtes Lächeln verschwand schlagartig.

„Dopoulos, Dopoulos!“, rief sie ärgerlich und warf die Arme in die Luft. „Meine Güte, immer das gleiche Theater, weil er denkt, wir werden nicht rechtzeitig fertig. Dabei haben wir doch noch Stunden Zeit!“ Sie kam auf Tobbs zu, beugte sich zu ihm hinunter und legte ihm die Hand auf die Schulter. Das Gewicht ihres Arms drückte, als hätte er sich einen ganzen Stapel Feuerholz aufgeladen. „Und für dich haben wir heute sogar eine besondere Aufgabe“, sagte sie mit einem schelmischen Grinsen. „Du kümmerst dich um den Kindertisch.“

„Was?“ Tobbs wäre gerne empört einen Schritt nach hinten getreten, aber Wanjas schwere Hand abzuschütteln war fast unmöglich und hätte zudem wenig würdevoll gewirkt. Das Pferd wieherte schadenfroh.

„Hat Dopoulos es dir noch nicht gesagt? Die Dämonen haben einen kleinen Zusatztisch bestellt.“ Sie lächelte ihm aufmunternd zu. „Aber du brauchst dir keine Sorgen zu machen. Dämonenkinder sehen ihren Eltern überhaupt nicht ähnlich. Das kommt erst viel später. Am Anfang sind sie alle hübsche kleine Engel. Allerdings sind sie hübsche kleine Engel, die nur Unsinn im Kopf haben. Du solltest ein Auge auf sie haben.“

Tobbs verzog den Mund. Na wunderbar! Er würde also seinen dreizehnten Geburtstag damit verbringen, auf die

Gören der dämonischen Gäste aufzupassen. Wirklich ganz fantastische Aussichten!

„Kopf hoch, Junge!", sagte Wanja und nahm endlich die Hand von seiner Schulter. „Das wird die Hochzeit des Jahrhunderts!"

Der Saal konnte sich sehen lassen. Und nicht nur das – Tobbs hatte den Eindruck, noch nie zuvor an diesem Ort gewesen zu sein. Die Tische und Stühle waren mit Flechtwerk verziert – Steinranken und Wüstenröschen. Distelsträuße zierten die Gestecke über Türen und Fenstern. Lampions aus hauchfeinen Salzkristallschalen verströmten heimeliges Licht und die Wände hatten Dopoulos und Wanja mit einem schillernden Stoff verhängt, der je nach Blickrichtung blau oder blutrot aufleuchtete – ein verwirrendes Farbenspiel, das Tobbs ganz besonders gefiel.

Draußen wurde es bereits dunkel. Bald würden die Köche aus der Stadt kommen – fünf Brüder, alles grobe, breitschultrige Männer, die mit brummiger Stimme Witze rissen und versuchten, Wanja zum Lachen zu bringen, was ihnen allerdings nur äußerst selten gelang.

„So", sagte Dopoulos und blickte sich zufrieden um. „Das hätten wir geschafft, nun ist alles bereit. Und wir können uns sogar noch ein wenig ausruhen, bevor der Trubel beginnt."

„Fast alles", bemerkte Wanja. „Tobbs und du, ihr müsst noch die Schilder an die Türen hängen."

Dopoulos klatschte sich mit der Hand an die Stirn. „Natürlich. Gut, dass du mich daran erinnerst."

Wenig später stand Tobbs mit ihm in einem der vielen Flure. Unzählige Schlüssel klapperten an einem schweren Eisenring, den Dopoulos stets bei sich trug. Tobbs bewunderte den Wirt dafür, wie schnell er, ohne hinzusehen, den passenden Schlüssel für die jeweilige Tür herausfischen konnte. Die Schlüssel sahen nur auf den ersten Blick alle gleich aus, denn Dopoulos hatte jeden einzelnen mit Kerben und Kratzern markiert und erfühlte so geschickt wie ein Blinder den richtigen.

Tür für Tür schloss er nun auf und öffnete sie. Dann reichte Tobbs ihm ein Schild mit der Aufschrift ***Heute geschlossene Gesellschaft***, das der Wirt an Haken, Nägel oder Äste an die Außenseiten der Türen hängte, bevor er sorgfältig wieder abschloss und noch einmal, um sicherzugehen, an den Türklinken rüttelte. Bei jeder Tür reckte Tobbs den Hals und warf einen Blick in eines der Länder. Immer noch lief ihm dabei ein Schauder über den Rücken.

Noch nie hatte er allein eine der Türen durchschritten, aber er wusste von seinen kurzen Ausflügen mit Wanja, dass das Wirtshaus in jedem Land anders aussah. Und durch jede Tür blickte er nun in ein anderes Land: Hinter der Tür zu Sylvanien führte ein mondbeschienener Weg zu den schwarzen Silhouetten spitzer Berge. Die Tür zum Land der Tajumeeren öffnete sich zu einem in der Sonne gleißenden Sandstrand. Wenn Tobbs sich vorbeugte, konnte er erkennen, dass die Tür von außen über und über mit Muscheln bewachsen war. Dopoulos hängte das Schild an den Arm eines Seesterns. Und so ging es weiter – von Land zu Land und von Tür zu Tür.

An der Tür zu Yndalamor ging Dopoulos jedoch vorbei.

„Warum hängst du hier kein Schild auf?“, rief Tobbs dem Wirt hinterher.

Dopoulos winkte ab. „Was ist, wenn Kali ihren Tee trinken möchte?“, knurrte er. „Soll ich sie etwa aussperren oder was?“

Der Wirt hatte sich wohlweislich von Tobbs abgewandt, aber an der großen kahlen Stelle an seinem Kopf erkannte Tobbs doch, dass Dopoulos vor Verlegenheit rot wurde. Tobbs grinste und beeilte sich, zu ihm aufzuholen.

Es dauerte eine ganze Weile, bis sie alle Türen abgegangen waren – nur die Tür zu Gwinnydell blieb verschlossen, obwohl jemand auf der anderen Seite beharrlich gegen das Holz hämmerte und wüst lamentierend Vermutungen über den zweifelhaften Lebenswandel von Dopoulos’ Mutter anstellte.

„Gib es endlich auf, Sam!“, rief Dopoulos im Vorübergehen. Einen Augenblick war Stille, dann prasselte ein ganzer Hagel von Schimpfworten gegen die Tür. Dopoulos schüttelte nur den Kopf und brummte etwas von „Elfengesocks“.

Schließlich gelangten sie zu dem schmalen Gang, der zu den Schlafräumen führte. Tobbs schlief im alten Gesindezimmer auf der Ofenbank, direkt unter dem knarrenden Dach, wo er dem Rascheln der Mäuse im Dachstroh lauschen konnte. Dopoulos’ Bett stand in dem größeren Raum daneben, aber jeder wusste, dass er es nicht benutzte. Dopoulos schlief nie. Er nickte höchstens im Sitzen ein, um nach einigen Augenblicken wieder aufzuschrecken und zu lauschen, als würde er etwas Schlimmes erwarten.

Wenn Tobbs nachts wachlag, hörte er, wie der Wirt durch die Gänge streifte. Nacht für Nacht drehte Dopoulos seine Runde mit dem großen Schlüsselbund, rüttelte an den Schlössern und prüfte, ob sein Wirtshaus gut verschlossen war. Er wusste nicht, dass Tobbs ihm seit einiger Zeit nachschlich. Und er wusste auch nicht, dass Tobbs wusste, dass der Wirt immer an einer bestimmten Stelle des Flurs stehen blieb.

Tobbs vermutete, dass sich dort früher einmal eine Tür befunden hatte. Die Stelle lag an der Kellertreppe und sah aus, als wäre hier vor langer Zeit ein Durchgang einfach in die Mauer gebrochen und später wieder zugemauert worden. Oft schlich Dopoulos auch tagsüber dorthin und hielt die Schlüssel mit der Hand fest, damit sie nicht klirrten. Dann legte er sein großes Ohr an den Stein und lauschte besorgt. Nach einer Weile seufzte er und schlurfte davon.

Manchmal wagte sich auch Tobbs zu dieser zugemauerten Tür vor und legte dort ebenfalls sein Ohr an den kalten Stein. Das Geräusch, das er dann hörte, jagte ihm jedes Mal einen Schauer über den Rücken. Es hörte sich an wie Krallen und Klauen. Sie kratzten mit einer Beharrlichkeit, die an Mordlust grenzte, kratzten und kratzten, als wollten sie sich ins Wirtshaus durchgraben.

Kein Zweifel: Jemand wollte herein. Und es war sicher niemand, dem Tobbs im Dunkeln begegnen wollte.

Dämonenhochzeit

Tobbs musste eingenickt sein. Eben noch hatte er sein Gesicht in das wolkenfarbene Lammfell auf seiner Bettstatt geschmiegt und den Mäusen gelauscht – und jetzt spürte er Schnurrhaare über seine Wange streichen. Die Mäuse waren verstummt.

Er blinzelte und schlug die Augen auf. In seinem Raum war es dunkel geworden! Im Mondlicht, das durch die schmale Fensterluke des Gesinderaums drang, leuchteten Nekis Augen. Die Wirtshauskatze maunzte und gähnte so herzhaft, dass ihre spitzen Eckzähne im fahlen Licht aufblitzten. Ihr langer Schwanz strich über Tobbs' Hand.

„Oh nein, habe etwa ich verschlafen?", murmelte Tobbs. Neki maunzte wieder und sprang von der Ofenbank. Es gab ein dumpfes Geräusch, als wäre ein schwerer Kartoffelsack auf den Boden gefallen. Tobbs sah den Schatten der Katze über den Boden huschen und hörte stampfende Pfoten. Neki war tatsächlich die einzige Katze, die stampfte. Mit ihrem Gewicht blieb ihr auch nichts anderes übrig.

Tobbs schoss hoch und fuhr sich durch die Haare. Ohne die Kerze anzuzünden, sprang er von der Ofenbank und rannte zu dem Stuhl, auf dem seine graue Wolljacke lag. Die dunklen Umrisse seiner Holzfiguren zeichneten sich vor der Wand ab. Tobbs wusste genau, welche Figur an welcher Stelle stand. Genau genommen waren es immer zwei Figuren – Paare. An den vielen langen Abenden, an denen Tobbs darüber nachgrübelte, wo seine Eltern sein könnten, schnitzte er sie. Mal waren es Tajumeeren, mal Sylvanier, Rusaner, Tobiten oder Menschen aus ganz anderen Ländern. Wann immer Wanja in einem der Türenländer auf Reisen war, brachte sie ihm ein kleines Souvenir mit: ein kleines Stück Stoff für die Kleider, eine Muschel für den Kopfschmuck des Tajumeeren-Mannes oder eine kleine Harpunenspitze für dessen Frau. Vierzig Figuren waren im Laufe seines Lebens entstanden und mit Gegenständen aus den verschiedensten Ländern ausgestattet worden. Tobbs liebte seine geschnitzten Mitbewohner so sehr, als seien sie lebendige Menschen. In gewisser Weise waren sie das auch: seine hölzerne Familie. Umso aufgeregter war er bei dem Gedanken, dass er morgen endlich erfahren würde, welche zwei Figuren ganz und gar zu ihm gehörten. Im Hinausgehen streckte er die Hand aus, strich kurz über die beiden in schwarzen Filz gehüllten Holzfiguren aus Tinadin und huschte aus seinem Zimmer. Tobbs brauchte kein Licht, er kannte jeden Winkel der Taverne so gut, dass er sich sogar mit geschlossenen Augen mühelos durch das Haus bewegen konnte.

In der Küche herrschte bereits Betrieb, die dröhnenden Stimmen der Köche hallten in den Fluren. Im großen Festsaal standen drei der Mädchen, die Dopoulos als Aushilfen aus der Stadt geholt hatte, und hörten sich die letzten Anweisungen des Wirtes an.

„Den Dämonen auf gar keinen Fall in die Augen schauen", sagte er mit Nachdruck. „Keine Diskussionen mit den Dämonenfrauen zum Thema Leben, Tod und Liebe. Und bitte: keine Wetten! Die richtige Anrede für die Herrschaften Dämonen lautet: ‚Ihro Olitai', am besten verbunden mit einem sehr höflichen ‚sehr wohl' oder ‚natürlich sofort'. Und vergesst nicht: Keinesfalls zum Tanz auffordern lassen. Verstanden?"

Die Mädchen kicherten und nickten. Dopoulos seufzte ohne viel Hoffnung und sah sich nach Tobbs um. Tobbs konnte sich keinen Reim darauf machen, woher der Wirt immer genau wusste, ob sein Schankjunge in der Nähe war.

„Ah!", brummte er. „Da bist du ja! Da drüben steht dein Tisch. Auch für dich gilt: keine Wetten, kein Tanz und weg von der Braut! Ansonsten musst du nichts beachten. Pass einfach gut auf, dass sich niemand aus dem Raum schleicht und im Weinkeller irgendwelche Dummheiten anstellt."

Tobbs warf einen wenig begeisterten Blick zum Kindertisch. „Ich habe schon verstanden!", entgegnete er. Neki war herangeschnurrt und strich an seinen Beinen entlang. Ihr herzförmiges Gesicht grinste zu ihm herauf. Das Fell der großen Katze war dreifarbig – rot und weiß und schwarz – und über Augen und Nase hatte sie einen Fleck, der wie eine schwarze Maske wirkte. Gerade wollte Tobbs sich zu ihr hinunterbeugen, als ein Donnerschlag den Raum erschütterte. Die Katze legte die Ohren an und floh, so schnell sie konnte. Dopoulos klatschte nervös in die Hände und griff nach seinem Schlüsselbund. „Also dann!“, rief er. „Es geht los!“

Sie betraten den Raum wie Sieger ein unterworfenes Land. Jeder ihrer Schritte schien von einem leisen Donnergrollen begleitet zu sein. Mit ihrer Ankunft im geschmückten Festsaal begannen alle Farben zu pulsieren, das Licht wurde dunkler und geheimnisvoller und leuchtete gleich darauf wieder auf, als würden die Flammen in den Lampions sich nicht entscheiden können, ob sie sich vor Ehrfurcht ducken oder vor Bewunderung erstrahlen sollten. Tobbs stand hinter einem der Stühle am Kindertisch und hielt sich an der Lehne fest. Er hatte schon den einen oder anderen Dämon gesehen, aber der Anblick, der sich ihm hier bot, machte ihn schwindlig.

Die Braut trug ein Gewand aus grünem Schlangenleder, das an manchen Stellen mit ihrer Haut verwachsen schien. Gefahr umhüllte sie wie ein schimmernder Schleier. Tobbs konnte gar nicht anders, als sich zu fürchten. Ihr Kopf war kahl und ihre grünen Augen hatten keine Pupillen, dennoch war sie schöner als alle Frauen, die Tobbs je gesehen hatte. Der Bräutigam hatte einen Wolfskopf und trug an seinem Gürtel ein schrecklich anzusehendes Richtschwert. Das Rauschen von Schwingen erfüllte den Saal, als sich einige geflügelte Dämonenfrauen ganz am Ende des Tisches niederließen. Mehrere grünäugige Hunde sprangen auf die

Stühle und verwandelten sich dort in finster dreinblickende Kreaturen, halb Mensch, halb Tier.

Dopoulos verbeugte sich tief vor einem Ritter, der eine Schlange in der Hand hielt. Tobbs wunderte sich gerade, dass der Wirt an diesem Abend nicht auf seine eisernen Tavernenregeln verwies, als die Schlange sich plötzlich verformte, Beine und Arme bekam und zu einer schuppenhäutigen Dame wurde. Der mürrische Dopoulos verwandelte sich auch – und zwar in einen gut gelaunten, lächelnden Gastgeber, der jeden einzelnen der Dämonen mit einer tiefen Verbeugung begrüßte, ihn zu seinem Stuhl geleitete und sogar mit stierköpfigen Ungeheuern sprach, als wären es alte Freunde.

Mehr und mehr Gäste strömten in den Raum – längst hätte es in der Taverne viel zu eng sein müssen, aber mit jedem Gast schien der Saal sich weiter auszudehnen. Die Begrenzungen verschwammen, die Tische sahen gewaltig aus und statt der mit Stoff verhängten Steinwände erstreckte sich vor Tobbs' Augen ein strahlend blauer Nachthimmel, in den sich rote Schlieren mischten.

„He, schläfst du?"

Ein Zupfen an seinem Ärmel holte Tobbs in die Wirklichkeit zurück. Irritiert blickte er nach rechts. Ein Junge, der ihm nicht mal bis zur Schulter reichte, grinste ihn an. Hellblonde Locken umrahmten ein sanftes Gesicht. Die Haut des Jungen war hell und so fein, dass sie fast durchsichtig wirkte. Tobbs fielen auf Anhieb mindestens drei Dorfmädchen ein, die für eine solche Haut, ohne zu zögern, ihre Großmutter verkauft hätten. Nur die grünen

Augen ohne Pupillen erinnerten daran, dass der Junge ganz bestimmt kein Engel war.

„Nein, sehe ich so aus, als ob ich im Stehen schlafe?", gab Tobbs zurück.

Der Junge kicherte. „Woher soll ich wissen, wie du schläfst? Agasch kann sogar schlafen, wenn sie kopfüber von einem Baum herunterhängt."

„Wer ist Agasch?"

„Na, die Braut – meine Schwester!" Mit einer anmutigen Geste deutete der Junge auf die Schlangenbraut, die eben in ihrem mit Disteln geschmückten Sessel Platz nahm, und fügte geheimnisvoll hinzu: „Sie bringt Krankheiten und hat den bösen Blick, die Gebirgsleute nennen sie das lebendige Verderben. Außerdem frisst sie Kinder."

„Aha", erwiderte Tobbs. Er hoffte, der Junge würde nicht bemerken, wie seine Knie weich wurden und sein Herz heftig zu klopfen begann. „Nette Verwandtschaft hast du."

Das engelsgleiche Dämonenkind nickte. „Der Bräutigam heißt Alastor", fuhr es fort. „Er ist der Henker der höllischen Monarchien. Und der Mann da hinten, der eben noch ein Hund war, ist mein Onkel Jestan. Er verursacht Hungersnöte und Kriege … Du siehst komisch aus."

„Was?"

„Na, deine Haare. Sind das deine oder hast du mit einem schwarzen Pferd getauscht? Und deine Augen sind auch so komisch, sie sehen aus, als ob …"

„He, jetzt reicht es!", unterbrach ihn Tobbs. Dann fiel ihm nichts mehr ein – was sollte er auch erwidern? Dass die

Haare des kleinen Dämons auch komisch aussahen? Das wäre eine glatte Lüge gewesen. Sie waren perfekt, wie alles an ihm. Und dass Tobbs' menschliche Augen mit den schwarzen Pupillen einem Dämon seltsam vorkamen – nun, das war auch kein Wunder.

„Sei doch nicht gleich beleidigt", meinte der Junge versöhnlich. „Ist ja keine Schande, hässlich zu sein."

Tobbs blieb die Luft weg. Noch nie hatte ihn jemand als hässlich bezeichnet. „Das bin ich ganz bestimmt nicht!", erboste er sich.

Der Dämon zog zweifelnd eine Braue hoch. „Natürlich nicht", sagte er mit einem schelmischen Lächeln. „'tschuldigung. Wusste ja nicht, dass du so empfindlich bist."

Tobbs atmete tief durch und kämpfte gegen den Drang an, dem kleinen dämonischen Frechmaul ordentlich die Meinung zu sagen. Aber das ging natürlich auf gar keinen Fall. Der Junge gehörte schließlich zu den Gästen. Und mit Gästen stritt man nicht. Man ertrug sie entweder mit gelassener Höflichkeit oder warf sie hinaus. Da Letzteres nicht möglich war, blieb ihm nicht anderes übrig, als sich für diesen Abend ein dickes Fell zuzulegen.

„Und wie heißt du?", fragte er.

Der Junge verzog den Mund und streckte sich. „Sid."

„Sid?"

„Ja, wieso bist du so erstaunt?"

„Na ja, ich denke, das ist ein etwas … schlichter Name für einen Dämon."

„Ja, nicht wahr?", meinte Sid bedauernd. „Wir bekommen unseren richtigen Namen erst, wenn wir erwachsen sind. Aber trotzdem hätte sich mein Vater einen etwas imposanteren Namen ausdenken können. ‚Mordon' vielleicht oder ‚Kobran'. Wie heißt du denn?"

„Tobbs."

Sid prustete los. Er klappte zusammen wie ein Buch, das jemand mit einem entschiedenen Ruck zugeschlagen hatte, und verlor dabei fast das Gleichgewicht. Tränen schossen ihm in die Augen, während er vor Lachen wieherte. „Also dann heiße ich doch lieber Sid", japste er, sobald er wieder Luft bekam.

Tobbs schloss für einen sehr besonnenen Moment die Augen und stellte sich vor, wie er Sid am Kragen packte und ihn mit dem Kopf in die Schüssel mit Marindensirup tauchte.

„Ach wirklich?", fragte er dann so ruhig wie möglich. „Was ist denn so schrecklich lustig an meinem Namen?"

Sid schnappte nach Luft und hielt sich glucksend die Seite. „Tobbs – das ist doch ein Witzname! Das klingt ... das klingt nach hüpfenden Flöhen. Wie ‚Tobbs Hopps' oder ‚Tiddy Tassenfresser' oder ‚Tabbie Trötenmaul' ..."

„He!", rief Tobbs. „Jetzt reicht es! Halt die Klappe, ja?" Einige der Dämonen verstummten und warfen ihm einen drohenden Blick zu. Sids Onkel hatte offenbar vergessen, dass er seine menschliche Gestalt angenommen hatte, und knurrte mit gefletschten Zähnen.

„Na, Angst bekommen?", grinste Sid und wischte sich die Lachtränen von den Wangen.

„Ganz bestimmt nicht", gab Tobbs mit rotem Kopf und sehr viel leiserer Stimme zurück. Er hatte schon jetzt keine

Lust mehr, sich noch länger mit dieser kleinen Bestie herumzuschlagen. Am liebsten hätte er den Festsaal verlassen.

Die Dämonen hatten inzwischen alle Platz genommen. Die Dorfmädchen huschten von Tisch zu Tisch und schenkten aus großen Krügen den Willkommenstrunk ein. Irgendwo in der Ecke stimmten drei Dämonen einige Instrumente, die aussahen wie groteske Kreaturen, die nur aus spitzen Knochen und Stacheln zu bestehen schienen. Wimmernde und jaulende Töne erfüllten den Raum. Sids Onkel konnte nicht widerstehen und stieß ein lang gezogenes Heulen aus, in das der Bräutigam mit dem Wolfskopf sofort einfiel.

„Sollten nicht noch mehr Kinder zum Fest kommen?“, fragte Tobbs missmutig. Sid ließ sich auf einen der vier Kinderstühle fallen und lehnte sich lässig zurück. „Mein Cousin und noch irgendwelche Zwillinge aus dem Nordteil des Gebirges. Verwandtschaft vierten Grades. Aber die kommen erst später. Wer hat dir den Namen gegeben? Deine Mutter oder dein Vater?“

Tobbs zuckte zusammen. „Das geht dich gar nichts an“, entgegnete er. Gerade wollte er noch etwas hinzufügen, als im Flur das Gebimmel von Glöckchen ertönte. Dopoulos wandte den Kopf zur Tür. Sein Gesicht leuchtete für einen Moment vor Freude auf, dann flüsterte er einem der Schankmädchen etwas zu und eilte hinaus. Die Hochzeitsgesellschaft ließ sich davon nicht stören, sondern prostete sich mit Gläsern zu, in denen eine blassblaue Flüssigkeit schwappte. Sid hatte offenbar bessere Ohren als seine Verwandten. „Was war das?“

„Nur die Türglocke aus Yndalamor“, knurrte Tobbs. „Willst du auch was trinken?“

„Yndalamor? Ihr habt ... eine Tür nach Yndalamor?“ Sid begann aufgeregt auf seinem Stuhl hin und her zu rutschen. „Kennst du Kali, die Zerstörerin? Sie kommt aus diesem Land!“

Endlich hatte Tobbs etwas, um den Quälgeist auf seinen Platz zu verweisen. „Klar kenne ich Kali“, sagte er betont lässig. „Sie ist unser Stammgast. Wahrscheinlich war sie es, die eben geklingelt hat. Sie kommt oft hierher und trinkt ihren Tee im roten Zimmer.“

Sids Augen wurden so groß, dass sie aussahen wie zwei grüne zitternde Tautropfen. Mit einem Schaudern fragte sich Tobbs, ob der Junge den Menschen eines Tages auch den bösen Blick bringen würde.

„Kali ist hier?“, rief Sid und sprang auf. Seine Stimme überschlug sich vor Begeisterung. „Kali ist meine Lieblingsgöttin! Sie hat die silberne Stadt Ghan mit einem einzigen Schwertschwung dem Erdboden gleichgemacht! Und sie hat neuerdings diese wahnsinnig gefährliche Kutsche – einen Streitwagen, und gezogen wird er von einem leibhaftigen Mancor! Kann ich sie sehen? Nur mal sehen! Bitte!“

„Setz dich wieder hin“, sagte Tobbs streng. „Nein, Kali darf auf keinen Fall gestört werden. Von niemandem.“

„Ach wirklich? Der dicke glatzköpfige Kerl ist aber sofort zu ihr rausgerannt.“

Tobbs holte tief Luft. „Der ‚dicke, glatzköpfige Kerl‘ ist unser Wirt. Er macht ihr die Tür auf.“

Langsam ließ Sid sich wieder auf den Stuhl sinken. „Verstehe. Deshalb hat er einen so großen Schlüsselbund am Gürtel." Er zog die Stirn kraus und schielte wieder zur Tür. Es war ein Blick, der Tobbs gar nicht gefiel. „Gut", meinte Sid schließlich. „Ich bleibe ganz brav hier sitzen. Und ich hätte gern etwas zu trinken, Tobbs Hopps. Einen Schlangensaft, bitte. Mit ausgequetschter Fledermaus."

Tobbs juckte es in den Fingern, diese Göre einfach am Kragen zu packen und kräftig zu schütteln. Ruhig bleiben, ermahnte er sich. Er ist ein Gast. Nur ein frecher Gast, in Menschenjahre umgerechnet kaum älter als zehn Jahre. Ohne dem Dämonenkind eine Antwort zu geben, ging er zu dem Servierwagen hinüber, den eines der Mädchen gerade am Tisch entlangschob, und hangelte nach einem mit Marindensirup gefüllten Glas.

In diesem Augenblick explodierte die Torte. Der Donnerschlag ließ den Boden erbeben. Tobbs verlor das Gleichgewicht. Die brennende Zierschnur zischte an ihm vorbei wie ein Kometenschweif und wickelte sich, als sei sie lebendig, um den Knöchel eines Schankmädchens. Es sprang mit einem wütenden Schrei zur Seite, löschte die Schnur jedoch geistesgegenwärtig, indem es einen Krug voll Orangensaft darüber ausleerte. Der herrenlose Servierwagen, den das Mädchen von sich gestoßen hatte, flitzte über die Tanzfläche und rempelte Tobbs an.

Tobbs fühlte, wie ihm das Glas aus der Hand rutschte. Der Marindensirup verteilte sich als glitzernde Fontäne über den Boden und vermischte sich mit den Scherben des Glases. Ein Feuerdämon sprang auf den Tisch, auf dem eben noch die Torte gestanden hatte, und verbeugte sich in der Säule aus beißendem Rauch, die aus den Trümmern der verkohlten Torte aufstieg. Die Dämonen applaudierten, johlten und kreischten. Einige leckten sich die schwarze Sahne von den Händen.

Tobbs, der noch taub vom Donner war, sah nur schemenhaft, wie die Hochzeitsgesellschaft auf die Tanzfläche stürzte. Erst einige Sekunden später ließ das Klingeln in seinem Ohr nach und er nahm die Musik wahr, die nun eingesetzt hatte – ein Stampfen und Trillern, durch das sich eine Melodie wand wie eine Schlange durch Gebirgsgestein. Die Melodie floss heiß durch seine Fingerspitzen in seine Arme, zuckte hinauf in seinen Kopf und hinunter in die Beine, das Stampfen wurde zum Takt seines Herzens – und schon sprang er mitten auf die Tanzfläche. Unter seinen Schuhsohlen knirschten Glassplitter. „Na, Schankjunge?“, raunte ihm eine tiefe Frauenstimme zu. Er konnte nichts dagegen tun, dass er ihren Bewegungen folgte, seine Arme und Beine zuckten im Rhythmus des Beats. Die Dämonenbraut lachte ihn mit einem Mund voller Schlangenzähne an, dann packte sie ihn zu seinem Entsetzen an den Handgelenken und wirbelte ihn herum. Dort, wo ihre Finger ihn berührten, fühlte seine Haut sich an, als wäre sie vereist. Nicht in die Augen schauen, befahl ihm der letzte Rest seines Verstandes. Der Geruch von Hundefell und Stieratem vermischte sich mit dem süßen Duft der zerstampften Marinden. Hörner, Vogelklauen und Schlangenhaut streiften seine Haut. Und irgendwo am Rande seines Blickfeldes blitzte ein stählernes Richtschwert auf. Gerade dachte er, es könnte nicht mehr schlimmer kommen, als etwas Seltsames geschah, was ihn an die Berührung mit heißem Wasser erinnerte. Manchmal, wenn Wasser so heiß war, dass es die Haut verbrühte, fühlte die Hitze sich plötzlich an wie Kälte. Und ebenso verwandelte sich nun sein Schrecken im Bruchteil einer Sekunde – und wurde zu Übermut. Mit einem Mal machte es ihm unbändigen Spaß zu tanzen! Alle Angst war verflogen, er drehte sich und sprang mit den Dämonen, er fasste nach schuppigen Händen und fellbedeckten Pfoten und stampfte im Takt der fremden Musik, die ihn nun ganz erfüllte. Er lachte auch noch, als er spürte, wie der eisige Griff der Schlangenfinger an seinem Handgelenk fester wurde und spitze Zähne über seine Haut strichen.

„Tobbs?“, brüllte ihm jemand ins Ohr. Die Zähne verschwanden und Tobbs fühlte einen ganz anderen Schmerz an seinem Oberarm. Eine riesige Hand hatte ihn grob gepackt und schüttelte ihn nun kräftig durch. „He, Tobbs!“, rief Wanja noch einmal und schnippte mit den Fingern direkt vor seiner Nase. Das brachte ihn zur Besinnung. Verwundert nahm er wahr, dass Wanja ihn von der Tanzfläche trug und ihn neben die Tür stellte, als sei er ein Stuhl aus ihrer Werkstatt. Der Dämonentango verwandelte sich in eine ohrenbetäubende Kakofonie, der Boden bebte unter Tobbs' Füßen. Wanja grinste. „Tolles Fest, was?“, brüllte sie ihm durch den Lärm zu. „Aber du sollst doch nicht mit der Braut tanzen!“

Tobbs nickte verwirrt. Der Schreck kehrte zurück, als er auf seinen rechten Arm blickte und die Einstiche von scharfen Zähnen sah. Kleine Blutstropfen quollen hervor und bildeten einen Halbkreis, der wie ein rotes Lächeln wirkte. Wanja kümmerte sich nicht um seine Verletzung, sondern deutete auf den leeren Kindertisch.

„Na los, Tobbi!“, sagte sie und gab ihm einen liebevollen kleinen Schubs zwischen die Schulterblätter. „Fang ihn wieder ein!“

Sid! Natürlich – die kleine Kröte hatte sich aus dem Staub gemacht. Und Tobbs konnte sich nur zu gut vorstellen, wohin er gegangen war! Auf der Stelle vergaß er den ziehenden Schmerz im Unterarm und stieß einen Fluch aus, für den Dopoulos ihm als Strafe einen Nachmittag am Spülstein aufgebrummt hätte.

Im ersten Flur hallte die Dämonenmusik so laut, dass die Türen bei jedem Stampfgeräusch knarrten, doch im zweiten Flur wurde es ruhiger. Im dritten war nur noch ein fernes Wummern zu hören, trotzdem hatte Tobbs das Gefühl, seine Ohren seien mit Watte verstopft, so gedämpft hörte er seine eigenen Schritte.

Sid war nirgends zu sehen. Um ganz sicherzugehen, sah Tobbs in jedem Winkel und in jeder Nische nach, dann rannte er weiter zu den kleineren Wirtsräumen. Im ersten saßen zwei in Leichentücher gehüllte Todesfeen und spielten Schach. Sie blickten kaum auf, als Tobbs sie hastig grüßte und zum roten Zimmer weitereilte. Einige Schritte vor der Tür blieb er schwer atmend stehen.

Die Tür war nur angelehnt, der Duft von saurem Säuselblütentee strich durch den Türspalt und hüllte Tobbs ein. Vorsichtig streckte er die Hand aus und tippte die Tür mit den Fingerspitzen an. Lautlos schwang sie auf und gab den

Blick frei auf rot gestrichene Wände und goldene Lackmöbel. Wie so oft saß Kali an dem kleinen Tisch am Fenster und blickte nachdenklich in die Nacht hinaus. Tobbs fragte sich immer, was es dort zu sehen gab, denn die Göttin betrachtete den schattenschwarzen Waldrand so andächtig, als studierte sie das Bild eines genialen Malers.

Ihre Hände waren so dunkelblau wie ihr Gesicht, und ihre langen, gebogenen Fingernägel so schwarz wie ihre Lippen. Blutrot leuchteten ihre Augäpfel. Die Teetasse wirkte in ihren Händen so hoffnungslos verloren wie ein erlegtes Tier. Dopoulos war nicht im Raum, aber seine Tasse stand neben Kalis aufgestütztem Ellbogen auf dem Tisch und sein Stuhl war nach hinten geschoben. Vielleicht holte er gerade Zucker aus der Küche.

Tobbs machte einen Schritt zur Seite, bis er im Türschatten stand. Kali zu begegnen, wenn sich Dopoulos in der Nähe befand, war in Ordnung, aber mit der Göttin allein im Raum zu sein, war etwas ganz anderes. Fröstelnd betrachtete Tobbs Kalis Ohrschmuck. Es war ein toter Mann, der wie ein Erhängter an einer goldenen Schlinge baumelte. Wenn Kali den Kopf wandte, berührten seine willenlos schlenkernden Füße ihre Schulter. Der tote Mann war nur so lang wie Kalis spitzer kleiner Finger, aber Tobbs wusste, dass dieser Eindruck täuschte. Hier in der Taverne war Kali so groß wie Dopoulos – in ihrem eigenen Reich aber konnte sie so riesig werden, dass der tote Mann Tobbs sicher um drei Kopflängen überragte. Und mit ihrem kleinen Finger zertrümmerte die Göttin Berge aus Granit, als wären sie aus Streichholzschachteln gemacht.

„Er ist nicht hier“, sagte der tote Mann plötzlich. Seine Stimme erinnerte an das Rascheln von trockenem Laub. Kali blickte immer noch unverwandt zum Fenster hinaus, nur ihr makabrer Ohrschmuck bewegte sich leicht und schlenkerte mit seinen welken Armen.

Tobbs räusperte sich. „Das heißt aber, er war hier?“, flüsterte er. „Der kleine Dämon, meine ich. Blond und etwa so groß?“ Er hob die Hand bis zur Höhe seines Schlüsselbeins. Ob die verdorrten Augäpfel die Bewegung wirklich wahrnahmen?

Der tote Mann grinste nicht, dazu waren seine Lippen wohl zu vertrocknet, aber er gab ein spöttisches Schnalzen von sich. „Kali ist sehr ungehalten, dass sie nicht einmal hier ihre Ruhe hat.“

„Das … das tut mir leid“, stammelte Tobbs.

„Du siehst ja, was sie mit mir gemacht hat“, sagte der tote Mann. „Und dabei bin ich ihr nicht einmal auf die Nerven gegangen, sondern kam nur ganz zufällig vorbei, als sie einmal schlechte Laune hatte. Am besten du verschwindest – und zwar ziemlich schnell.“

Das ließ Tobbs sich nicht zweimal sagen. Hastig verbeugte er sich vor der Göttin, sprang aus dem Zimmer und schloss die Tür. Erst draußen wagte er wieder durchzuatmen. Doch mit der Erleichterung stellte sich zugleich auch die Wut ein. Dieser Sid hatte es also tatsächlich gewagt, hier herumzuschnüffeln! Tobbs machte auf dem Absatz kehrt und rannte zurück auf den Flur.

„Sid!“, rief er. „Ich weiß, dass du hier irgendwo bist! Komm her oder du kannst was erleben!“

Ein Poltern antwortete ihm. Die Tür zu seiner Rechten erzitterte in der Türzarge, so heftig hämmerte jemand von außen dagegen.

„Ihr arrogantes Pack!“, brüllte eine betrunkene Stimme. „Ich hau euer Witzhaus kurs und klein! Und dann brenne ich das ganse Elend nieder. Betrüger! Halsabschneider!“

„Meint der euch?“, ertönte Sids Stimme hinter Tobbs. Tobbs fuhr herum und packte ihn am Kragen.

„Du kleine Schlange!“, zischte er ihm zu.

Sid begann zu strahlen. „Oh, danke!“ Dann wurde er wieder ernst. „Oje, du bist wirklich wütend, was? Aber ich habe doch nur durch den Türspalt geschaut, ehrlich! Nur ganz kurz! Ich schwöre es – ich wollte sie nur einmal sehen.“ Bei den letzten Worten sank seine Stimme zu einem heiseren Flüstern, während seine Augen immer größer wurden. Mit einem Kieksen verstummte er plötzlich und deutete auf seinen Hals: „Au, lass los, du erwürgst mich“, krächzte er.

Tobbs atmete tief durch. Er musste sich zusammenreißen. Zögernd lockerte er seinen Griff. „Darüber reden wir noch“, knurrte er. „Aber jetzt erst einmal zurück in den Festraum mit dir. Und zwar zackig!“

„Sagst du mir noch, wer das da hinter der Tür ist?“

„Das ist nur Fairy Sam. Er hat Spielschulden und muss noch eine Tür bezahlen.“

„Was hat er denn getan?“

„Nach dem letzten Kartenspiel eine Schlägerei angezettelt und das halbe Wirtshaus demoliert. Das passiert oft, wenn er, so wie jetzt, völlig betrunken ist.“

„Dasiss eine verdammpe Lüge!", grölte die Stimme hinter der Tür. „Ich wurde bestohlen, von diesen Bastarden!"

Sid war mit einem Satz bei der Tür und hämmerte mit beiden Fäusten ebenfalls dagegen. „Halt die Klappe, Fairy Sam, du Verlierer!", brüllte er. Tobbs schnappte nach Luft, als er seine eigene Stimme aus dem Mund des Dämons vernahm.

„Wer spricht da?", donnerte Fairy Sam.

„Tobbs, du Quadratkopf! Und wenn ich dich erwische, stecke ich deinen versoffenen Schädel in die Traubenpresse und gmpf ..."

Tobbs presste seine Hand so fest auf Sids Mund, dass er seine Finger kaum mehr spürte. „Bist du wahnsinnig!", fuhr er den Dämon an. Der Junge wand sich in seinen Armen wie eine Schlange, entglitt ihm und – entwischte!

„Ich mach dich fertig, Tobbs!", brüllte Fairy Sam völlig außer sich. „Wenn ich dich erwische, zieh ich dir die Unterlippe übern Kopf! Ich dreh dir jeden Zahn einseln raus unstopf ihn dir unter die Augenlider, ich ..."

Tobbs rappelte sich auf und jagte hinter Sid her. Der Kleine war nicht nur wendig wie eine Eidechse, sondern auch so schnell, dass er ihn schon im zweiten Gang aus den Augen verlor. Sein Herz raste, als er stehen blieb. Die Dämonen feierten immer noch ausgelassen, die dröhnende Musik pochte durch die Gänge. Oh ja, Wanja hatte Recht gehabt, es war wirklich ein Hochzeitsfest, das er nie wieder vergessen würde!

Mit einem Mal war Tobbs zum Heulen zumute. Beim Gedanken daran, dass am selben Abend noch drei weitere

Dämonenkinder eintreffen würden, erfüllte ihn tiefe Verzweiflung. Selten hatte er sich verlassener gefühlt. Es war wie an den Abenden, wenn er alleine auf seinem Bett lag und in die Dunkelheit starrte, einsam wie die Sterne am Himmel. Tobbs, der Heimatlose, der Verlierer. Tobbs, der nicht wusste, woher er kam, und der so unwichtig war, dass seine Eltern – oder wer auch immer – ihn einfach in der Taverne vergessen hatten. Tobbs, der es offenbar nicht wert war, dass man umkehrte und ihn suchen ging. Das waren die Gedanken der schlechten Abende, an denen es nicht mehr half, sich vorzustellen, dass seine Eltern irgendwo gefangen waren und ihn einfach nicht suchen konnten, sich aber jede Stunde nach ihm sehnten. In solchen Nächten konnte nicht einmal seine hölzerne Familie ihn trösten, und auch sein eigenes Zimmer, das er über alles liebte, weil es das Einzige war, was ihm allein gehörte, war kein vertrauter Ort mehr, sondern nur ein öder Fleck mit vier Wänden drum herum.

Niedergeschlagen ging er den Gang entlang. Es half nichts, er musste weiter nach Sid suchen. Diese Nacht würde vorübergehen. Die Musik wurde noch lauter und immer wieder ertönte Donnergrollen. Einem berstenden Knall nach zu urteilen hatte der Feuerdämon beschlossen, noch eine weitere Vorstellung seines Könnens zu geben. Einige Atemzüge lang verstummten die Musik, das Stampfen und das Klirren, bevor der Applaus losbrach. Doch dieser Moment der Stille genügte Tobbs, um das leise Klicken zu hören – das Geräusch, das Dopoulos' Schlüssel machten, wenn er sie behutsam in den Schlössern drehte. Das Klicken war von rechts gekommen – vom Ende des Flurs. Um nach Dopoulos zu rufen, war es zu laut, also nahm Tobbs die Beine in die Hand und rannte los. Schon von Weitem erkannte er, dass es Kalis Tür war. Sie stand offen. Sonnenschein fiel in den Flur, doch Dopoulos war nirgends zu sehen. Tobbs verlangsamte seine Schritte und spähte vorsichtig durch die Tür.

Kalis Kutsche

Noch nie war er allein durch eine der Türen gegangen. Tobbs schloss die Augen und atmete die flimmernde Luft ein. Warm und verlockend schien die Sonne auf sein Gesicht. Beinahe von selbst machte er einen weiteren Schritt auf die Tür zu, bis er den Duft von heißem Sandstein wahrnahm. Und da war noch ein Geruch. Was war das? Es roch wie von der Sonne erwärmter Lack.

Tobbs' Schulter stieß gegen den hölzernen Türrahmen. Verdutzt machte er die Augen wieder auf. Etwas stimmte hier nicht. Richtig: Dopoulos wäre nie durch die Tür gegangen, ohne sie hinter sich sofort wieder zu verschließen. Natürlich wusste Tobbs, was er jetzt tun sollte: Er sollte wieder in die Taverne gehen und Wanja Bescheid sagen. Er sollte die Tür schließen und wenigstens einen Stuhl unter die Klinke klemmen. Er sollte …

Die Brise trug ihm einen neuen, viel süßeren Geruch zu. Tobbs ließ seinen Blick schweifen und entdeckte nicht weit entfernt einen kargen Baum, an dem rosafarbene, runde Blüten wuchsen, jede davon so groß wie Wanjas Hände. Es war ein seltsamer Baum. Seine Blätter und Blüten zitterten, als würde jemand die Äste schütteln. Und über ihm jagten mit unglaublicher Geschwindigkeit die Wolken über den Himmel.

Tobbs leckte sich die Lippen und blickte zurück auf den Korridor. Ein neues Dämonenlied hatte eingesetzt – Pauken und scheppernde Metallzimbeln. Tobbs überlegte nicht, seine Beine entschieden für ihn: Sie überschritten gerade die Schwelle!

Sofort wurde Tobbs schwindelig. Alle Spannung wich aus seinem Körper, sein Herz fühlte sich an, als hätte es jemand in Schwingung versetzt, und nun konnte es gar nicht so schnell schlagen, wie von ihm verlangt wurde. Ein einzelner Zimbelton dehnte sich immer weiter aus, wurde dabei tiefer und schwebte schließlich in der Luft wie ein gemalter Ball. In Panik schnappte Tobbs nach Atem, doch dann fiel ihm wieder ein, was Dopoulos über Kalis Reich erzählt hatte: Die Zeit in ihrer Welt verging schnell. Viel schneller als in der Taverne. Deshalb hatten die Blätter gezittert und die Wolken sich so schnell bewegt, deshalb hing der Ton aus der Taverne fest. Aber mit dem Überschreiten der Schwelle war Tobbs ein Teil von Kalis Welt und Zeit geworden – die Wolken standen beinahe still, die Blätter bewegten sich ruhig und sanft im Wind. Sein Herzschlag beruhigte sich nach und nach, der Schwindel verschwand.

Nebel kroch über den Boden und hüllte Tobbs' Beine ein, während er mit zögernden Schritten auf den Baum zuging. Er streckte die Hand nach einem herabhängenden Zweig aus und strich behutsam über ein Blütenblatt. Unter seiner Berührung wurde die Blüte schwarz und zerfiel zu duftendem Räucherwerk. Tobbs lächelte und vergaß für einen Moment, warum er hier war. Vertrocknetes Gras knisterte unter seinen Füßen, Wirbel drehten sich im Wind.

Er stand auf einer Ebene – und wenn er den Blick auf den Horizont richtete, erkannte er in der Ferne schneebedeckte runde Berge, die sich wie schlafende Katzen aneinanderschmiegten. Kalis Reich. Die Taverne musste sehr hoch in den Bergen stehen, denn das, was Tobbs für Nebel gehalten hatte, waren in Wirklichkeit Wolken, die dicht über dem Boden schwebten. Erstaunlich, dass so hoch oben Bäume wuchsen und sogar Blüten trugen.

Tobbs sog noch einmal den Duft der Blumen tief in seine Lungen und ging dann weiter. Das Ende der Ebene war ein Halbrund aus Bäumen, die aussahen, als wären betende Frauen zu Holz erstarrt. In Astlöcher verwandelte Münder schienen ihm etwas zuzurufen. Tobbs blieb stehen und warf einen Blick zurück. Die Taverne war noch da, allerdings hätte er sie kaum wiedererkannt. In Kalis Welt glich sie einem bunt bemalten, würfelförmigen Tempel mit goldenem Dach. Der Lack an den Wänden wirkte noch ganz frisch und leuchtete so rot wie Kalis Augäpfel. Jemand hatte die Stelle über der Tür mit Blütengirlanden verziert – Dopoulos? Oder irgendein Eremit, der in die Berge kam, um Kali zu huldigen?

Tobbs wurde mutiger und ging um die Taverne herum. Wie klein sie in diesem Land war! Die Seitenwand des Gebäudes war höchstens zehn Schritte breit. Kaum größer als das Teezimmer, in dem die Göttin in diesem Augenblick saß. Ob sie ihn durch das Fenster sehen konnte? Aber nein, sie befand sich ja in Dopoulos' Welt und bewunderte den Waldrand. Tobbs erreichte das Ende der Wand, spähte vorsichtig um die Ecke – und hielt die Luft an. Am liebsten hätte er einen anerkennenden Pfiff ausgestoßen, aber das traute er sich doch nicht. Das Geräusch hätte das Ungeheuer womöglich aufschrecken können. Hier stand nämlich ein echter Mancor – eingespannt wie ein Kutschpony vor Kalis Streitwagen. Er war so groß, dass seine mächtige Schulter fast an das Dach stieß. Von vorne glich ein Mancor einem Tiger mit Löwenmähne – aber Tobbs konnte das riesige Gesicht des Untiers nicht sehen, da es von ihm abgewandt stand und sich die linke Pfote leckte. Nur der Gestank des Raubtierrachens wehte zu ihm herüber. Der hintere Teil des Mancors erinnerte entfernt an ein sandfarbenes Pferd – die Hufe allerdings waren zweifach gespalten und so groß und scharf wie Sicheln. Ein Löwenschweif peitschte hin und her, streifte die Gurte und Riemen, die das Ungetüm an den Streitwagen fesselten, und brachte die Zügel zum Schwingen.

Tobbs schlich näher heran und legte die Hand an die von der Sonne erwärmte Wand der Taverne. In diesem Augenblick setzte der Mancor seine linke Pfote wieder geschmeidig auf den Boden auf und schüttelte die Mähne. Tobbs zog sich hastig zurück und huschte zur Vorderseite des Gebäudes. Sein Herz pochte. Er hatte einen leibhaftigen Mancor gesehen! Leider nicht sein Gesicht – aber von der anderen Seite würde er sicher einen besseren Blick auf Kalis Kutsche haben. So schnell er konnte, rannte er an der offenen Tür vorbei und fegte um die Ecke.

Dort stand Sid.

„Was machst du denn hier!“, zischte Tobbs. Der Dämon sah sich um, doch sonderlich erschrocken war er nicht. Er legte nur den Zeigefinger an die Lippen und winkte Tobbs heran. Tobbs war viel zu verdutzt, um der Aufforderung nicht zu folgen. Zögernd trat er neben Sid. Die Luft blieb ihm weg, als er den Mancor in voller Pracht sah.

Das Raubtiergesicht war so schön, dass jeder Tiger neben ihm wie eine räudige, hohlwangige Straßenkatze gewirkt hätte. Die orangefarbene Mähne leuchtete wie ein Kranz aus Feuerzungen. Seltsamerweise waren die Augen nicht gelb wie bei einem richtigen Tiger, sondern wasserblau. Die Zunge, die nun gelangweilt über die Lefzen leckte, war ebenfalls blau – blauer als alle Lagunen im Land der Tajumeeren.

„Ist der nicht – Wahnsinn?“, flüsterte Sid. „So einen will ich später auch!“

Tobbs konnte sich kaum von dem Anblick losreißen, aber dann besann er sich endlich wieder auf seine Aufgabe und packte Sid am Genick.

„Mitkommen“, befahl er. Der junge Dämon zog den Kopf ein und ließ sich gehorsam ein Stück mitziehen. Doch kurz vor der Tür stemmte er sich gegen Tobbs’ Griff.

„He, warte doch mal!“, flüsterte er. „Nur einen Augenblick! Ich muss dir was sagen …“

„Das kannst du auch drinnen“, knurrte Tobbs. „Wie bist du überhaupt hierhergekommen?“

Er blieb stehen und musterte den Jungen scharf. Sids ertappter Gesichtsausdruck sprach Bände.

„Du hast doch nicht etwa die Schlüssel gestohlen?“, fragte Tobbs fassungslos.

Sid grinste entschuldigend. „Ich gebe sie ihm wieder zurück! Ehrenwort!“

„Du kommst als Gast in unsere Taverne und stiehlst Dopoulos die Schlüssel! Gib sie auf der Stelle wieder her!“

Das Dämonenkind seufzte und streckte die Hand aus. Auf seiner Handfläche lag nur ein einziger Schlüssel. Darin eingeritzt war Kalis Zeichen – ein Galgenmännchen, das den toten Mann darstellte. Wie hatte der Knirps es bloß geschafft, den Schlüssel von Dopoulos' Bund zu entfernen?

„Ich hab ihn mir nur geliehen – weil ich den Mancor sehen wollte. Hast du noch nie Schlüssel geklaut?“

„Ganz bestimmt nicht!“

„Wirklich? Aber warum denn nicht? Damit kannst du einfach so jedes Land betreten! Ohne wochenlange Reisen und gefährliche Überfahrten! Aber für dich ist das wahrscheinlich gar nichts Besonderes mehr. Du darfst ja ohnehin jeden Tag durch die Türen ein und aus spazieren, stimmt's? Warst du schon mal bei den Tajumeeren?“

Tobbs schüttelte den Kopf. „Es ist nicht ungefährlich, einfach so zwischen den Ländern herumzuspringen. Du siehst ja, dass die Zeit in manchen von ihnen ganz anders läuft. Hier scheint die Sonne – bei uns ist es Nacht. In der Taverne steht die Zeit beinahe still, während wir in Kalis Welt sind – und sind wir in der Taverne, fliegt hier die Zeit vorbei. In manchen Ländern ist ein Tag ein Jahr oder nur eine Stunde. Ehe man sichs versieht, hat man in der Taverne eine Woche oder einen Monat verloren.“

„Wieso verloren? Was verpasst du denn schon in der Taverne?“

Tobbs schwieg. Wie sollte er diesem kleinen Dieb erklären, warum es für ihn wichtig war, in der Taverne zu bleiben? Solange er dort war, wussten seine … Eltern? …, wo sie ihn fanden. Jeden Morgen, wenn er aufwachte und Nekis flaumweiches Katzenfell seine Nase kitzelte, wünschte er sich, dass sie heute durch eine der Türen kommen würden, überglücklich, ihn wiedergefunden zu haben. Jeden Tag stellte er sich eine andere Tür vor – und ein anderes Land, aus dem er stammte. Jeden Tag nahm er dafür eine andere Holzfigur aus seiner Sammlung in die Hand, betrachtete sie und malte sich aus, wie seine richtigen Eltern sich freuen würden, wenn er ihnen die beiden Figuren schenkte, die ihnen glichen. Nur dafür hatte er sie gebastelt. Tobbs hatte nicht viel, was er verschenken konnte, aber in diesen Figuren steckte unendlich viel Sorgfalt, Bangen, Sehnsucht und Hoffnung, kurz: sein ganzes Leben. Die hölzerne Familie war sein kostbarster Schatz. Aber was, wenn seine richtige Familie endlich käme und er würde gerade im Jumasa-Meer schwimmen oder bei den Sylvaniern durch die Wälder streifen?

„Eines Tages werde ich mir alle Länder ansehen“, murmelte er. „Aber nicht jetzt. Und nun komm endlich, lass uns reingehen.“

Sid lächelte verschmitzt. „Warum so eilig? Solange wir hier sind, verlieren wir in der Taverne doch kaum Zeit. Dir gefällt die Kutsche doch auch, stimmt's?“

Tobbs seufzte tief – nicht nur wegen des Mancors, sondern vor allem, weil ihm gerade einfiel, wie viele Stunden er noch auf seine Geburtstagsfeier würde warten müssen.

„Klar doch“, gab er zu. „Das ist der beste, schnellste und wendigste Wagen, den es gibt. Dopoulos sagt, Kali kann damit sogar fliegen. Das Gefährt ist aus dem Holz einer sehr seltenen Schweb-Eiche gemacht.“

Sid pfiff durch die Zähne. „Mein Onkel hat auch fliegende Kutschen, aber die werden nur von menschenfressenden Mauleseln gezogen.“ Eifrig streifte er seinen Ärmel zurück und deutete auf eine rote Narbe. „Da, siehst du? Als ich ganz klein war, habe ich versucht, auf einem von ihnen zu reiten.“

„Und seitdem traust du dich wohl nicht mehr an sie heran?“

Sid wurde ernst und richtete sich so gerade auf, dass er Tobbs’ Schulter sogar ein wenig überragte. „Im Gegenteil“, sagte er. „Ich bin jetzt schon Herr über dreißig Legionen.“

„Aha. Du kannst also mit einem Wagen umgehen?“

„Willst du es sehen?“

„Du meinst ... mit dem Mancor?“ Jetzt war es an Tobbs, den kleinen Dämon auszulachen. Doch statt beleidigt zu sein, verbeugte sich Sid vor ihm so würdevoll wie ein Magier bei seiner Abschlussprüfung und schritt geradewegs zurück zum Mancor. Tobbs blickte ihm mit einem flauen Gefühl in der Magengrube nach.

„Sid!“, rief er leise. „Ist gut, ich glaube dir ja! Und jetzt lass den Unfug!“

Doch das Dämonenkind war schon um die Ecke verschwunden. Ein wenig vertrauenerweckendes Poltern erklang, gefolgt von stampfenden Schritten, als würde ein Pferd auf zwei Beinen tänzeln. Kutschräder rollten über den Boden – dann erschien Sid mit dem Mancor im Schlepptau. Neben dem Untier wirkte Sid so winzig wie der tote Mann an Kalis Ohr. Lammfromm folgte der Mancor ihm am langen Zügel. Seine Vordertatzen machten keinen Laut auf dem Boden, nur die Hinterhufe klapperten über den steinigen Grund und hinterließen eine Spur aus aufgewühltem Boden, als würde der Mancor zwei Ackerfurchen ziehen.

„Siehst du?", sagte der Dämon und strahlte über das ganze Gesicht. „Mit Geschöpfen der Finsternis kenne ich mich aus. Wollen wir eine Runde drehen?"

Tobbs leckte sich nervös über die Lippen und sah sich um. Die Sonne ließ die Berge verheißungsvoll leuchten. Irgendetwas flatterte in seinem Bauch und bettelte darum, dass er einfach Ja sagte und auf den Wagen sprang.

„Ich weiß nicht", murmelte er. „Wenn Kali das erfährt, zieht sie uns als Schmuck durch ihre Nase."

Sid lachte und kraulte den Mancor über dem Knie – schon dazu musste er sich auf die Zehenspitzen stellen. Das Untier schloss die Augen und begann so laut zu schnurren, dass Tobbs die Vibrationen wie ein Kitzeln in seiner Magengrube fühlen konnte.

„Sie erfährt es nicht", beteuerte Sid. „Der Mancor wird wohl kaum petzen – und ich bin schließlich ein Dämon! Schon mal von einem Dämon gehört, der nicht mit einem Ungeheuer fertig wird? Die Maultiere meines Vaters sind viel gefährlicher – sie speien Feuer und hinterlassen mit ihren glühenden Hufen Lavaspuren im härtesten Gestein. Ach komm schon, Tobbi Tobbs, nur eine klitzeklitzekleine Runde ums Haus!“

Tobbs überlegte nur noch eine Sekunde. Sollte er feiger sein als ein Dämonenkind? Nachdenklich warf er einen Blick auf seinen Unterarm, auf dem die Bissmale der Dämonenbraut inzwischen mit getrocknetem Blut verschlossen waren. Nun, gefährlicher als eine Dämonenhochzeit konnte eine Runde in einem Streitwagen auch nicht werden. Und schließlich, flüsterte ihm eine leise Stimme zu, war er jetzt dreizehn Jahre alt. War es da nicht Zeit, Dopoulos’ Schürzenzipfel loszulassen und auch mal etwas auf eigene Faust zu unternehmen?

Der Mancor wandte seinen großen Kopf und verfolgte immer noch schnurrend, wie Sid und Tobbs auf den Streitwagen kletterten. Tobbs versuchte in diesen ozeanblauen Raubtieraugen zu lesen, aber das Tier wirkte nach wie vor friedlich und geduldig. Der Streitwagen federte bei jeder Bewegung sanft unter ihren Füßen auf und ab. Sid hatte bereits die Zügel in die Hand genommen und wartete darauf, dass Tobbs seinen Platz fand.

„Halt dich hier vorne an der Querstange fest“, ermahnte er ihn. „Am Anfang gibt es einen ziemlichen Ruck. Ist ganz typisch für Streitwagen. Und nie nach hinten schauen! Dabei wird es einem nur schwindlig.“

Mit einem letzten fachmännischen Blick vergewisserte

sich der Dämon, dass alles am richtigen Platz war, dann zog er die Zügel leicht an. Der Mancor fauchte, sein Löwenschweif peitschte erwartungsvoll hin und her. Tobbs spürte den Luftzug und fröstelte.

„He – jaa!“, rief Sid und ließ das lose Ende des Zügels auf die Pferdekruppe niedersausen. Der Ruck warf Tobbs nach hinten. Mit aller Kraft klammerte er sich an die Holzstange. Nach zwei schnellen Schritten setzte der Mancor zum Galopp an – federnd glitt der Wagen über den holprigen Boden und beschleunigte die Fahrt.

Tobbs musste blinzeln, als der Gegenwind seine Lider niederdrückte und ihm fast die Luft nahm. Die Landschaft flog an ihm vorbei, der blühende Baum war nur noch ein verwischter Schemen – lediglich die Berge lagen klar und deutlich vor ihm, als würden sie ihn schon erwarten. Tobbs glaubte sein Herz schlagen zu hören, aber es war nur das rasende Stampfen der Pferdehufe.

„Toll, was?“, schrie Sid ihm durch das Dröhnen des Windes zu. Tobbs konnte nur völlig überwältigt nicken, während das Kribbeln in seinem Magen fast unerträglich wurde. Seltsamerweise machte es ihm nicht einmal Sorgen, dass die Bäume am Plateaurand näher und näher kamen. So schnell, als hätte er mit einem Blinzeln einen Zeitsprung ausgelöst, waren die buckligen Bäume direkt vor ihnen!

„Ducken!“, brüllte Sid routiniert wie ein Feldherr. Tobbs konnte gerade noch den Kopf einziehen, als ihm schon abgerissene Zweige und Holzspäne um die Ohren flogen. Der Mancor hatte zwei der Bäume einfach niedergewalzt. Auf das berstende Krachen folgte schwebende Stille.

Tobbs spuckte ein Stück bitterer Rinde aus und sah sich staunend um. Sie flogen! Sid lenkte den Wagen in eine steile Kurve. So klein wie ein Gewürzdöschen zog unter ihnen der Tempel vorbei. Das goldene Dach blitzte in der Sonne. Eine schwarze Furche schnitt das Plateau in zwei Hälften – die Hufe des riesigen Tieres waren zerstörerischer als ein Hexenpflug! Nun aber trat der Mancor lautlos auf, gewaltige Muskeln arbeiteten unter seinem Fell. Das Ungeheuer schnaufte schwer, während es den Wagen in einem weiten Bogen höher und höher zog – direkt auf die Berge zu! Tobbs war seltsam zumute – so hatte er sich bisher nur einmal gefühlt, als er nach einer Wette einen Krug voll kandarischen Wein ausgetrunken hatte. Auch jetzt hatte er Lust, unbändig zu lachen. Sid grinste ihm triumphierend zu – seine Wangen glühten vor Eifer.

Unter ihnen trieben wolkengefüllte Täler dahin und Wälder voll rosa blühender Bäume, deren Duft den Streitwagen einhüllte. Die Mähne des Mancors flatterte. Als sie über den ersten verschneiten Berg hinwegflogen, zog das Tier nach unten, setzte auf dem Gipfel auf und galoppierte fünf, sechs Sprünge lang durch den Schnee. Eine glitzernde Schneefontäne ergoss sich über den Wagen. Sid kreischte vor Vergnügen. Mühelos stieß der Mancor sich wieder in die Luft ab und gehorchte willig Sids Zügelzug. Das Gefährt drehte ab und schraubte sich in einer raumgreifenden Spirale in den Himmel. Tobbs blickte über die Schulter und entdeckte in der Ferne einen fingernagelgroßen runden Fleck, auf dem der Tempel als winziger roter Punkt leuchtete.

„Noch ’ne Runde?“, rief Sid.

Tobbs schüttelte atemlos den Kopf und deutete nach vorn. „Über den Berg!“

Sid verzog keine Miene, aber seine Augen leuchteten. Er schnalzte mit der Zunge und der Mancor ließ den Berg endgültig hinter sich und jagte talwärts. Tobbs staunte – über den Wind, über die Schluchten, die sich unter ihm auftaten, am meisten aber über sich selbst. Geh zurück! Geh zurück!, summte es in seinem Kopf. Und auf einmal musste er lachen. Sid grinste ihm zu. Seine grünen Augen funkelten. Die Zügel lagen sicher in seinen Händen. Doch plötzlich ließ er das Leder durch seine Finger gleiten.

„Lass sie nicht los!“, rief Tobbs.

„I wo!“, schrie der Dämon. „Ich lasse sie nur locker, der scheint genau zu wissen, wo er hinwill!“

„Findest du denn wieder zurück?“

„Hat meine Schwester Schlangenzähne?“

Mit einem mulmigen Gefühl in der Magengegend beobachtete Tobbs, wie der Mancor sein Haupt schüttelte und abrupt nach rechts zog. Eine Schar glänzend weißer Vögel stob kreischend auseinander.

Die Berge lagen nun hinter ihnen, stattdessen flogen sie über Geröll und endlose Ebenen. Erst weit am Horizont erhob sich eine neue Hügelkette. Seltsam zackige, regelmäßige Strukturen ragten in den Himmel. Ab und zu blitzte etwas auf. Der Mancor schnaubte aufgeregt und beschleunigte. Das Blitzen schien ihn zu interessieren.

„Das sind keine Berge, oder?“, brüllte Tobbs gegen den Wind an.

„Keine Ahnung, frag ihn doch!“, gab Sid zurück und deutete auf den Mancor. „Ich lasse ihn noch ein Stück laufen. Mal sehen, wo er uns hinführt.“

„Aber das ist ... eine Stadt oder so was!“

Sid blies die Backen auf und überlegte. Tobbs spähte angestrengt zum Horizont. Wieder glitzerte es in dem zackigen Gebilde – vielleicht waren es Glasscheiben, in denen sich die Sonne spiegelte?

„Na ja“, meinte der Dämon zögernd. „Könnte schon sein, ja, du könntest Recht haben. Ich schätze, es ist eine Stadt.“

Seltsamerweise empfand Tobbs keinerlei Angst – viel zu faszinierend war das Gebilde, das näher und näher kam. Bald konnte er weitere Einzelheiten ausmachen: Türme und spitz zulaufende Giebel erhoben sich über flachen Dächern. Noch nie hatte Tobbs solche Häuser gesehen – mit glatten Wänden und hohen, schmalen Mauern. Lack in den verschiedensten Rottönen glänzte in der Sonne. Die Häuser hatten nicht nur zwei Fensterreihen übereinander, sondern ... Tobbs zählte ... vier, oder fünf oder ... mehr? Genau konnte er es nicht erkennen. Fensterscheiben gab es nicht, nur bunte Tücher, mit denen alle Öffnungen verhängt waren. Das, was er für Fensterglas gehalten hatte, waren Spiegel. Sie steckten alle an langen Stangen auf den Hausdächern – und bewegten sich! Schnüre strafften sich und dirigierten die Spiegel in bestimmte Richtungen, sie wanden sich wie Schneckenaugen, kippten hin und her. Manche schlugen gegeneinander, als würden sie einander in ihrer Hast, ein Bild einzufangen, im Weg stehen. Aber so unterschiedlich sie sich auch verhielten, alle kannten offenbar nur ein Ziel – sich Kalis Kutsche zuzuwenden.

Als der Mancor langsamer wurde und in einem eleganten Bogen direkt über der Stadtmauer aus schwarzem Stein entlanggaloppierte, erblickte Tobbs auf einmal ein hundertfaches Bild – den gewaltigen Streitwagen, der von einem Dämon geführt wurde. Im Spiegel hatte Sid grüne Schlangenhaut und sah gar nicht mehr engelhaft lieblich aus. Spitze Zähne verwandelten sein Grinsen in ein bedrohliches Fletschen, auch das blonde Haar war verschwunden. Zeigte der Spiegel die Zukunft? Tobbs schluckte und schielte zu der Stelle, an der er im Streitwagen stand. Und sah … nichts! Nur ein wolkiges Etwas schwebte dort. Vorsichtig lehnte er sich weiter aus dem Wagen und spähte in die vorbeihuschenden Spiegel. Nein, kein Zweifel – er besaß kein Spiegelbild! Und da war noch etwas Seltsames – wehendes Haar und wilde, blaue Augen.

Aber bevor Tobbs begriff, was er in den huschenden Spiegelbildern sah, zog der Wagen schon direkt über der Stadt dahin. Unendlich weit unten erstreckte sich ein Gewirr aus sonnenlosen Gassen und Häuserschluchten, helle Straßen breiteten sich wie ein Adernetz am Boden aus. Es duftete nach Gewürzen und Blumen.

Der Mancor galoppierte ganz nah an einen großen Turm heran und brüllte wütend gegen die Spiegel an. Glas klirrte und zerbrach. Tobbs schoss die Angst in die Kehle – ein würgender, heißer Druck, der ihm die Luft abschnürte. Der Wagen ruckelte. Scherben regneten auf die Stadt herab. Nur wenige Spiegel waren noch unversehrt, aber sie zeigten nun nicht mehr Kalis Streitwagen, sondern kippten nach unten, als würden sie in die Gassen der Stadt hinunterschauen.

„Weg hier!", krächzte Tobbs. Das ließ sich Sid nicht zweimal sagen. Mit aller Kraft legte er sich in die Zügel. Der Mancor machte einen unwilligen Sprung in der Luft, der den Wagen hüpfen ließ, doch zu Tobbs' Erleichterung gehorchte er und drehte ab. In diesem Moment zischte etwas Langes an Tobbs' Ohr vorbei. Instinktiv duckte er sich in den Schutz des Wagens und sah sich um. Ihm wurde schwindlig.

„Sid!", brachte er heraus. „Sie ... greifen uns an!"

Auf der Stadtmauer, die eben noch leer gewesen war, standen Krieger – ganz offensichtlich Krieger, denn sie trugen glänzende Rüstungen und hielten Waffen in den Händen. Sid stieß einen wüsten, kehligen Fluch aus, den vermutlich nur Dämonen verstanden, und trieb den Mancor an. Kalis Kutschtier schüttelte wieder unwillig die Mähne. Sein Brüllen vermischte sich mit einem anderen Geräusch – ein Sausen wie von starkem Wind. Dann pfiffen schon Dutzende von Speeren und Steinkugeln durch die Luft, direkt auf den Wagen zu. Ein gewaltiger Schlag schleuderte das Gefährt aus seiner Spur. Triumphgeschrei hallte von den Dächern wider.

„Halt dich fest!", kreischte Sid. „Wir weichen nach oben aus!"

Abrupt stieg der Wagen in die Höhe und Tobbs klammerte sich mit aller Kraft an den Holzbügel. Plötzlich baumelten seine Füße in der Luft und seine Finger schmerzten höllisch. Ein Sog zerrte an seinen Schuhen. Sid schaukelte neben ihm, die Zügel um die Handgelenke gewunden. Wieder hörte Tobbs ein heranzischendes Pfeifen. Spürte einen mörderischen Ruck in den Fingern.

Der Holzbügel, an den er sich klammerte, brach.

Und Tobbs fiel.

Im ersten Augenblick begriff er nicht, warum der Wagen kleiner und kleiner wurde. Sids vor Schreck verzerrtes Gesicht entfernte sich wie ein Stein, den jemand in den Himmel warf. Pfeile und Steinkugeln folgten dem Wagen wie Jagdhunde der Beute – doch bald wurden sie langsamer, gaben auf, kamen in der Luft zum Stillstand, drehten sich der Schwerkraft folgend um und sausten nun stattdessen Tobbs hinterher. Seine Jacke flatterte ihm um die Ohren und der Wind ließ seine Hosenbeine knattern. Eine gewaltige Windhand drehte ihn um seine eigene Achse, sodass er mal den Himmel und mal ein Häusermeer sah. Die Häuser! Er fiel mitten in die Stadt! Sein Magen schien Purzelbäume zu schlagen und presste hart gegen seine Kehle. Tobbs konnte nur noch einem Gedanken folgen: Nie würden seine Eltern ihn finden. Jetzt nicht mehr. Ein Pfeil streifte ihn, und dann witschte eine Kugel direkt vor seiner Nase vorbei. Er würde also sterben. Zerschmettert durch eine Kugel, durchbohrt von einem Pfeil – oder zu Tode gestürzt in einer fremden Gasse. Würde es wehtun?

Es tat weh. Viel zu weh, um zu schreien. Alle Luft wurde

aus Tobbs Lungen gesogen, seine Schultern durchzuckte ein gewaltiger Schmerz. Etwas langsamer fiel er weiter. Die Herrschaft über seine Arme und Finger hatte er offenbar verloren – sie klammerten sich ganz ohne sein Zutun an einen dicken, glatten Ast, der offenbar mitten aus der Luft gekommen war. Fenster mit bunten Vorhängen huschten an ihm vorbei. Mit dem Ast in den Armen sauste er zwischen zwei Häusern in die Tiefe. Ein weiteres Geschoss verfehlte ihn und zerstörte ein Fensterbrett. Tobbs prallte gegen eine Hauswand, trudelte, bis er sich mit dem Fuß in einem Vorhang verhedderte. Stoff schlug ihm gegen die Wange und wickelte sich um seinen Kopf. Flatternd und trudelnd fiel er blind weiter – knallte gegen harte Dinge, hörte Stoffe reißen. Als der Wind endlich den Vorhang vor seinen Augen zur Seite schob, erkannte er direkt unter sich ein mit Spiegelscherben übersätes gelbes … Sonnendach?

Tobbs krachte hindurch wie ein Stein durch ein Mehlsieb – und versank in einem Haufen Blütenblätter. Fest an den Ast geklammert blieb er liegen, während sein Kopf verzweifelt zu verstehen versuchte, was in der vergangenen Minute geschehen war.

„Vom Dach gefallen!“, sagte eine Männerstimme. Die Aussprache war seltsam verwaschen, es klang beinahe wie „Vomtachefallen“.

„Vom Dach!“, bestätigte eine Frau.

„Warum ist er nicht tot?“

„Er umarmt einen Schweb-Eichenast“, sagte der Mann. „Der hat seinen Fall etwas abgebremst. Und dann ist er direkt auf den Wagen mit den Blüten für das Opferfest gefallen. Einmal alle zehn Jahre fährt dieser Wagen durch die Wandelgasse – und er fällt direkt rein."

„Unglaubliches Glück. Unglaublich! Kein Mensch hätte den Sturz überlebt."

„Und wenn er kein Mensch ist?"

Tobbs versuchte, tief einzuatmen. Es stach zwar, aber allmählich war er geneigt zu glauben, die Sache lebend überstanden zu haben. Vorsichtig blinzelte er.

Über ihm wehte das zerfetzte Sonnendach im Wind. Und über den Wagenrand starrten ihn aus übergroßen, spiegelglatten Augen Insekten an. Ihre runden Köpfe glichen glänzenden Lackkappen und wie bei Käfern bedeckten Panzerplatten die Schultern. Tobbs stöhnte und richtete sich auf. Viel Kraft brauchte er dazu nicht, der Schweb-Eichenast, den er tatsächlich immer noch umklammert hielt, zog ihn hoch.

Sofort kam Bewegung in die Käfer. „Ein vom Himmel Gefallener!", flüsterte die Frau. „Wie lange ist es her, seit die Götter uns einen geschickt haben?"

„Gebt ihm eine Kappe!", befahl der Mann. „Und dann bringt ihn in den Tempel!"

Bevor Tobbs etwas erwidern konnte, stülpte ihm jemand eine holzharte Halbkugel über den Kopf. Dann schob man ihm noch ein seltsames Gestell über die Augen – zwei mit einem Bügel verbundene Insektenaugen an Holzstielen, die über seine Ohren und die Nase gelegt wurden. Tobbs staunte – durch die Insektenaugen sah er alles in einem hübschen Blauton!

Und dann sah er gar nichts mehr.

Die Stadt der Spiegel

Es roch nach den rosafarbenen Blüten, die zu Räucherwerk zerfielen, ein süßer, leichter Duft, der sich mit dem starken Geruch von schwelenden Dochten und rußigen Rauchschwaden mischte. Trappeln und leises Fiepen erklang, Platschen und auch das zarte Läuten von Zimbelglöckchen. Die beruhigenden Klänge folgten keinem Rhythmus, sondern waren so zufällig, als würde der Wind mit den Glöckchen spielen. Das Schönste aber war die Stille, die die Pausen zwischen den Geräuschen füllte. Nichts bewegte sich. Der Boden unter Tobbs war fest und weich zugleich – möglicherweise lag er auf einer Matratze oder dicken Decke. Seine Finger ertasteten jedenfalls fein gewebten Stoff und Stickereien, die aus einem kratzigen, metallisch anmutenden Faden gefertigt waren.

Vorsichtig bewegte Tobbs seine Augen hinter den geschlossenen Lidern. Seltsamerweise tat ihm nichts weh – nur in seinem Kopf befand sich ein diffuser Klumpen, der an pulsierende Watte erinnerte. Behutsam öffnete Tobbs die Augen und blickte sich um.

Er lag in einem Tempelraum. Es musste ein Tempel sein,

denn es brannte überall Räucherwerk. Rosafarbene, fleischige Blüten bedeckten den Boden vor einem lackierten Schrein. Unzählige Spiegel brachen das Licht von Kerzen und ließen die Farben im Raum flirren. Die Figur, die auf dem rot lackierten Holz stand, stellte eindeutig Kali dar. Auch wenn das Gesicht keinerlei Ähnlichkeit mit der Göttin hatte, war die Figur so bemalt, wie es Kali entsprach. Sogar der tote Mann am Ohr fehlte nicht. Die Göttin schien Tobbs grimmig anzusehen. Schuldbewusst schoss er hoch und blieb mit klopfendem Herzen sitzen. Wie lange mochte er geschlafen haben? Er musste sofort hier raus – und zurück zur Taverne. Gehetzt blickte er sich um. Doch der Raum hatte kein Fenster. Nicht einmal eine Tür entdeckte Tobbs. Das einzige Element, das die strenge Symmetrie des Raumes störte, war der Schweb-Eichenast. Mit einer dünnen Eisenkette war er in der rechten Ecke neben dem Schrein an einem Metallring in der Wand befestigt und schwebte in der Luft. Einige hellblau und schwarz gefleckte Mäuse machten sich einen Spaß daraus, an der Wand hochzuklettern und mit einem Satz auf dem Ast zu landen. Manche nutzten den Ast sogar als Sprungbrett in eine Milchschüssel, die am Boden stand. Das war also das Platschen, das Tobbs eben gehört hatte. Er blinzelte noch einmal und beobachtete das Treiben.

Nach und nach begann sein Kopf wieder zu arbeiten. Rädchen rasteten ein und setzten sich knirschend in Bewegung. Er war in einer fremden Stadt, irgendwo in Yndalamor. Und die Bewohner hatten ihn nicht getötet, sondern ihn in den Tempel gebracht, weil sie ihn – wie hatten sie es genannt? – für einen vom Himmel Gefallenen hielten. Nun, so weit konnte er ihnen nicht einmal widersprechen. Aber nun saß er in einer Art türenlosem Tempelkerker und die Stille deutete möglicherweise darauf hin, dass es Nacht war. Und was, wenn er nicht nur für kurze Zeit bewusstlos gewesen war, sondern einige Stunden?

Er überschlug alle Möglichkeiten und entschied sich für die wahrscheinlichste: Selbst wenn er Stunden geschlafen hatte, waren in der Taverne kaum mehr als einige Minuten vergangen. Noch trank Kali also in aller Ruhe mit Dopoulos Tee. Weitaus dringlicher war das Problem namens Sid. Hatte der Dämon den Wagen und den Mancor in Sicherheit gebracht? Möglicherweise – und bei diesem Gedanken wurde Tobbs ganz schwach – war Sid schnurstracks zur Taverne zurückgekehrt und hatte Dopoulos Bescheid gesagt. Dann würde es Ärger geben. Noch mehr Ärger als jetzt, um genau zu sein.

Vorsichtig stand er auf und schrak sogleich zusammen, als er ein lautes Klappern hörte. Erst nach einigen Sekunden begriff er, dass das Klappern von ihm selbst ausging. Immer noch trug er die Kappe und das Gestell über seinen Augen. Außerdem hatte ihm jemand diese Schulterkappen angelegt. Tobbs atmete auf und nahm das Gestell von der Nase herunter. Sofort wurde es im Raum so hell, dass er blinzeln musste. Die himmelblau-schwarzen Mäuse hatten sich in schwarz-weiße Mäuse verwandelt und sahen mit einem Mal ganz harmlos aus. Neugierig betrachtete Tobbs seine „Rüstung“. Die Schulterkappen und der Helm bestanden aus einem holzähnlichen Material, allerdings war es viel leichter als Holz, es ähnelte eher der harten Schale einer runden, glatten Nuss. An einigen Stellen war der Lack zerkratzt, so als sei ein scharfes Messer daran abgerutscht. Tobbs fuhr mit dem Finger über eine Scharte und zuckte zurück. Im Helm steckte ein winziger Spiegelsplitter. Ob die Bewohner der Stadt die Helme trugen, um sich vor den herabfallenden Scherben zu schützen? Das würde auch das Gestell vor den Augen erklären – wenn sie zum Himmel schauten, konnten so auch keine Splitter ihre Augen verletzen.

„Du bist also der vom Himmel Gefallene?“, raunte eine Frauenstimme. Erschrocken fuhr Tobbs herum. Die Stimme war dunkel und warm und schien aus dem ganzen Raum zu kommen. Tobbs glaubte etwas aus seinem Augenwinkel davonhuschen zu sehen – einen flimmernden, orangefarbenen Streifen, aber als er sich auf dem Absatz umdrehte, war es bereits verschwunden. Stattdessen ertönte ein Lachen. Da, im Spiegel gegenüber dem Schrein! Etwas Farbiges leuchtete grell darin auf und war gleich darauf wieder weg. Tobbs blickte sich um.

„Wo … wo bist du? Komm heraus!“, sagte er.

„Komm du doch herein“, forderte ihn die Stimme auf.

Die Mäuse stellten sich auf die Hinterbeine und schnupperten in der Luft herum. Tobbs ging näher an den Spiegel heran, doch das orangefarbene Flirren war nirgendwo zu sehen. „Bist du … noch da?“, fragte er leise.

„Schau genau hin“, kam die prompte Antwort. „Und betrachte dich selbst! Vielleicht siehst du mich dann auch im Spiegel.“

Tobbs beugte sich noch weiter vor. Er stand nun genau vor dem Spiegel, doch seltsamerweise sah er sich gar nicht. Nur eine verschwommene, wolkig dunkle Fläche schwebte vor ihm.

„Erstaunlich“, bemerkte die Frauenstimme. „Du hast kein Spiegelbild.“

„Das bist du, oder?“, fragte Tobbs. „Du stiehlst mir das Spiegelbild – bist du ein Spiegelgeist?“

„Nichts weniger als das“, erwiderte die Stimme. Nun klang ihr Tonfall leicht eingeschnappt. „Das, was du vor dir siehst – oder auch nicht siehst –, bist immer noch du selbst.“

Tobbs runzelte die Stirn und hob die Hand. Das wolkige Ding im Spiegel waberte auf und ab. Für einen Moment nahm er schräge Augen wahr – gefährlich wirkten sie, als würden sie auf Beute lauern. Tobbs lief ein Schauer über den Rücken. Nein, das konnte nicht sein Spiegelbild sein!

„Dann stimmt etwas mit dem Spiegel nicht“, sagte er.

Die Stimme kicherte. „Etwas stimmt mit dir nicht, mein Junge. Der Spiegel zeigt dir nur deine wirkliche Gestalt.“

Der Schauder wurde zu einem kalten Schreck. „Das da bin ich aber ganz bestimmt nicht!“, beharrte Tobbs.

„Ach wirklich?“, spottete die Stimme. „Na, was bist du dann?“

„Na, ein Mensch. Ich habe schwarze Haare und …“

Lachen erklang. Und als hätte jemand das Licht in einem dunklen Raum angemacht, erschien direkt vor ihm eine Frau im Spiegel. Sie war alt und hatte umschattete Augen. Ihre Haut war dunkel wie schwarze Erde. Als Kleid trug sie ein orangefarbenes Tuch, das sie sich um den Körper geschlungen hatte. Es musste ein großes Tuch sein, denn die Frau war … gewaltig. Zumindest, wenn man annahm, dass der Spiegel kein Zerrspiegel war. Dopoulos hätte sie sicher, ohne zu zögern, als Türwächter eingestellt. Die Frau musterte Tobbs aus beunruhigenden Augen – eines war hellgrün, das andere aber leuchtete dunkelbraun.

„Schwarze Haare würde ich das da nun wirklich nicht nennen“, bemerkte sie. „Wie kommst ausgerechnet du bitte schön darauf, ein Mensch zu sein?“

Tobbs schluckte noch einmal und trat einen Schritt zurück.

„Ich bin doch einer!“, sagte er. „Glaube ich jedenfalls. Oder … siehst du wirklich etwas anderes?“

Die Frau schnalzte mit der Zunge und nickte. „Darauf kannst du wetten.“

Die folgende Frage zu stellen, kostete Tobbs unendlich viel Mut. „Und … was siehst du?“

„Wenn du es selbst nicht weißt, ist es nicht meine Aufgabe, es dir zu sagen“, erwiderte sein Gegenüber. „Außerdem kann sogar ich mich irren – und im Moment scheinst du nicht so ganz sicher zu sein, welche Gestalt du endgültig annehmen willst. Es wäre nett, wenn du dich wenigstens bemühen würdest, nicht so sehr zu flackern. Aber im Augenblick kommt es auch gar nicht darauf an, wer oder was du bist, sondern nur darauf, für wen dich die anderen halten. Den, der mit der Göttin der Zerstörung spricht, den vom Himmel Gefallenen. Ach, da hast du ja einen weiteren Beweis: Kein Mensch hätte diesen Sturz überlebt.“

„Das war nur Glück. Zufällig war da der Schweb-Eichenast in der Luft – und die Pfeile haben mich verfehlt."

„Die Mauerschützen sind keine Blinden, sie würden nicht auf der Mauer stehen, wenn sie Leute wie dich verfehlen würden. Und ein Schweb-Eichenast in dieser Gegend? Nein, so viele glückliche Zufälle sind keinem Menschen gegeben."

Tobbs biss sich auf die Unterlippe. Plötzlich hatte er es noch viel eiliger, diese Stadt zu verlassen. Verzweifelt sah er sich nach einer Tür um, nach einem Fenster. Vielleicht war im Boden eine Falltür?

„Wie heißt du?", fragte die Frau nun.

„Tobbs", murmelte er. „Gibt es hier einen Ausweg? Ich muss hier raus, sofort!"

Die Frau zupfte an ihrem weißen Haar und zuckte bedauernd die Schultern. „Ist nicht so einfach – nur die Priester kennen den Weg durch die Spiegel. Und da wir wohl eine Weile hier miteinander verbringen werden ..."

„Das werden wir ganz sicher nicht!" Tobbs schritt den Raum ab, spähte hinter den Schrein, ging an den Spiegeln vorbei und hielt Ausschau nach einer Tür, einem Spalt, irgendeinem Ausgang. Doch das Einzige, was er sah, waren die wolkigen Schatten seines Spiegelbildes in den anderen Spiegeln. Und hier und da ein fremdes Augenpaar, das ihn erstaunt musterte.

„Auch wenn wir nur kurze Zeit hier sein sollten", fuhr die Frau ungerührt fort, „möchte ich doch, dass du meinen Namen kennst. Ich bin Mamsie Matata."

„Das ist aber kein Name aus Yndalamor, oder?", sagte

Tobbs, während er mit der Hand suchend an einer Dielenkante auf dem Boden entlangfuhr.

„Nein, ist es nicht“, entgegnete die Frau etwas zu spitz. „Ich komme nicht von hier. Ich war eine Reisende und Gast in Yndalamor. Als ich noch lebte.“

Tobbs hielt inne und drehte sich zu dem Spiegel um. „Tot? Du bist also doch ein Geist?“

Mamsie Matata schüttelte heftig den Kopf, legte den dicken Zeigefinger über ihre Lippen und winkte ihn heran. In diesem Moment bemerkte Tobbs, dass die Mäuse alle still verharrten. Kein Schnurrhaar zuckte. Alle Augen waren auf Mamsie Matata gerichtet. Die anderen Spiegel begannen miteinander zu tuscheln. Langsam näherte Tobbs sich der seltsamen Frau. Erst als seine Nasenspitze fast an das Spiegelglas stieß, nahm Matata den Finger von den Lippen und beugte sich blitzschnell nach vorne. Bevor Tobbs reagieren konnte, spürte er zwei kräftige Hände, die ihn packten und ihm mit einem Ruck etwas aus dem Körper rissen, das sich wie geballter Wind anfühlte. Und dann glitt und schwebte er selbst – mitten durch den Spiegel. Die Oberfläche, die er durchstieß, war kühl wie eine Wand aus Eisluft. Matatas Welt dahinter jedoch war warm und duftete nach Gewürzen. Es war das Spiegelbild des Tempelraums, natürlich, aber dennoch waren einige Kleinigkeiten darin anders. Zum Beispiel fehlte die Statue der Göttin Kali.

„Siehst du?“, sagte Mamsie Matata. „Noch ein Beweis: Einen Menschen hätte ich nie hinter den Spiegel ziehen können.“

Tobbs hob die Hand und betrachtete sie – ein wolkiger, schlanker Schatten, viel dünner, als sein Arm gewesen war. Er brachte kein Wort heraus, aus seiner Kehle kam nur ein kleiner, jämmerlicher Laut, ein fiepsendes Fauchen, das tatsächlich nicht sehr menschenähnlich klang.

Matata lächelte. „Keine Sorge, Junge. Hier bist du sicher. Ich wollte nur nicht, dass die anderen Spiegel uns belauschen. Sieh hier!"

Sie nahm Tobbs bei den Schultern und drehte ihn um. Wie durch ein Fenster blickte er nun in den Raum. Und direkt vor ihm, mit einem angespannten, konzentrierten Gesichtsausdruck, stand er selbst und starrte immer noch in den Spiegel. Das Haar hing ihm wirr in die Stirn und auf dem Kinn prangte ein Bluterguss. Tobbs griff sich reflexartig ans Kinn, fühlte jedoch nur etwas Spitzes, Haariges. Seine Hand zuckte zurück. Noch mehr als sein eigener, erstarrter Körper erschreckte ihn der Anblick der anderen Spiegel. In jedem davon war ein Gesicht, das zu ihm herübersah. Junge und alte waren es, verschlagene und sanfte Gesichter. Nach yndalamorischer Tradition hatten sie ihre Stirnen mit Strichzeichnungen geschmückt.

„Die reden nicht mit mir", flüsterte Matata hinter ihm. „Weil ich eine Fremde bin. Aber um mich in den Spiegel zu sperren, dafür war ich den Herrschaften offenbar nicht fremd genug."

„Die Yndalamorier halten dich in dem Spiegel gefangen?" Endlich hatte Tobbs seine Stimme wiedergefunden. Doch sie klang leiser und etwas tiefer, als würde der Raum um ihn herum sie erst formen.

Mamsie Matata trat neben ihn und blickte aus dem Spiegel. Nun war sie kleiner als er, aber immer noch wirkte ihr Körper sehr wuchtig. Ihre Stimme klang warm und freundlich, als sie weitersprach.

„Das ist die Stadt der Spiegel, mein Junge. Wir in den Spiegeln sind alle Gefangene. Alle, die am falschen Ort starben oder zur falschen Zeit, alle, die auf der Reise zu ihrem nächsten Körper trödelten – nun, sie fristen ihr Dasein als Spionspiegel."

„Spionspiegel?"

„Schon vergessen?", sagte Mamsie Matata und tippte ihm mit der Fingerspitze an die Brust. Es fühlte sich an wie ein kalter Windhauch und ihre Hand versank in dem schwarzen Nebel, der nun Tobbs' Körper war. „Nur beseelte Spiegel zeigen die wahre Gestalt ihres Gegenübers. Das Äußere lässt sich so leicht verändern – eine Prise Magie oder eine Maske genügen. Doch die Spionspiegel kann man nicht belügen."

„Wurden deshalb Spiegel auf den Dächern der Stadt angebracht?"

Mamsie Matata nickte gewichtig. „Kluger Junge. Die Feinde der Stadt kommen aus der Luft und sie beherrschen viele Tricks der Verwandlung. Mal nähern sie sich als liebliche Frauen mit zarten Flügeln, mal geben sie vor, einfach nur große Vögel zu sein. Doch die Spionspiegel zeigen ihre wahre Gestalt und schicken das Bild über weitere Spiegel hinunter in die Gassen und Häuser. Dann wissen die Menschen, dass sie sich in Sicherheit bringen müssen. ‚Spiegelwender' ist in dieser Stadt ein angesehener Beruf." Tobbs schluckte und starrte sein eigenes, eingefrorenes Gesicht in der wirklichen Welt an. Über den Dächern der Stadt hatte er sich selbst im Spiegel nicht gesehen, aber Sid hatte er in der dämonischen Gestalt erblickt, die ihm wirklich entsprach. Und der Mancor … irgendetwas an seinem Spiegelbild war ebenfalls anders gewesen. Warum hatte er bloß nicht genauer hingeschaut! Und nun flog Sid mit Kalis Kutsche alleine durch die Lüfte. Zumindest hoffte Tobbs, dass die Kutsche noch flog.

„Du hast traurige Augen“, sagte Mamsie Matata. „Ich sehe einen sehr alten Kummer darin. Und auch neuen Schrecken.“

Das Mitgefühl in ihrer Stimme brachte Tobbs noch mehr aus der Fassung, er musste schlucken, damit ihm nicht die Tränen in die Augen stiegen. Sein ganzes Elend brach über ihn herein. Er würde seinen Geburtstag verpassen! Und nicht nur das: Er war weit weg von zu Hause – von seinen Figuren, von dem Zimmer, das nur ihm gehörte, und viel zu weit weg von dem einzigen Ort, an dem seine Eltern ihn finden konnten. Die Vorstellung, dass sie vielleicht gerade jetzt vor einer der Tavernentüren standen und hofften, Tobbs zu finden, machte ihn rasend und gleichzeitig wurde ihm übel vor Angst.

„Ich muss hier weg“, brachte er mühsam heraus. „Ich muss zurück – in die Taverne, in der ich lebe. Es ist nur ein blöder Zufall, dass ich hierhergekommen bin.“

„Das ist es immer“, sagte Mamsie Matata. „Der Tod kommt immer ungerufen, glaube mir, ich weiß, wovon ich rede.“

Beim Wort „Tod“ zuckte Tobbs zusammen. „Für eine Tote wirkst du aber sehr lebendig“, sagte er leise.

„Das kann nur ein Lebender sagen!“ Matatas Lächeln war verschwunden, sehnsuchtsvoll sah sie in den Tempelraum. Tobbs folgte ihrem Blick und betrachtete die Gesichter in all den anderen Spiegeln. Das mulmige Gefühl wurde zu einer grässlichen Gewissheit.

„Sie wollen mich auch in einen solchen Spiegel sperren, nicht wahr?“

Mamsie Matatas hellgrünes Auge blitzte im Licht einer Kerze auf. Eine Weile sah sie ihn mitleidig an, dann seufzte sie und zuckte mit den Schultern.

„Verstehst du es immer noch nicht?“, murmelte sie. „Sie werden dich töten, mein Junge. Und deine Seele wird in keinen Spiegel flüchten, sie wird geopfert, um von den Feinden der Stadt verschlungen zu werden. Du bist nicht nur tot, du wirst aufhören zu existieren. Aus. Ende. Von der Welt radiert für immer.“

Tobbs musste sich setzen. Der Holzboden war warm wie von der Sonne gewärmt, dennoch fror er so sehr, dass seine Zähne klapperten.

„Wer sind denn … diese Feinde?“, stammelte er.

Mamsie Matata sah ihn erstaunt an. „Du bist wirklich nicht aus dieser Gegend. Die Schwärme natürlich! Die Helferinnen der Göttin dort.“ Mit ihrem Kinn deutete sie in Richtung von Kalis Statue. „Oft sieht man sie in der Gestalt von Frauen. Aber die Stadt der Spiegel greifen sie meist als Vögel an.“ Tobbs blinzelte und versuchte sich daran zu erinnern, ob Dopoulos ihm jemals von den Helferinnen erzählt hatte. Er hatte nicht. „Sie fressen Menschenfleisch und verschlingen Seelen“, half Matata seinem Gedächtnis auf die Sprünge. Nun kam zu der Kälte auch noch das Gefühl, dass seine Knochen sich in Pudding verwandelten. Er schloss die Augen und vergrub den Kopf in den Armen. In einem fremden Land ausgelöscht – von Kalis Helferinnen. Das durfte einfach nicht wahr sein!

„Das wird ... Kali niemals zulassen“, flüsterte er. „Sie kennt mich und ...“

„Scht! Niemals spricht man hier ihren Namen aus, hast du verstanden? Wenn man ihren Namen nennt, riskiert man, dass sie die Stadt angreift und zerstört. Hast du denn nicht gehört, was sie mit der silbernen Stadt Ghan gemacht hat? Sie reitet auf einer großen Feuerwolke und schwingt ein Schwert, das Berge vom Erdboden fegen kann.“

„Im Augenblick sitzt sie bei mir zu Hause und trinkt Tee“, erwiderte Tobbs. Beinahe hätte er gelacht – was er hier gerade erlebte, war einfach vollkommen verrückt!

„Außerdem reitet sie keine Feuerwolke, sondern fährt seit Neuestem einen fliegenden Streitwagen. Und wenn sie in nächster Zeit etwas zerstören wird, dann höchstens mich – falls die Schwärme nicht schneller sind.“

„Was redest du da?“, empörte sich Mamsie Matata. „Bist du auf den Kopf gefallen? Die Göttin und Tee trinken – pah! Wenn sie etwas trinkt, dann ist es Blut aus den Schädeln ihrer Opfer!“ Erstaunlich behände nahm sie neben Tobbs auf dem Boden Platz und legte ihm eine Hand auf den schattigen Arm. Die Wärme ihrer Finger tat gut. „Es ist schade um dich, weißt du?“, sagte sie. „Irgendwie mag ich dich. Die anderen vom Himmel Gefallenen waren allesamt entweder eingebildet, verrückt oder fingen vor Angst an zu schreien und zu heulen. Dabei bringt das gar nichts. Nur, dass die Priester sie dann knebeln und fesseln, bis sie dran sind."

Tobbs schluckte schwer und blickte in Mamsie Matatas verwirrende Augen. „Wann … bin ich denn dran?"

„Beim Opferblütenfest in zwei Tagen."

„Fällt jedes Mal, wenn ein Fest stattfindet, ein Menschenopfer vom Himmel?"

Mamsie Matata schüttelte geduldig den Kopf. „Kein Mensch weiß, wann die guten Götter der Stadt ein Opfer schenken. Mit denen, die außerhalb der Festzeit herunterfallen, wird kein langes Brimborium gemacht. Du weißt – sobald die Schwärme wieder mal Futter bekommen, ist einige Zeit Ruhe. Manchmal einen ganzen Mondlauf lang. Dann ist die Stadt wirklich ein sehr netter, ruhiger Ort. Das dachte ich auch, als ich hier ankam. Gute Musik, flippige Leute, interessante Geschichten. Na ja. Hätte ich damals gewusst, dass ich hier ende, hätte ich nur das Touristenprogramm mitgenommen und dann zugesehen, dass ich so schnell wie möglich weiterkomme." Sie klopfte ihm auf den Rücken, als tätschelte sie einem alten Pferd den Hals, und lächelte ihm aufmunternd zu. „Na komm, steh auf, Kleiner", sagte sie und erhob sich. Tobbs ließ es zu, dass sie ihn an der Hand fasste – zumindest spürte er, wie sie in das Wolkengebilde am Ende seines Arms griff – und ihn sanft auf die Beine zog. „Ich gebe dir einen guten Rat: Wenn sie kommen, dann sag ihnen, was sie hören wollen. Dann hast du zumindest noch zwei Tage, die du komfortabel und ohne einen Knebel im Mund verbringen kannst."

„Und wenn ich ihnen sage, dass die Götter mich nicht vom Himmel geworfen haben? Ich bin nur zufällig hier ... ich ..."

„Scht!", unterbrach ihn Mamsie Matata. „Was glaubst du, wie oft haben sie diesen Spruch wohl schon gehört?" Sie zwinkerte ihm zu, dann packte sie ihn bei den Schultern und schubste ihn gegen den Spiegel.

Das Zurückgleiten in seinen starren Körper war unangenehm – es war, als hätte er viel zu lange Zeit bewegungslos und angespannt dagestanden und würde nun spüren, wie sich seine verkrampften Muskeln gegen das lange Stillhalten wehrten. Seine Knie gaben nach und er sank zu Boden. Nie hatte er sich schutzloser gefühlt. Mamsie Matata war erloschen und auch ihre Wärme war verschwunden. Stattdessen glotzten ihn nun unverhohlen alle Spiegel an.

Tobbs kroch unter Mamsie Matatas Spiegel, lehnte sich mit dem Rücken an die lackierte Wand und zog die Knie bis unters Kinn. Seine Kehle war trocken, aber er war heilfroh, wieder Finger und Arme und ein Kinn zu haben – auch wenn dort schmerzhaft eine Prellung pochte. Um ganz sicherzugehen, fuhr er sich mit den Fingern durch das Haar und spürte die beruhigend glatten Strähnen. Wanja fuhr ihm gerne mit der Hand durch das Haar. Bei der Erinnerung an ihre rauen, vertrauten Schmiedehände wurde Tobbs sein ganzes Elend wieder bewusst. Das alles hier musste ein schrecklicher Traum sein! Wanja hätte ihm doch gesagt, wenn er kein Mensch wäre! Die Spiegel verschwammen vor seinen Augen und plötzlich heulte und schniefte er vor Wut und vor Selbstmitleid. Was für ein dummer Esel er doch war! Natürlich konnte er Sid die Schuld geben, aber der Punkt war, dass er, Tobbs, der Ältere war. Er hatte die Verantwortung für das Dämonenkind gehabt – und er war es gewesen, der sich hatte überreden lassen, auf Kalis Streitwagen zu steigen. Trotzdem – wenn er Sid noch einmal in die Finger bekäme, würde er ihn weichprügeln, bis er keiner Schlange, sondern einem Plattwurm glich.

Tobbs fluchte und wischte sich mit dem Ärmel über die Augen. Aus dem Spiegel, der ihm genau gegenüberstand, starrte ihn ein Greisengesicht mit unverhohlener Faszination an.

„Was glotzt du so?“, fuhr Tobbs den Alten an. „Kümmere dich um deinen eigenen Kram, verstanden?“ Das Gesicht verschwand so schnell, als hätte jemand eine Kerzenflamme ausgepustet.

Die Mäuse fiepten leise – wahrscheinlich war das ihre Art zu kichern. Inzwischen saßen sie allesamt auf dem schwebenden Eichenast und genossen unverhohlen die Aussicht.

Tobbs betete, dass Wanja und Dopoulos schon unterwegs waren. Wenn Dopoulos Kali darum bat, würde sie ihn retten. Ganz bestimmt. Vorausgesetzt, Sid war in die Taverne zurückgekehrt. Vorausgesetzt, er war nicht feige und hatte den verbotenen Ausflug gebeichtet. Vorausgesetzt …

Tobbs vergrub die Finger wieder in seinem Haar. Es hatte keinen Sinn, seine gesamte und wohl sehr kurze Zukunft mit lächerlich hoffnungsvollen Gedanken zu verschwenden. Hier würde keine Wanja auftauchen, um ihn zu retten. Er war allein. Und nicht nur das – zu allem Überfluss war er offenbar irgendetwas Wolkiges mit schrägen, orange-goldenen Augen und ohne Finger. Möglicherweise waren seine Eltern ja Dämonen? Im Augenblick wäre ihm das mehr als recht gewesen, denn die Schwärme gierten ja ausschließlich nach Menschenfleisch, oder etwa nicht? Nun, so oder so blieb ihm nichts anderes übrig, als zu pokern.

Fieberhaft überschlug er seine Möglichkeiten. Er hatte sein Schnitzmesser, gut verstaut in der zugeknöpften Innentasche seiner Jacke, damit es beim Vornüberbeugen nicht herausfallen konnte. Ob es noch da war?

Rasch ließ er die Hand unter seine Jacke gleiten. Was war das? Seine Finger blieben in etwas Weichem, Fadenartigem hängen. Erschrocken zog er die Hand heraus – und sah, dass seine Finger sich in einer Schlaufe aus blauem Garn verfangen hatten. Anguanas Glücksfaden! Der Spinnenkokon war ebenfalls noch da, auch wenn er etwas zerdrückt aussah. Der Griff des Messers hatte eine Mulde hineingedrückt. Behutsam brachte ihn Tobbs wieder in seine ursprüngliche Form und zupfte an dem Faden, der sich mühelos herausziehen ließ. Tobbs schloss für einen Augenblick die Augen. Anguanas Glück – natürlich. Der Eichenast, die Geschosse, die ihn knapp verfehlten, der Wagen, der genau zur richtigen Zeit am richtigen Ort war, um ihn sicher aufzufangen – all das hatte er Anguanas Geburtstagsgeschenk zu verdanken! Plötzlich schämte er sich dafür, die Gabe des Mädchens so herablassend angenommen zu haben. Doch nun machte ihm der kleine Kokon in der Hand wieder Mut. Vielleicht war noch etwas Glück übrig?

Das Opfer

Ein dumpfes Geräusch ließ Tobbs aufblicken. Es kam von außerhalb und hörte sich an wie .... Getrampel. Die Mäuse hatten aufgehört, auf dem Eichenast herumzuturnen, und schnupperten nun allesamt in Richtung eines mannsgroßen Spiegels, der an der gegenüberliegenden Wand hing. Tobbs steckte Anguanas Faden hastig ein und kam auf die Beine. Am liebsten wäre er rückwärts zu Mamsie Matata in den Spiegel gesprungen, aber die Oberfläche war wieder glatt und glashart und die Spiegelbewohnerin verschwunden. Tobbs schluckte und wandte sich dem großen Spiegel zu.

Es begann damit, dass der Spiegel trüb wurde, als wäre er plötzlich von Raureif überzogen. Dann durchstieß ein bloßer Fuß, der mit roten Ranken bemalt war, die frostige Fläche. Schon folgten Knie und Schulter. Im nächsten Augenblick betrat mitten durch den Spiegel ein Mann mit kahl geschorenem Kopf den Tempelraum. Er sah streng aus, was vermutlich an seinen über der Nase zusammengewachsenen, kohlschwarzen Augenbrauen lag. Seine Stirn zierte die Zeichnung eines Dolches. Wie Mamsie Matata trug auch er ein Tuch um den Körper geschlungen, allerdings war es ein grünes. Während der Glatzköpfige aus zusammengekniffenen Augen Tobbs musterte, durchstieß eine zweite Gestalt den Spiegel – eine junge Frau mit kupferrotem Haar, das zu Tobbs' Verwunderung kurz geschnitten und an den Spitzen blau eingefärbt war. Auch sie blieb stehen und beäugte Tobbs neugierig. Das mussten die Priester sein, von denen Mamsie Matata gesprochen hatte.

„Das ist er?", fragte der Mann.

„Das ist er", antwortete die Rothaarige.

„Hallo", sagte Tobbs. Die beiden hoben konsterniert die Brauen, als hätte er sich eine ungeheure Unhöflichkeit geleistet, setzten dann aber ihre Unterhaltung fort.

„Kein Spiegelbild, interessant", bemerkte der Mann. „Sieht aber aus wie ein Mensch."

„Mit übermenschlichem Glück. Die letzten vom Himmel Gefallenen mussten wir vom Dach aufsammeln."

„Ist doch gut, dass die Schwärme zur Abwechslung einmal etwas Lebendes vorgesetzt bekommen."

Tobbs rutschte das Herz in die Hose.

„Trotzdem, übermenschlich", sagte die Frau. „Glaube mir, er ist kein Mensch. Verpass ihm einen Spiegel – jetzt gleich. Und dann lass uns nach jemandem suchen, den die Schwärme lieber fressen."

In diesen Sekunden lernte Tobbs einiges über sich selbst – und darüber, wie schnell er denken konnte, wenn er in einer Notlage war.

„Aber ich bin doch ein Mensch", sagte er. „Das mit dem Spiegelbild hat nichts zu bedeuten. Das ist nur ... eine Art

Fluch. Im Spiegel würde ich euch gar nichts nützen, denn in meinem Spiegel würde sich niemand sehen. Meine einzige Chance, diesen Fluch wieder aufzuheben, ist, als Opfer für die Schwärme zu dienen. Nur aus diesem Grund wurde ich hergeschickt."

Der Mann und die Frau wechselten einen zweifelnden Blick.

„Ach?", meinte der Mann sarkastisch. „Und wie soll das gehen?"

Tobbs schwitzte, aber er bemühte sich, ein einigermaßen teilnahmsloses Gesicht zu machen. Fünf Jahre Übung im Pokerspiel mit den Todesfeen zahlten sich nun aus.

„Na, ich opfere mich. Und dann ist meine Seele endlich frei und von jedem Fluch erlöst. So wurde es mir gesagt."

„Deine Seele", bemerkte die Frau trocken. „Frei?"

Tobbs nickte eifrig. „Ja, in meinem Dorf weiß das jedes Kind: Wer die Ehre hat, in der Stadt der Spiegel den Schwärmen geopfert zu werden, bekommt ein neues Leben geschenkt. Ein besseres als das vorherige, versteht sich. Deshalb habe ich mich freiwillig als Opfer gemeldet. Ein ganzes Jahr habe ich mich auf diese Aufgabe vorbereitet. Und die … äh … guten Götter haben mich gerade noch rechtzeitig vor dem Opferblütenfest erhört und mich vom Himmel in diese Stadt geworfen."

Die Mundwinkel des Mannes zuckten, als müsste er ein Lachen unterdrücken. „Er weiß es nicht", sagte er zu der Frau.

„Er weiß es nicht", bestätigte sie. Tobbs fragte sich, ob sie immer als wechselseitiges Echo unterwegs waren. Und als seien sie auch noch Spiegelbilder, grinsten sie nun beide plötzlich. Dann wandte die Frau sich wieder Tobbs zu.

„Du freust dich also darauf, unser Opfer zu sein?"

Tobbs strahlte sie an. „Deshalb wollte ich auch lebend herkommen. Es war gar nicht so einfach, in dieser Gegend einen Schweb-Eichenast zu finden, das könnt ihr mir glauben."

„Und du bist wirklich kein Dämon?", fragte der Mann.

„Ist er ein Dämon?", wandte sich die Frau an den Spiegel, der ihr am nächsten war. Schweigen. „He, hallo! Ist er ein Dämon?", raunzte die Frau und klopfte unsanft gegen die Spiegeloberfläche. Das mürrische Gesicht eines Greises erschien. „Nein", sagte er mit großer Bestimmtheit und verlosch wieder.

„Die Spionspiegel auf dem Dach haben aber einen Dämon in einem Streitwagen gezeigt", bohrte die Frau weiter.

„Ach der", antwortete Tobbs lässig. „Das war nur Sid. Er war mein … mein Fahrer. Die Kutsche habe ich gemietet, um mir meine Absprunghöhe selbst aussuchen zu können. Ich wollte ja schließlich nicht in Stücken unten ankommen. Aber …" – er versuchte es nun mit einem leicht vorwurfsvollen Ton – „… eure Wachen haben uns angegriffen!"

Die beiden starrten ihn fassungslos an.

„Wenn du mit einem Dämon an der Seite und ohne Spiegelbild über der Stadt kreist, musst du dich nicht wundern, wenn die Dachwache dich herunterschießt", belehrte ihn der Mann.

Die Frau senkte ein Augenlid. „Er freut sich darauf, geopfert zu werden", wandte sie sich feixend an ihren Begleiter. „Weil er ein neues Leben bekommt. Das würde dem Opferblütenfest einen ganz besonderen Glanz geben, nicht wahr? Das letzte freiwillige Opfer liegt schon dreihundert Jahre zurück, wenn ich nicht irre."

„Dreihundertvier Jahre."

Beide musterten Tobbs so konzentriert, als würden sie in Gedanken einen Hochzeitsbaum schmücken.

„Vielleicht eine Blütengirlande?", fragte die Frau mit einem seltsamen Lächeln. „Rosa dürfte ihm stehen. Und ein Ehrenplatz im Karren der goldenen Ochsen?"

Tobbs versuchte erfreut auszusehen. Als die Priesterin ihn heranwinkte, machte er zwei Schritte, bis er in der Mitte des Raumes stand. Der Priester schien dagegen noch nicht restlos überzeugt zu sein. Er begann, um ihn herumzugehen und ihn kritisch zu beäugen. „Hm, ja, aber komische Haare hat er. Für den Festumzug muss er geschoren werden."

Tobbs schluckte. „Festumzug", sagte er. „Klingt … toll! Ich habe mir schon immer gewünscht, auf einem Festwagen in der Stadt der Spiegel mitzufahren."

Die Frau nickte, als hätte sie keine andere Antwort erwartet.

„Schön, schön. Wie heißt du?"

Tobbs überschlug seine Möglichkeiten und kam zu dem Schluss, dass es sinnlos war, einen falschen Namen anzugeben. „Tobbs", sagte er. „Und wie heißt ihr?"

„Das tut nichts zur Sache", erwiderte der Priester grob und wandte sich zum Gehen. Seine Begleiterin war bereits beim Spiegel und tauchte in die Oberfläche ein. Schon war sie verschwunden.

„Halt, wartet!", rief Tobbs. „Ihr müsst mir noch sagen, wann ..."

Doch das blanke Glas hatte auch den Mann bereits verschluckt. Zurück blieb nur eine klare Fläche. Tobbs stürzte zum Spiegel und tastete ihn ab. Nichts deutete darauf hin, dass er eben ein Tor gewesen war, und auch als Tobbs ihn vorsichtig von der Wand abhob, fand er dahinter keinen Durchgang. Wenn nur Wanja hier wäre! Sie kannte sich mit jeder Art von magischen Türen aus.

Die anderen Spiegel waren erloschen, kein Gesicht zeigte sich, sogar in Mamsie Matatas Wohnstatt sah er nur das wolkige Gebilde, das ihm immer noch einen Schauder über den Rücken jagte. „Mamsie!", flüsterte er dem Spiegel zu. „Kannst du mich hören? Wann werden sie wiederkommen?"

„Wenn du Pech hast, erst kurz vor dem Opferfest. Unsere Priester sind unberechenbar", klang die Stimme dumpf aus weiter Ferne.

Tobbs überlegte kurz und leckte sich über die Lippen. Verstohlen schaute er zu dem Schweb-Eichenast, achtete aber darauf, sich nicht durch ein allzu großes Interesse zu verraten. Aus irgendeinem Grund hatten die Spiegel den beiden Priestern nicht gesagt, dass Tobbs bereits nach einem Ausgang gesucht hatte, aber deshalb verschlossen sie noch lange nicht Ohren und Augen. Und wenn er hier rauskommen wollte, musste er heimlich Vorbereitungen treffen und vor allen Dingen überlegt handeln. Der Eichenast – sein

Messer, Anguanas Faden. Das Opferfest. Und der einzig mögliche Ausweg aus diesem Tempel – gemeinsam mit den Priestern durch den Spiegel zu gehen. Er hatte keine andere Wahl. Er musste das Spiel noch weiterspielen.

„Ich werde mich jetzt vorbereiten“, sagte er laut und nahm einen schmalen Spiegel von der Wand.

„Das ist also der Dank dafür, dass wir dich nicht verraten haben?“, keifte ein empörtes Gesicht darin. Es gehörte einer Frau die mehr Zahnlücken als Zähne hatte. „Du drehst mich nicht zur Wand, verstanden? Wir haben mit dir zu reden, weil ...“

„Ich hänge euch wieder auf, keine Sorge“, gab Tobbs zurück. Aber Zeugen brauche ich nicht, setzte er in Gedanken hinzu. Er lehnte den Spiegel mit dem Gesicht zur Wand und griff sich den nächsten. Nur Mamsie Matata und die magische Tür ließ er an ihrem Platz. Die Spiegel zeterten und fluchten, aber schließlich verstummten sie und brummelten allenfalls nur noch leise vor sich hin. Tobbs ging zum Schweb-Eichenast. Die Mäuse starrten ihn an – ihre Schnurrhaare zitterten erschreckt, dann stoben sie auseinander, plumpsten in die Milchschüssel, flitzten über den Boden und brachten sich hinter den Spiegeln in Sicherheit. Der Eichenast war nicht besonders sorgfältig aufgehängt worden. Jemand hatte die dünne Kette ein paarmal um die Rinde geschlungen und dann mit etwas befestigt, was Wanja sicher als „Hausfrauenverzweiflungsknoten“ bezeichnet hätte. Tobbs langte nach der Kette und zog den Ast zu sich heran. Mit einigen Handgriffen löste er ihn ab und lehnte sich mit vollem Gewicht darauf. Es funktionierte! Probehalber hopste er ein paar Schritte durch den Raum. Tatsächlich: Er beschrieb einen sanften Bogen in der Luft und schwebte federweich und langsam wieder dem Boden entgegen.

„Was zum Wüstenteufel treibst du da?“, flüsterte ihm Mamsie Matata zu.

Tobbs legte den Finger an die Lippen, dann schwebhüpfte er wieder zu der Stelle, an der die Kette war und zurrte den Ast fest. Allerdings in Bodennähe, sodass er sich bequem danebensetzen konnte. Sorgfältig suchte er alles zusammen, was er hatte: sein Messer, Anguanas Faden und die Nadel, die ebenfalls in einem versteckten Fach im Messergriff darauf wartete, benutzt zu werden.

Tobbs war stolz auf sein Messer. Es war ein geradezu magisches Messer aus Wanjas Holz- und Schmiedewerkstatt. Niemand würde vermuten, dass es sich überhaupt um ein Messer handelte. Es sah einfach aus wie ein knotiges Stück Holz, aber mit einem bestimmten Handgriff ließ sich die schärfste und beste Klinge hervorziehen, die jemals in Wanjas Schmiede gefertigt worden war. Selbst das härteste Holz schnitt sich damit wie weiche Erle.

Wenn Mamsie Matata dazu in der Lage gewesen wäre, hätte sie sich sicher aus dem Spiegel gebeugt, so aber legte sie nur die Hände an die Innenseite des Spiegelglases und drückte sich die Nase daran platt. Tobbs zwinkerte ihr zu, klemmte sich den Eichenast zwischen die Knie und begann zu schnitzen.

Es war eine Höllenarbeit. Tobbs schwitzte und fluchte. Nach einer Weile bekam er solchen Hunger, dass er von Kalis Schrein einige Opferkuchen stahl und sie regelrecht verschlang.

Mamsie Matata unterstützte ihn nach Kräften, indem sie Lieder in einer fremden, holprigen Sprache sang und sie ihm dann übersetzte. Diese Lieder handelten von weiten Wüstenlandschaften, von großen Kuhherden und rot bemalten Kriegern, die Perlen ins Haar geflochten trugen und Ziegenfleisch opferten. Inzwischen hatte Tobbs schon eine lebhafte Vorstellung davon, warum Matata sich aufgemacht hatte, um andere Länder zu sehen: Ausnahmslos alle Gesänge handelten von Kriegern. Kein Liebeslied, kein Scherz- oder Trinklied, immer nur ernste, Ziegen opfernde Krieger und Wüste. Tobbs hatte längst jedes Zeitgefühl verloren, aber es mussten sicherlich schon zehn Lieder über hundert Krieger gewesen sein, die entweder ehrenvoll siegten oder ehrenvoll starben. Die Ziegen starben in jedem Fall.

Stück für Stück hatte Tobbs den Eichenast ausgehöhlt und jeden Splitter sorgfältig zwischen Fußsohle und Boden gesteckt, während er den Faden einfädelte. Anguanas Faden war leicht und dünn und doch stark wie ein Seil. Es kostete beinahe mehr Mühe, ihn mit dem Messer zu durchtrennen, als die Holzstücke vom Ast zu sägen. Plättchen für Plättchen nähte Tobbs sie an das Innenfutter der Jackenärmel. Dann kam sein Hosenbund an die Reihe. Wohlweislich befestigte er keine Holzstücke an den Hosenbeinen. Es würde einigermaßen seltsam aussehen, wenn die Priester zurückkamen und ihn in Hosen sahen, die von selbst an seinen Beinen nach oben schwebten.

Die Nadel zitterte so stark in seiner Hand, dass Tobbs Schwierigkeiten hatte, auch noch das letzte Stückchen Holz unter seinem Gürtel festzumachen. Seine Finger waren aufgeschürft und mit Blasen übersät. Aber er hatte es geschafft. Neben ihm lag seine Jacke – beschwert mit einem ganzen Haufen von Steingefäßen und Marmorschalen von Kalis Opferschrein. Tobbs legte die Steine beiseite und die Jacke erhob sich sofort wie ein Gespenst in die Luft. Rasch schlüpfte er in die Ärmel und lehnte sich mit seinem ganzen Gewicht gegen den Auftrieb.

Es war, als würden ihn unsichtbare Arme nach oben ziehen. Sein Körper war so leicht, dass er sich mit den Zehenspitzen abstoßen konnte und mit einem schwebenden Sprung in Richtung Decke segelte.

Mamsie Matata pfiff anerkennend durch die Zähne. Tobbs hätte am liebsten gejubelt. Es funktionierte! Nun musste er nur noch die Rinde befestigen und sich seine Hose noch einmal vornehmen. Vom Schweb-Eichenast war inzwischen nicht mehr als die Borkenhülle übrig, und das entsprach genau Tobbs' Plan. Wenigstens für kurze Zeit sollte der Eindruck entstehen, als befände sich der Ast noch an Ort und Stelle. Und da die Borkenhülle selbst nicht schwebte, musste er sie aufhängen.

Federleicht setzte Tobbs auf dem Boden auf, schnappte sich die Rinde des Astes und stieß sich wieder ab. An einem der Lämpchen, die von der Decke hingen, hielt er sich fest und schlang die Beine um die Kette, an der die Lampe hing.

Es war nicht schwer, die Borke mit Anguanas Faden daran zu befestigen. Nach wenigen Handgriffen hing sie an zwei unsichtbaren Fäden mit der ausgehöhlten Seite zur Wand. Dann stieß Tobbs sich mit beiden Beinen von der Zimmerdecke ab und schwebte langsam wieder zu Boden. Unten angekommen, wickelte er auch die Metallkette um den vermeintlichen Ast und betrachtete zufrieden sein Werk. Wenn man nicht genau hinsah, konnte man annehmen, der Eichenast schwebe immer noch an seinem ursprünglichen Platz. Nun kam der zweite Teil an die Reihe: Tobbs nahm sich zwei Opferschalen von Kalis Altar und schob sie in die weiten Taschen seiner Jacke. So beschwert, setzte er sich auf den Boden und suchte kleinere, schwere Münzen, Steinbrocken und winzige Skulpturen zusammen, die im Opferkasten lagen. Er wunderte sich, dass noch niemand die Goldmünzen gestohlen hatte, aber der Anblick von Kalis Statue rief ihm ins Gedächtnis, dass die Menschen in der Stadt die Göttin sehr fürchteten. Darauf konnte er nun allerdings wirklich keine Rücksicht nehmen. Er steckte alles, was er finden konnte, in seinen Hosensaum und seine Hosentaschen und stand auf.

Schwer war er immer noch nicht, aber die Schalen und Münzen hielten ihn so weit am Boden, dass er zumindest den Eindruck erwecken konnte, normal zu laufen. Nur zu fest abstoßen durfte er nicht. Schlurfen funktionierte dagegen ganz gut. Mamsie Matata nickte zufrieden. „Nicht schlecht“, meinte sie. „Erklärst du mir jetzt, was für ein skurriler Brauch das ist?“

Tobbs schlurfte zu Matatas Spiegel und streckte auffordernd die Hand nach ihr aus. Wenige Augenblicke später fand er sich hinter dem Glas wieder. Auf der anderen Seite blieb Tobbs' Körper, reglos, mit leicht verdattertem Gesichtsausdruck zurück. Er schwankte wie ein Grashalm in einer Sommerbrise.

Tobbs wurde mulmig, als er seinen Körper sah, aber er stellte auch fest, dass ihm der Schwebanzug ganz gut stand. Seltsam gebeult an einigen Stellen, aber durchaus passabel.

„Willst du ihnen etwa davonfliegen oder was?“, flüsterte Mamsie Matata ihm zu.

Tobbs nickte. „Es ist meine einzige Chance. Der Raum kann nur durch den magischen Spiegel betreten werden, richtig?“

„Richtig.“

„Und die Priester werden mich holen. So komme ich raus. Ich darf ihnen keinen Grund geben, mich zu fesseln, sonst habe ich keine Chance mehr. Aber so ... werden sie mich auf das Dach bringen, richtig?“

Mamsie Matata nickte.

„Wenn ich Glück habe, springe ich dann von der Stadtmauer und komme unten an. Lebendig, wie ich hoffe.“

„Weil die Schwärme dir nichts tun?“, fragte Matata spöttisch. „Du behauptest doch steif und fest, ein Mensch zu sein?“

Tobbs schluckte. „Ich bin noch bei Plan A“, entgegnete er. „Aufs Dach zu kommen. Dann muss ich weitersehen.“

Matata warf den Kopf in den Nacken und lachte schallend.

„Du gefällst mir wirklich“, rief sie. „Schlauer, als ich

dachte! Du denkst nicht mal wie ein Mensch, fällt dir das eigentlich auf?“

Tobbs winkte unwillig ab. Mamsie Matatas Lachen verschwand. Prüfend musterte sie ihn, auch wenn Tobbs sich nicht vorstellen konnte, was es da zu sehen gab.

„Du meinst es ernst“, stellte sie mit sachter Verwunderung fest. „Du bist nicht verrückt, stimmt's? Nur verzweifelt. Was wartet auf dich da draußen, das so wichtig ist?“

Tobbs seufzte und umfasste seine Erscheinung. „Das hier“, flüsterte er. „Ich weiß nicht, wer ich bin. Und heute ist mein Geburtstag, da sollte ich es erfahren. Kannst du mir nicht sagen, was du siehst?“

Mamsie schüttelte den Kopf. „Jeder hat seinen Platz in der Ordnung. Es steht mir nicht zu, sie durcheinanderzubringen. Und was, wenn meine Augen sich täuschen? Nein, nein, das ist wirklich absolut unmöglich!“

Mamsie Matatas Argumente überzeugten Tobbs überhaupt nicht. Aber was sollte er tun? Enttäuscht biss er die Zähne zusammen und schluckte seinen Ärger hinunter.

„Hilfst du mir dann wenigstens bei der Flucht, Mamsie Matata? Du kennst die Stadt. Erzähl mir, was du über das Opferfest und die Wege weißt.“

„Das tue ich – wenn du auch etwas für mich tust.“ Sie beugte sich zu ihm vor und sah ihm direkt in die Augen. Ihr Blick war beunruhigend. „Zerstöre die Spiegel.“

„Was?“

„Erst wenn ein Spiegel zerbricht, sind die Toten frei. Lass sie frei, Tobbs. Darauf hoffen sie. Frag sie selbst, wenn du willst.“

„Warum haben die anderen vom Himmel Gefallenen euch nicht befreit?“

„Hm, lass mich nachdenken“, gab Mamsie trocken zurück. „Ach ja, richtig! Weil sie entweder schon tot, verrückt oder gefesselt waren.“

„Aber was passiert dann?“, fragte er leise. „Ich meine, wenn die Spiegel zerstört werden?“

„Dann suchen die Seelen sich einen neuen Körper. Hier in Yndalamor finden sie immer wieder eine neue Gestalt. Und je nachdem, wie sie zuvor gelebt haben, ist es ein besseres oder schlechteres Schicksal, das sie im nächsten Leben erwartet. Tja, jedes Land hat so seine eigenen Traditionen – selbst das Totsein hat überall seine ganz eigenen Gesetze.“

Tobbs fröstelte. Die Vorstellung gefiel ihm nicht – noch viel weniger, wenn er seinen leeren Körper vor dem Spiegel betrachtete. War es so zu sterben? Aber nein, sein Körper lebte, gerade blinzelte er.

„Soll ich etwa auch dich …?“, fragte Tobbs.

Mamsie Matatas Augen funkelten abenteuerlustig.

„Um Himmels willen, nein! Diese Seelenwanderei ist nichts für mich. Mich nimmst du mit! Aber hüte dich davor, mich zu zerbrechen, bevor wir dieses unglückselige Yndalamor verlassen haben!“

Erschöpft war Tobbs eingeschlafen – an Kalis Schrein gelehnt, mit Kalis Statue auf dem Schoß, damit er durch den Schwebanzug nicht in eine stehende Position gezogen wurde. In seinen Träumen verfolgte ihn immer noch das Klirren der Spiegel. Sorgfältig hatte er mit dem Opfergefäß jeden Spiegel zerschlagen. Die Gesichter in den Spiegeln hatten ihn stumm angeblickt, doch als sie zersplitterten, hörte Tobbs ein Seufzen und spürte einen Hauch, der an seiner Wange entlangstrich und ihm die Haare zu Berge stehen ließ. Nach und nach hatte er herausgefunden, wie er die Spiegel zerschlagen musste, ohne dass Teile davon aus den Rahmen fielen. Die Scherben, die dennoch auf dem Boden landeten, hatte er unter Kalis Altar versteckt und die leeren Spiegel mit den zerstörten Spiegelflächen zur Wand gedreht. Mamsie Matata hatte er sich unter der Jacke auf den Rücken gebunden. Das zusätzliche Gewicht tat ihm nur gut. Er hoffte, niemand würde den seltsam eckigen Schnitt seiner Jacke bemerken.

Vielleicht war es Mamsie Matatas zwanzigstes Lied über einen jungen Krieger, der eine Ziege opferte und anschließend in den Kampf zog, das ihn schließlich eingeschläfert hatte. Er träumte von Sid und vom Mancor. Und die Kali-Statue in seinem Schoß funkelte ihn wütend an. „Du bist so gut wie tot“, sagte die Göttin. „Komm in die Taverne zurück und du wirst dir wünschen, dein Leben bei meinen Schwärmen gelassen zu haben!“ Sie sprach mit Wanjas Stimme, und Tobbs überschwemmte das Heimweh so jäh und schmerzhaft, dass er im Schlaf aufstöhnte.

Als er hochschrak, spürte er, dass seine Wange feucht von Tränen war. Blinzelnd orientierte er sich, bis er endlich begriff, was ihn aufgeweckt hatte: Schritte hinter der Spiegeltür.

Von einer Sekunde zur anderen begann sein Herz zu rasen. Gerade noch schaffte er es, sich aufzurappeln und Kalis Statue an ihren Platz zurückzustellen, als schon die beiden Priester durch den Spiegel traten. Ihre Augenbrauen zuckten in die Höhe.

„Was ist denn hier passiert?“, rief der in grünes Tuch gehüllte Mann. „Wieso stehen die Spiegel an der Wand?“

Die Frau richtete ihren Blick sofort auf den Schweb-Eichenast. Tobbs begann zu schwitzen, aber die Täuschung funktionierte. Die Priesterin schien sich sowieso mehr für die Mäuse als für den Ast zu interessieren. Die schwarz-weißen Fiepser kauerten völlig verstört neben der Milchschüssel und hatten vermutlich den schlimmsten Tag ihres Lebens hinter sich.

„Ich habe mich vorbereitet“, sagte Tobbs. „Dafür musste ich beten. Und dabei kann ich es nicht ertragen, vor einem Spiegel zu stehen und mich selbst nicht zu sehen. Das erinnert mich immer an meinen Fluch, ihr versteht?“

Die Frau runzelte misstrauisch die Stirn. „Und zu deiner Vorbereitung gehört auch, dass du die heiligen Mäuse erschreckst?“

„Ich hatte Hunger und habe sie nur ein bisschen … gejagt. Aber sie waren schneller.“ Beim Anblick der entsetzten Priesterin lächelte er entschuldigend. „Ist bei uns Sitte. Schmeckt gut – Mäuse in Milch gestippt, hmmm!“

Der Mann seufzte und schüttelte den Kopf. „Leute vom Land“, murrte er. „Keinen Respekt. Keinen Respekt.“

Mit einer mürrischen Geste winkte er Tobbs heran. Tobbs bemühte sich, weder auffällig zu schlurfen noch zu hüpfen, und meisterte den Weg zum Spiegel, ohne weiter Verdacht zu erregen.

„Jetzt die Augen schließen. Und dann einen großen Schritt!“, befahl ihm die Frau und war schon mit ihrem Begleiter durch den Spiegel verschwunden.

Tobbs machte einen großen Schritt, aber natürlich blinzelte er. Helligkeit blendete ihn, so dicht und gleißend wie glühendes Silber, dann stand er bereits außerhalb des Tempelraums. Lichtpünktchen tanzten vor seinen Augen. Vor ihm lag ein langer Gang ohne eine einzige Tür. Vermutlich befanden sich hinter der Mauer weitere Tempelräume.

Die Priester nahmen ihn sogleich in ihre Mitte und führten ihn einen endlos langen Gang entlang.

„Wo gehen wir hin?“, fragte Tobbs zaghaft.

Die Frau blickte kurz über die Schulter und musterte ihn abschätzig. „Ins fünfte Stockwerk“, sagte sie knapp.

Das Gebäude, in dem sie sich befanden, schien unendlich hoch. Fasziniert bemerkte Tobbs, dass alle Räume um eine schachtartige Mitte herum gebaut waren. Um nach oben zu gelangen, mussten sie einer Wendeltreppe folgen, die sich um den Schacht herumwand. Überall hingen Spiegel. Tobbs hielt sie erst für Fenster, denn er sah Wolken vorbeiziehen und einen blauen Himmel. Dann sah er, wie die Bilder zustande kamen: Die Spiegel waren schräg aufgehängt und fingen ein Bild ein, das andere Spiegel, die höher im Schacht hingen, ihnen zuwarfen. Irgendwo auf dem Dach, schloss Tobbs, musste der Spiegel sein, der das Bild des Himmels einfing. Vor lauter Staunen vergaß er beinahe, was ihn dort oben eigentlich erwartete.

Die beiden Priester keuchten, während sie sich Stufe für Stufe der zweiten Ebene näherten. Tobbs hingegen hätte beinahe schwerelos die Treppe hinaufspringen können, doch er besann sich und gab vor, ebenfalls müde zu werden. Im dritten Stock blieben seine Begleiter plötzlich stehen und winkten. Eine hölzerne Plattform senkte sich schaukelnd durch den Schacht zu ihnen herunter. „Da rauf", befahl der Priester. „Das ist der Aufzug."

Tobbs näherte sich dem Schacht und erstarrte. Seine Knie wurden weich und die Hände kalt und feucht. Die Erinnerung an den Absturz kam wieder – und mit ihr die Angst. Unter ihm klaffte der Abgrund. Ein Mosaik, das eine sternförmige Blüte darstellte, schmückte den Boden. Winzige Gestalten bewegten sich darauf hin und her. Stadtbewohner mit Käferaugen.

„Na wird's bald?", drängte die Frau.

Tobbs wollte etwas sagen, aber aus seiner Kehle kam nur ein Krächzen. „Ich … kann das nicht", stammelte er.

„Höhenangst? Und du willst ein würdiges Opfer sein?" Die Priesterin lachte und machte Anstalten, ihn zu schubsen. Tobbs zuckte zurück – wenn die Frau ihn berührte, würde sie den glatten Spiegel unter seiner Jacke spüren. Er wich aus und stolperte mehr schlecht als recht auf die Plattform. Die Mosaikblume schwankte unter ihm. Zitternd klammerte er sich an das Geländer und sackte auf die Knie. Die Priester gaben ein Zeichen und die Plattform wurde Ruck für Ruck nach oben gezogen.

Die höheren Stockwerke waren deutlich belebter. Frauen und Männer drängten zum Rand des Schachts, flüsterten und deuteten auf Tobbs. Die meisten trugen dunkelgrüne Tücher wie die beiden Priester, die links und rechts neben ihm auf der schaukelnden Plattform standen. Tobbs bemühte sich, ein Lächeln und ein grüßendes Nicken zustande zu bringen, was bei seinen Zuschauern wahre Begeisterungsstürme auslöste. Lachend applaudierten sie ihm.

Noch schlimmer als das Einsteigen war es, von der Plattform wieder herunterzukommen. Die Blume unter ihnen war noch kleiner geworden. Tobbs' Knie schlotterten, als er über den Spalt zwischen Aufzug und Fußboden schritt. Er war nass geschwitzt, das Holz der Spiegelrückseite klebte an seinem Rücken. Nur die Tatsache, dass er einen Schwebanzug trug, beruhigte seine flatternden Nerven ein wenig, sodass er zumindest nicht stürzte. Der Priester nickte ihm zum Abschied zu. „Bis morgen, Junge“, sagte er. „Der Prunkwagen wird bereitstehen.“

„Sind wir jetzt oben?“, fragte Tobbs leise.

Die Priesterin lachte spöttisch. „Noch lange nicht, Mäusefresser“, zischte sie ihm zu. „Du wirst jetzt erst einmal hübsch gemacht.“ Mit diesen Worten stieß sie eine Tür auf. Bevor sie ihn schubsen konnte, huschte Tobbs bereits über die Schwelle – und fand sich in einem bunten Raum voller leuchtender Stoffe wieder.

Gegenüber dem Fenster, das von pinkfarben und gelb gemusterten Gardinen gesäumt war, hing ein riesiger Panoramaspiegel an der Wand. Vereinzelte Wolken wanderten über einen strahlend blauen Himmel. Und im Hintergrund erhoben sich verschneite Berge. Irgendwo dort ist die Taverne, dachte Tobbs entmutigt. Und im Moment erschien sie ihm weiter entfernt als der Mond. Selbst wenn er es mit Anguanas Glück schaffen sollte, der Stadt der Spiegel zu entfliehen – wenn er Sid und den Mancor nicht mehr fand, würde er Jahre brauchen, um zur Taverne zu gelangen. Die Vorstellung, als grauhaariger alter Mann in den Gastraum zu humpeln und dort festzustellen, dass Wanja und Dopoulos nur ein Jahr älter geworden waren, erfüllte ihn mit Schrecken. Zum ersten Mal verstand er, was Dopoulos gemeint hatte, als er sagte, man könne sein ganzes Leben verlieren, wenn man durch die falsche Tür ging.

„Rosa hatten wir gesagt", holte ihn die strenge Stimme der Frau in die Gegenwart zurück. Beinahe ohne hinzusehen, griff sie in einen Ständer, an dem lange Mäntel hingen, und zog ein leuchtend rosafarbenes Gewand heraus.

„Komm her", forderte sie ihn auf. „Zieh deine Sachen aus und stell dich vor den Spiegel. Na wird's bald?"

Tobbs glaubte zu spüren, wie Mamsie Matata zusammenzuckte. Es kostete ihn alle Beherrschung, äußerlich ruhig zu bleiben.

„Würde ich ja gerne", sagte er. „Aber du ... bist eine Frau. In meinem Dorf ziehen sich die Männer nie vor einer fremden Frau aus."

Die Priesterin lachte trocken. „Ach, so schüchtern und verschämt in Kleiderfragen, aber unschuldige Mäuse jagen, was?" Sie funkelte ihn wütend an und Tobbs erkannte jetzt erst, was die verschlungene Zeichnung auf ihrer Stirn bedeutete. Wenn Kali die Gottversion eines Menschen darstellte, dann zeigte dieses Bild wohl die Gottesvorstellung der Mäuse. Zumindest war Tobbs sicher, dass Mäuse sich gerne so gesehen hätten: Dieses Exemplar hier hatte insgesamt acht Pfoten und in jeder davon balancierte es einen Katzenschädel. Ihren schlanken Hals schmückte eine erwürgte Schlange.

„Komm schon, Mäusemörder!“, knurrte die Frau. Tobbs wollte gerade etwas erwidern, als die Priesterin plötzlich erschauerte. Ihre Nase begann nervös zu zucken und ihre Augen wurden so groß und rund, dass sie selbst einer überdimensionalen Maus glich. Sie starrte an Tobbs vorbei an die Wand. Tobbs wirbelte herum.

Eine Frau mit Flügeln schoss genau auf ihn zu! Ihr Mund war aufgerissen, spitze Zähne blitzten im Sonnenlicht. Sie hatte graue, straffe Haut wie ein Salamander und Haar, das durch die Luft wallte wie ein Bündel blauer Schlangen. Und: Sie sprang Tobbs genau an!

Seine erste Reaktion war ein Schrei. Instinktiv wollte er sich ducken, aber der Anzug bremste ihn. So taumelte er nur zur Seite. Der Angriff geschah so lautlos wie in einem Traum. Und plötzlich zerstob das Bild. Es zerplatzte in Splitter, Fetzen zeigten Häuserwände, den Himmel, einen Wächter, dann verschwanden auch sie. Tobbs musste die Augen schließen. Wenn sein Schwebanzug ihn nicht aufrecht gehalten hätte, wäre er in sich zusammengesackt.

„Verdammt“, zischte die Priesterin. „Das ist schon der dritte Angriff heute! Seit gestern sind sie wie verrückt.“

Tobbs atmete tief durch. Nur der Spiegel, dachte er. Es ist nur der Spiegel – das Bild kam vom Dach des Gebäudes und wurde über zahllose Spiegel weitergegeben – bis in die Räume der Stadt.

„Waren das ... die Schwärme?“, fragte er mit schwacher Stimme. Die Frau nickte, nicht weniger blass um die Nase, als er es vermutlich war.

„Allerdings“, sagte sie und räusperte sich. „Noch nie sind sie so tief geflogen.“

Ohne Tobbs einen weiteren Blick zu gönnen, schob sie sich an ihm vorbei in Richtung Tür. „Zieh dich um!“, befahl sie.“ „Und beeil dich. Ich bin bald zurück und hole dich ab. Der Stadtrat wünscht dich zu sehen.“ Dann klappte die Tür hinter ihm zu. Ein Schlüssel drehte sich im Schloss. Und er war allein.

Der Panoramaspiegel glänzte schwarz, erst nach einer Weile schob sich ein neues Bild über die Dunkelheit. Vermutlich hatte ein Spiegelwender den Verlust des zerbrochenen Spiegels auf dem Dach ausgeglichen. Der Himmel war wieder blau, nur in der Ferne kreiste etwas, was beinahe wie ein Schwarm großer Vögel wirkte. Beinahe. Tobbs zerrte das rosafarbene Gewand aus dem Ständer und hängte es über den Spiegel. Man konnte nie wissen, ob er es hier mit einem Spionspiegel zu tun hatte.

„He!“, nuschelte Mamsie Matata dumpf in sein Jackenfutter. „Was ist da draußen los? Wo sind wir?“ Tobbs hob seinen Jackensaum und drehte sich um die eigene Achse, damit Matata den Raum betrachten konnte.

„Im fünften Stock“, sagte er ohne viel Hoffnung.

Mamsie Matata hüstelte. „Ist denn hier irgendwo vielleicht ein Fenster?“

Tobbs nickte, dann fiel ihm ein, dass sie es nicht sehen konnte und holte den Spiegel unter der Jacke hervor. Mamsie Matata lächelte zufrieden.

„Ein Fenster, sehr gut. Schau hinaus."

Noch nie war Tobbs in einem so hohen Gebäude gewesen. Unter ihm tat sich eine Schlucht auf. Ganz unten auf den Straßen glitzerte etwas und emsige Käfer eilten mit Besen in den Händen herum und kehrten es zusammen. Spiegelscherben.

„Die Stadt bietet von oben eine möglichst kleine Angriffsfläche", erklärte Mamsie Matata. „Die Schluchten zwischen den Häusern sind so schmal, dass die Schwärme Mühe hätten, sich darin zu bewegen. Welche Gestalt sie auch annehmen – Vögel, Drachen, harmlose Flughunde oder Geparden – immer haben sie große Flügel. Und die brauchen Platz. Bisher ist es jedenfalls noch keinem dieser Geschöpfe gelungen, sich bis zu den Tempeln hinunterzukämpfen. Der Großteil der Bevölkerung lebt unten." Sie grinste. „In den oberen Stockwerken wohnen fast nur die Spiegelwender, die Wachen – und die Abenteurer. Manche kommen aus den entferntesten Provinzen hierher, um die Gefahr zu spüren."

„Wozu?"

Matata hob gleichgültig die Schultern.

„Weil das Leben ihnen sonst zu langweilig ist. Weil sie mutig sein wollen. Aber die meisten tun es, um zu Hause ihre Liebsten zu beeindrucken. Nun, wie auch immer, jetzt ist es unser Glück, dass das Haus gegenüber so nah dran ist."

Tobbs betrachtete die Hauswand. Es stimmte, sie war nicht mehr als zwei große Sprünge entfernt. Für seinen Geschmack zwei Sprünge zu viel.

„Ich soll springen?“, flüsterte er. „Über den Abgrund …“

„Deine einzige Chance“, sagte Mamsie Matata unbarmherzig. „Wenn du Glück hast, ist die Wohnung da drüben gerade leer.“

Tobbs schüttelte den Kopf. „Ich kann nicht.“

„Springen wirst du so oder so – entweder du springst freiwillig oder sie werfen dich runter. Der Unterschied ist nur, dass sie vorher vielleicht entdecken, was mit der Schweb-Eiche passiert ist, und dir deine Jacke und einiges andere abnehmen. Andererseits hast du es ohne Schweb-Eiche natürlich schneller hinter dir …“

Mamsie Matata hatte recht. Tobbs blieb keine Wahl. Er nahm die schwere Opferschale aus seiner linken Jackentasche. Sofort wurde er leichter.

„Du machst mir nur Probleme“, knurrte er.

Mamsie Matata lachte. „Probleme lautet mein zweiter Vorname. Ohne Probleme ist ein Leben doch nur eine schleimige, langweilige Schneckenspur. Und jetzt wirf Ballast ab, nimm meinen Spiegel und spring!“

Tobbs konnte nicht glauben, dass er es wirklich tat. Er hockte auf dem Fensterbrett wie ein Vogel, die Hände an der Kante festgekrallt. Der Spiegel auf seinem Rücken hielt ihn in der Balance. Vorsichtig federte er in den Knien und konzentrierte sich nur auf das gegenüberliegende Fenster. Dann stieß er sich ab und – flog! Er segelte durch die Luft wie ein langsamer Ball auf einer flachen Flugbahn. Mit einem Ruck stieß er gegen das Fensterbrett und klammerte sich daran fest. Mamsies Spiegel schlug schmerzhaft gegen seine Schulterblätter. Nicht nach unten schauen!, befahl er sich. Trotzdem genügte schon das Wissen, dass seine Füße über dem Abgrund schwebten, damit ihm auf der Stelle wieder übel wurde.

Hastig kletterte er über das Fensterbrett ins Innere des Zimmers und wollte sich auf den Boden werfen. Doch stattdessen prallte er vom Boden ab wie ein Ball und wurde schwebend zu einem Tisch getragen. Der Bewohner des Zimmers schien sich nur für einige Minuten entfernt zu haben. Kleidungsstücke lagen unordentlich verstreut auf dem Boden herum. Schmutzige Teller stapelten sich auf dem Tisch.

„Was siehst du?“, nuschelte Mamsie Matata unter seiner Jacke. Mit einer unwilligen Bewegung seines Schulterblatts gab Tobbs ihr zu verstehen, dass sie schweigen sollte. Zum Glück verstummte sie tatsächlich. Nun konnte er ganz deutlich das Schnarchen vernehmen – es kam von der anderen Seite des Kleiderbergs. Vorsichtig schwebhüpfte er über den Haufen. Dahinter lag ein junger Mann und schlief. In diesem Raum hing kein Panoramaspiegel, dafür stand neben der Bastmatte, die dem Mann offenbar als Bett diente, ein hübscher kleiner Altar aus grünem Stein. Tobbs hielt sich am Altar fest und besah sich den schlafenden Bewohner dieses Trümmerzimmers. Sein kurz geschnittenes Haar war leuchtend blau gefärbt und seine Kleidung war kreischend bunt. Die silber und pink gestreiften Hosenbeine waren ihm über die Knie hochgerutscht. Tiefe Ringe unter seinen Augen und der Geruch nach Schnaps ließen vermuten, dass er gerade seinen Rausch ausschlief. Tobbs betrachtete den Fremden eine Weile aufmerksam, dann zückte er sein Messer.

DZHS

So leer die Stadt auch wirkte, wenn man aus den Fenstern auf die Straßen blickte – innerhalb der Gebäude brodelte es wie im kochenden Wunderkessel einer verrückten Hexe. Hunderte von Menschen drängten sich in den Hallen, auf weiten Korridoren und kleinen, zum Flur offenen Wirtsräumen. Alle paar Schritte wechselte die Musik, wenn eine neue Kneipe in Sicht kam. Menschen kamen Tobbs entgegen – schrill gekleidete Leute mit kurz geschnittenem Haar, das meist papageienbunt gefärbt war. Manche trugen Käferaugen in unterschiedlichen Farben, andere hatten kurze Röcke an, die den Blick auf schimmernde, mit Bronzestaub eingeriebene Beine freigaben. Je nach Takt und Beat liefen sie schnell oder noch schneller. Denn eilig hatten sie es alle.

Tobbs musste zusehen, dass er im Laufschritt einen Blick in die schmalen Läden, Stehtempel und Imbissbuden erhaschte.

In manchen Räumen wurde getanzt – diese Tanzecken waren komplett verspiegelt, doch Spionspiegel waren es offenbar nicht, denn Tobbs sah sich selbst hundertfach – eine gespenstisch blasse Gestalt mit kurzem Haar. Die Haare, die er sich mit dem Messer abgeschnitten hatte, hatte er in die Hosentasche gestopft. Blau und silbern leuchtete das seltsame Gewand, das er aus dem Schrank des schlafenden Mannes gestohlen hatte. Der ungewohnte, türkisfarbene Stoff kratzte an seinen Handgelenken und am Hals. Immerhin war er jetzt ganz gut getarnt – der lange, schmale Mantel verbarg seine Jacke und seine Hose. Der kleine Altar, den er in den Armen hielt, war dank des Schwebanzugs erstaunlich leicht, aber dennoch schwer genug, um Tobbs sicher am Boden zu halten. Außerdem erfüllte er noch einen weiteren Zweck: Mit dem Altar in den Armen war er noch besser getarnt als mit seinen kurzen Haaren. Mamsie Matata hatte ihm erklärt, dass die Leute aus den entferntesten Dörfern sich hier einen Altar mieten konnten – die Plätze waren begehrt, denn die Stadt lag ganz nah an den Bergen der Götter. Gegen ein monatliches Entgelt hielten die Mietpriester die Gebete am Laufen. Alle Götter – in Yndalamor gab es über 500 verschiedene Götter und noch einmal so viele Menschen auf Erden, die sich als die Wiedergeburten dieser Götter feiern ließen – waren vertreten. Erstaunlich vielen wurde mit exzessivem Tanz und Gesang gehuldigt, auch wenn keiner begründen konnte, warum das so war. Ein Passant, der einen Altar zu seinem Bestimmungsort trug, fiel also überhaupt nicht auf. Dennoch hob Tobbs, als er einige Priester sah, die sich durch das Gedränge schoben, den steinernen Kasten so hoch, dass sein Gesicht dahinter fast verschwand, und ging etwas schneller. Nur noch wenige Schritte bis zum Ende des Flurs und er würde die Treppe zum nächsten Stockwerk erreichen! Wie viele Stockwerke dieses Gebäude wohl haben mochte? Und: War es nahe genug an der Stadtmauer?

Ein Stoß nahm ihm die Luft und eine steinerne Kante drückte sich in seinen Magen. Mamsie Matata ließ einen unwilligen Laut hören, der irgendwo in Höhe seines sechsten Rückenwirbels verhallte. Tobbs machte einen Schritt zurück und spähte vorsichtig über den Rand des Altars. Das Mädchen, das er angerempelt hatte, funkelte ihn wütend an und rieb sich die Seite.

„Au!", sagte die Kleine überflüssigerweise. „Kannst du nicht aufpassen, wo du hinrennst?"

Ihr Haar war knallrot und stand in zu Spitzen geformten Stacheln von ihrem Kopf ab. Auch ihr Kleid war rot, nur die Lippen, die sie nun unwillig verzog, leuchteten in einem glänzenden Goldton. Ihre aggressive Aufmachung lenkte beinahe von ihren zarten Gesichtszügen ab, die Tobbs sofort an Anguana denken ließen – und das Heimweh gab ihm wieder einen tiefen Stich. Er schluckte schwer.

„'tschuldigung", murmelte er und setzte sich eilig wieder in Bewegung. Die Priester waren gefährlich nahe herangekommen und musterten interessiert die Leute, die an ihnen vorbeigingen.

„He!", rief das rote Mädchen ihm hinterher. „Warte doch mal – du willst den Altar verkaufen?"

Tobbs blieb stehen und wandte sich nach ihr um. Sollte er mit ihr sprechen? Nun, abgesehen von ein bisschen viel Rot sah sie doch eigentlich ganz sympatisch aus. Zögernd machte er einen Schritt auf sie zu. Das Mädchen grinste.

Ihre Stimme wurde etwas leiser und bekam einen verschwörerischen Klang. „Ich sehe sofort, wenn jemand Geld braucht."

„Wieso?"

„Du siehst so verzweifelt aus und kannst dir nicht mal einen ordentlichen Haarschnitt leisten. Neu hier?"

Tobbs nickte zögernd und schielte nach den Priestern, die sich suchend in der Menge umschauten. Es war kaum anzunehmen, dass er ihnen sofort auffallen würde, trotzdem war es besser, sich zu verstecken.

„Willst du den Altar kaufen?", fragte er.

Statt einer Antwort packte ihn das Mädchen am Ärmel und zerrte ihn durch eine von Glitzergirlanden umrankte Tür. Hinter einer kleinen Theke stand eine dicke Frau, die ihnen jedoch nur einen gelangweilten Blick zuwarf, als das Mädchen Tobbs quer durch den Laden zu einem Durchgang zog. Gemeinsam betraten sie einen schmalen Lagerraum. Beinahe bis zur Decke stapelten sich hier Kisten voller Räucherwerk, Girlanden aus Papierblumen und allerlei Möbel.

„Willkommen", sagte das Mädchen und strahlte ihn an. „Bei mir bist du genau richtig. Ich bin Ambar." Mit fachmännischem Blick schätzte sie den kleinen Steinaltar ab.

„Lindgrüner Onyx. Ziemlich selten. Aber die Ecken sind schon beschädigt. Ich gebe dir sechzehn."

„Vierundzwanzig", entgegnete Tobbs prompt. Dann besann er sich und überschlug blitzartig, was ihm wirklich nützlich sein könnte. Er konnte den Altar schlecht aus der Hand geben, ohne seine Bodenhaftung zu verlieren. „Oder du gibst mir noch ein paar Opferschalen“, setzte er hinzu. „Schwere Schalen. Aus Stein. Je schwerer, desto besser.“

Ambar runzelte die Stirn. „Wofür brauchst du Opferschalen, wenn du keinen Altar mehr hast?“

„Für Räucherwerk … ich muss unbedingt noch ein Gebet sprechen.“

„Welche Gottheit?“

„Na, Kali!“, platzte Tobbs heraus. Mamsie Matata hätte sich das Zischen in seinem Rücken sparen können. Tobbs wusste auch so, dass er einen Fehler gemacht hatte. „Ich … ich meine natürlich … die Göttin der Zerstörung“, stammelte er, während er gleichzeitig versuchte, dem überraschten Blick Ambars auszuweichen. Doch das Mädchen schien weniger schockiert zu sein, als er erwartet hatte, denn plötzlich grinste es ihn verschwörerisch an.

„Habe ich es mir doch gedacht“, flüsterte sie und deutete auf seine Stirn. „Du suchst die DZHS. Du willst ganz nach oben. Habe ich Recht?“

Tobbs räusperte sich und drückte den Altar fester gegen seine Brust. „Ich interessiere mich schon für … ganz oben“, sagte er zögernd. „Gewissermaßen.“

Ambar nickte ernst. „Sollte der Altar eine Bezahlung für die Eintrittskarte sein? Na, wertvoll ist er ja. Wenn du willst, gebe ich dir siebzehn und zwei Opferschalen dazu. Wobei ich dich warnen muss: Wenn du zu den DZHS stößt, kannst du Kali so viele Opfer bringen, wie du willst – aber es muss dir klar sein, dass du trotzdem nicht auf ihren Schutz hoffen kannst.“

„Oh ja, das weiß ich“, sagte Tobbs aus vollem Herzen.

Ambar lächelte ihm zu. „Du hast Glück, heute ist der Tag“, sagte sie. „Der nächste Termin findet erst wieder in vierzig Tagen statt. Deinen Namen muss ich nicht wissen, das erleichtert uns anderen im Ernstfall auszusagen, dass wir dich nicht kannten. Aber ich hoffe, du hast noch wenigstens eine Münze dabei? Die siebzehn werden nicht ganz reichen, die Wachen wollen neuerdings für jeden von uns achtzehn haben.“

Tobbs erinnerte sich an die Münzen, die er sich als Gewichte in den Hosensaum eingenäht hatte, und nickte. „Aber bevor ich bezahle, möchte ich wissen, wie sich das Ganze abspielt und ... wie du mich erkannt hast. Dass ich zu den DZHS will, meine ich.“

Ambar verschränkte die Arme. Sie sah sehr lieblich aus – hübsch und ... unschuldig, wenn man einmal von den wilden Haaren und dem berechnenden Funkeln in ihren Augen absah.

„Zu Frage eins: Party auf dem Dach, wie üblich. Feiglinge sind nicht gern gesehen. Ich weiß, es gibt Gerüchte, dass wir seltsame Rituale zelebrieren, aber das stimmt nicht. Wir haben genug damit zu tun, den Himmel im Auge zu behalten. Zwei Wächter haben wir bestochen, damit sie uns aufs Dach lassen. Und die Spiegelwender drehen für eine Stunde die Spiegel ab. Das heißt aber auch: Keine Hilfe, wenn es hart auf hart kommt, sondern nur das Risiko. Das volle Risiko. Und das trägt jeder selbst.“ Sie lächelte ihm noch etwas süßer zu. „Aber das Risiko ist ja schließlich der Grund, warum wir überhaupt aufs Dach gehen, nicht wahr?“ Ihre Augen funkelten. „Und nun zu

Frage zwei: Du hast Kalis Namen ausgesprochen, um das Schicksal herauszufordern. Und dann ist da noch deine Stirn. Du trägst kein Zeichen darauf – deine Stirn ist leer wie der klare Himmel. Und das ist wiederum unser Zeichen."

Tobbs atmete auf. Anguanas Glück. Es war immer noch bei ihm!

„Aber natürlich bekommst du heute Nacht trotzdem ein Zeichen auf die Stirn, um keinen weiteren Verdacht zu erregen", fuhr Ambar fort. „Denn nun hast du mich ja gefunden." Nachdenklich betrachtete sie sein Haar. „Nur deine Frisur ... das geht gar nicht. So, wie du jetzt aussiehst, kannst du auf gar keinen Fall ein richtiger DZHS werden!"

Die zwei Opferschalen, die er in seinen Jackentaschen unter dem Mantel verstaut hatte, waren schwer genug. Außerdem war es ihm gelungen, noch ein Käferaugengestell und zwei Säcke mit Bleisand herauszuhandeln, die an seinen Gürtel gebunden einen brauchbaren Ballast abgaben. Und um bequem sitzen zu können, hatte er sich eine Kiste mit Kerzen auf den Schoß gestellt.

Seine Kopfhaut brannte von den Essenzen, die Ambar ihm über das Haar geschüttet hatte. Wenn er schielte, konnte er eine blau und silbern eingefärbte Haarsträhne sehen. Nun, damit würden ihn die Priester sicher nicht wiedererkennen. Behutsam tastete er nach Mamsie Matatas

Spiegel und zog ihn hervor. Mamsie schnappte nach Luft und sah sich um.

„Puh“, meinte sie. „Wurde auch Zeit.“ Beim Anblick von Tobbs’ neuer Frisur musste sie kichern. „Oje. Wenn ich dich so ansehe, weiß ich nicht, ob es ein Glück oder Pech ist, dass du den DZHS in die Arme gelaufen bist.“

„Ich musste mich verstecken. Die Priester suchen nach mir. Und hast du gehört, was Ambar gesagt hat? Sie wollen aufs Dach. Noch heute Nacht.“

Mamsie lachte schallend. „Klar wollen sie das. Verrückte Kinder sind das! Sie fordern das Schicksal heraus, wo sie nur können. Nun, ich kann es sogar verstehen. Als ich noch jung war, war ich genauso. Wer so geschützt lebt, sehnt sich nach Gefahr.“

„Warum?“

„Warum? Sieh sie dir doch an! Sie leben inmitten von Tempelrauch und Glitzerblumen, sie tanzen in den großen Tempeln, bis sie umfallen, und leben mit ihren Spiegelbildern, die sie dazu zwingen, sich ständig selbst zu betrachten. Wie sollen sie anderes sehen? In dieser Stadt wird jeder immer nur auf sich selbst zurückgeworfen – und auf das, was er ohnehin die ganze Zeit um sich hat. Die Endlosigkeit ist nur Spiegeltrick. Manche verlieren sich darin. Natürlich sehnen sie sich danach, den Blick schweifen zu lassen. Sie sehnen sich nach echter Weite, nach Abenteuern.“

„Dazu müssten sie die Stadt doch nur verlassen.“

„Und auf all das verzichten? Nein, Tobbs. Wenn du jung bist, dann gibst du all das hier nicht auf für ein paar Bergdörfer und die Arbeit hinter dem Pflug. Frag dich selbst: welches Abenteuer suchst du? Warum bist du nicht dort geblieben, wo du herkommst?“

Tobbs senkte ertappt den Kopf. „Weil es immer eine Tür gibt, die in ein interessanteres Land führt“, murmelte er.

„Eben. Oder eine Tür, die zum Dach führt. Nach den Sternen greifen, die Luft atmen und den Mond nicht nur im Spiegel sehen und den Schwärmen von der Schippe springen – darum geht es. Die Bilder vom Himmel und von den Schwärmen sind und bleiben doch nur Schemen. Ein Spiegelbild kann nie das wirkliche Leben sein.“ Plötzlich klang Mamsie Matata traurig und eine bedrückende Stille senkte sich über Ambars Lagerraum. Tobbs wollte höflich sein und nicht in Mamsies Wunden stochern, aber seine Neugier war stärker.

„Wer sind die DZHS? Hast du auch zu ihnen gehört? Bist du auf die Dächer gegangen und dort … gestorben?“

„Ich hatte in meiner Heimat mehr Himmel, als ein Menschenleben verkraften kann“, antwortete Matata schroff. „Nein, ich war hier wochenlang in den Tanztempeln unterwegs. Und gestorben bin ich, als mir eine hölzerne Ananas auf den Kopf fiel, die zufällig von einem Regal rollte. So banal ist der Tod manchmal. Aber, um deine Frage zu beantworten: Die DZHS sind einfach nur das Gegenteil der Vom Himmel Gefallenen.“

Tobbs ließ sich ihre Worte durch den Kopf gehen und hätte beinahe laut losgelacht. „DZHS – Die Zum Himmel Streben?“, fragte er.

Mamsie Matata deutete eine respektvolle Verbeugung

an und zwinkerte ihm zu. „Schlaues Kerlchen. Hast du dich eigentlich schon selbst gesehen?"

Tobbs schüttelte den Kopf und streckte ihr die Hände entgegen. Einen Augenblick spürte er das kalte Glas an seinen Fingerspitzen, dann durchstieß er schon die Oberfläche und löste sich auf.

Nie im Leben hätte er sich selbst erkannt. Der Junge in der Kammer hatte schreiend blaues Haar, das in silberne Spitzen auslief. Eine Igelfrisur, passend zu dem weiten Gewand, das er trug. Die martialische Zeichnung eines Gottes, der mit Totenschädeln jonglierte, zierte seine Stirn und seine Augen waren schwarz umrandet. Unglaublich alt sah er aus – bestimmt wie achtzehn. Und verwegen. Aber er musste zugeben – es gefiel ihm, was er da sah. Es gefiel ihm sogar viel zu gut.

„Erzähl mal", forderte ihn Mamsie Matata auf. „Welche Spiegelbilder sind dir zu Hause langweilig geworden? Und wer ist dieser seltsame Sid, der dich angeblich über der Stadt ausgesetzt hat?"

Tobbs holte tief Luft und erzählte. Sein ganzes bisheriges Leben formte er mit Worten zu einem Bild – und das Bild hatte Lücken und schwarze Stellen und sah seltsam aus. Mamsie Matatas Augen wurden größer und größer. Als er Kali erwähnte, schlug sie erschrocken die Hände vor das Gesicht. Doch nachdem er geendet hatte, rückte sie ganz nah an ihn heran und legte ihm einen warmen, schweren Arm um die Schultern. Die Berührung tat gut, auch wenn Tobbs im Moment nur ein wolkiges Etwas war. Sie zwinkerte ihm mit ihrem dunkelbraunen Auge zu.

„Ich weiß beim besten Willen nicht, was ich von dir halten soll, Tobbs", sagte sie leise. „Wenn das alles stimmt, dann bist du das ungewöhnlichste Wesen, das ich je getroffen habe. Wenn nicht, bist du der größte Geschichtenerzähler aller Zeiten. Eine Taverne, die in hundert Länder führt! Pah! Aber an einer Stelle weiß ich ganz sicher, dass du geschwindelt hast, um das Ganze ein wenig dramatischer zu machen." Sie beugte sich vor und flüsterte ihm ins Ohr. „Deine Eltern haben dich nicht zufällig bei Dopoulos vergessen. Niemand, absolut niemand vergisst sein eigenes Kind in einer Kneipe."

Die Stadt schlief offenbar nie. Obwohl es weit nach Mitternacht war, ging es zu wie in einem Bienenstock. Schwaden von Opferdämpfen trieben durch die Flure.

Der Tanztempel im siebten Stock, den Tobbs zusammen mit Ambar betrat, war bestimmt achtzigmal größer als der größte Festsaal in der Taverne und fasste auch achtzigmal so viel Leute. Und obwohl der Saal bereits brechend voll war, drängten sich immer neue Menschenmassen hinein. Tobbs war froh, Mamsie Matata dick in Polsterwolle gewickelt zu haben. Wie überall in dieser Stadt hingen auch hier unzählige Spiegel an rot lackierten Wänden. Manche davon waren auf die Band ausgerichtet, die im hinteren Teil der Halle auf einem Podest spielte, andere zeigten die Tänzer. Eine pulsierende Menge tanzte zu einem eintönigen, aber rasend schnellen Beat aus Zimbeldrums und Kreischflöten. Hier hätte Sid seinen Spaß! Selbst Tobbs ließ sich anstecken und begann unwillkürlich, im Takt zu laufen und mit dem Kopf zu wippen.

Spionspiegel gab es in diesem Saal offenbar nicht, denn Tobbs konnte sich selbst sehen. Er sah unglaublich aus – lässig und auf eine interessante Art sogar ein wenig gefährlich. Selbstbewusst schob er sich am Rand der Tanzfläche entlang, immer bemüht, Ambars Stachelfrisur nicht aus den Augen zu verlieren. Durch die Käferaugen, die er sich aufgesetzt hatte, wirkten ihre roten Strähnen violett. Die meisten Tänzer trugen ebenfalls Gestelle über den Augen, manche in seltsamen Formen, andere grell eingefärbt. Es war nicht sinnvoll, die Schutzaugen zu tragen, da hier drinnen sicher keine Scherben vom Himmel regnen würden – aber es sah gut aus!

Ambar drehte sich zu Tobbs um und lächelte geheimnisvoll. Sie trug ein enges, rotes Kleid, das so kurz war, dass Tobbs ihre Beine gesehen hätte – wenn nicht alle hier Körper an Körper stehen würden. Zielstrebig drängte sie sich zu einer Tür, die mit einem Vorhang aus Perlenschnur verhängt war. Tobbs erkannte, dass es echte Perlen waren – so rund und schön wie die aus dem Land der Tajumeeren. Der Vorhang musste ein Vermögen wert sein.

Zwei junge Männer und drei Mädchen fanden sich ebenfalls bei der Tür ein und nickten Tobbs mit einem Grinsen zu.

„DZHS", sagte der eine und machte ein verstohlenes Zeichen mit vier Fingern, das einem Fächer glich. Tobbs grüßte zurück. Das waren sie also – die Abenteurer, die sich den Ausflug aufs Dach so viel kosten ließen. Sie sahen eigentlich ganz normal aus – in der Masse der Tanzenden wären sie ihm jedenfalls nicht aufgefallen.

Tobbs schloss die Augen, als die glatten Perlen seine Stirn und seine Wangen streiften. Das Klacken der Schnüre konnte er nicht hören, die Musik war noch zu laut.

Der Weg führte sie durch einen langen Gang und weitere Türen. Fast so wie in der Taverne. Vor einem schmalen Schacht, in dem ein eiserner Käfig baumelte, blieb Ambar stehen und wandte sich zu der Gruppe um.

„Das hier ist der Sicherheitskäfig“, sagte sie. „Drei von euch kennen die Regeln bereits. Für unsere zwei Neuen erkläre ich es noch einmal: Solche Käfige haben die Wächter, wenn sie ihre Posten auf dem Dach beziehen. Seid ihr bereit, den nächsten Schritt zu gehen, um den Himmel kennenzulernen?“ Die zwei Mädchen und ein Junge nickten eifrig. Der Junge neben Tobbs aber wurde blass. „Aber ich warne euch: Sobald ihr den Käfig verlasst, liegt euer Leben allein in eurer Hand.“ Ambars Stimme sank zu einem Flüstern. „Die Schwärme sind schnell, aber wenigstens werdet ihr sie gut erkennen. Sie leuchten im Dunkeln.“ Tobbs fröstelte. Ambar räusperte sich und redete langsam und sehr deutlich weiter. „Dann zu den Regeln. Erstens: Jeder passt auf sich selbst auf. Klar?“ Alle nickten. „Zweitens: Niemand ist dafür da, den anderen zu retten. Ich will keine Helden sehen. Wenn eine aus dem Schwarm einen von euch erwischt, dann bringt der Rest sich in Sicherheit, verstanden? Die Schwärme würden ein solches Verhalten nur ausnutzen, um sich aus dem Hinterhalt noch auf die anderen zu stürzen. Also: Zu den kleinen Türmen flüchten und sich nicht umschauen, klar? Die Kreidemarkierungen geben euch die Entfernungen vor. Ein Strich gibt einen Punkt, zwei Striche zwei Punkte und so weiter."

Alle außer Tobbs nickten. Ambar funkelte ihn ungeduldig an.

„Was ist?"

„Wir sollen zuschauen, wenn ... wenn jemand ... getötet wird?", stammelte er.

Eines der Mädchen rollte genervt mit den Augen. Ambar nickte ernst. „So lautet die Regel", sagte sie. „Jeder für sich. Das ist kein Ballspiel und wir sind kein Team."

Tobbs war mulmig zumute. Eben hatte er sich noch zugehörig gefühlt, aber nun erschien ihm diese seltsame Stadt fremder als alles, was er je gesehen hatte. „Aber eine Warnung ist doch wenigstens erlaubt, oder?", fragte er leise. Ambar zog die Brauen hoch und zupfte an ihrem kurzen Rocksaum.

„Tu, was du nicht lassen kannst", meinte sie. „Und da wir gerade bei Warnungen sind: Zieht die langen Mäntel und die Brillen aus. Beides wird euch bloß im Weg sein. Besonders die Mäntel – über die werdet ihr nur stolpern, falls ihr rennen müsst."

Ein Geraschel ertönte, als alle gehorsam die Mäntel ablegten. Nur Tobbs behielt seinen an. Ambar verkniff sich einen Kommentar und zuckte nur bedauernd mit den Schultern. Dann öffnete sie die Käfigtür und deutete nach oben. „Zu den Sternen also", sagte sie feierlich. „Denn heute gehören sie uns allein – und vielleicht wird es das

Letzte sein, das wir sehen. Willkommen im Kreise derer, die zum Himmel streben!“

„Zum Himmel“, riefen die Mädchen. Der blasse Junge hob die Hand. Seine Finger zitterten.

„Äh, ich bin zum ersten Mal dabei“, sagte er schüchtern. „Kann ich oben als Letzter aus dem … dem Käfig?“

Die Winde, über die der Käfig an einer Eisenkette nach oben gezogen wurde, wimmerte und quietschte wie eine maulende Memme. Tobbs saß in der Mitte des Käfigs am Boden und kämpfte gegen das Gefühl an, gleich in einen endlosen Abgrund zu stürzen. Schweiß lief ihm über die Schläfen. Die schwarze Farbe, die sich von der Stirn löste, brannte in seinen Augen. Im Schacht war es stockdunkel, er konnte nur die angespannten Atemzüge der anderen hören. Der Geruch von schwitzenden Körpern und dumpfer, stehender Luft verursachte ihm Übelkeit. Keiner sagte ein Wort. Das Zeitgefühl verlor sich in der Finsternis, Tobbs konnte nicht einmal abschätzen, ob er ein oder zehn Stockwerke nach oben gefahren war. Er atmete tief ein und langsam wieder aus und versuchte so, seine flatternden Nerven zu beruhigen. Das Dach. Gleich würde er dort sein. Doch mit jedem Quietschen der Eisenkette erschien ihm sein Plan unsinniger und lächerlicher. Nie würde er Sid finden. Im unwahrscheinlichen besten Fall würde er schutzlos außerhalb der Stadt auf dem Boden landen – und dann? Zumindest erinnerte er sich an den dichten Wald, der die Stadt umgab – und wenn jemand wusste, wie man sich im Wald versteckte, dann er!

„Hast du große Angst?“, flüsterte ihm Ambar zu. Sie hatte sich neben ihn gesetzt, kalte Finger streiften seine Hand. „Möchtest du nicht doch den Mantel ablegen?“

„Nein“, flüsterte Tobbs zurück.

„Schade.“ Ambar seufzte. „Die Schwärme können dich besser packen, wenn du einen Mantel trägst.“

„Du bist oft hier oben, oder?“

„Sooft ich kann. Es bringt gutes Geld, aber das allein ist es nicht. Manchmal lassen die Schwärme die Stadt wochenlang unbehelligt und dann kann man einfach in den Himmel schauen.“

„Aber ganz ohne Schwärme fändest du es langweilig, nicht wahr? Du magst es lieber, wenn es gefährlich ist.“

„Du nicht?“, fragte sie erstaunt.

Tobbs schüttelte verständnislos den Kopf. Die Gefahr suchen – vielleicht dachten Krieger so. Oder Verrückte.

„Warum machst du das?“, flüsterte er. Im Dunkeln glaubte er das Glänzen ihrer Augen zu erahnen. Sie lachte, doch eine Antwort gab sie ihm nicht.

Die Gruppe kreischte, als der Käfig plötzlich ruckte und anhielt. Über ihnen klappte eine Tür auf. Sterne funkelten. Und der Käfig schwebte wieder nach oben.

Sogar Tobbs, der den Himmel bestens kannte, blieb der Mund offen stehen. Der Himmel über Yndalamor war selbst ohne die Käferaugen so blau, dass der Anblick beinahe schmerzte. Ein kupferfarbener Halbmond schwebte über dem Horizont und der Nachtwind duftete nach frischen Blättern und sonnenheißem Sand. Ambar öffnete die Käfigtür und sprang auf das Dach.

„Willkommen in der Arena!", rief sie. Sie lachte und drehte sich um sich selbst, sie schloss die Augen und sog die Luft tief in ihre Lungen.

Die Spionspiegel, die auf den Dachrändern aufgestellt waren, begannen zu surren und zu klappern und kippten weg wie Menschen, die bewusst den Blick abwenden. Nur ein einziger blieb auf die Gruppe gerichtet. Tobbs hoffte, die anderen würden nicht bemerken, dass sein Spiegelbild nur ein dunkler Schatten war. Vier Wächter, die die Jugendlichen mit düsteren Mienen musterten, verabschiedeten sich mit einem Nicken und verschwanden in einer Art Schutzhaus, das wie ein eiserner Kamin aus dem flachen Dach ragte. Wie Ambar gesagt hatte, befanden sich überall zwischen den einzelnen Schutzhäusern Kreidemarkierungen.

Tobbs sprang auf das Dach, glücklich, den schaukelnden Käfig verlassen zu können. Noch strahlte die weite Fläche die Wärme des Tages ab. Der Rest der Gruppe folgte zögernd. Der blasse Junge klammerte sich bis zuletzt an die Gitterstäbe, bis er endlich Mut fasste. Die Stille war unheimlich.

„Viel Glück!", rief Ambar und rannte los.

Die anderen begannen zu johlen, trunken vom Himmel. Immer wieder drehten sie sich taumelnd um ihre eigene

Achse und staunten über die endlose Weite. Tobbs konzentrierte sich dagegen auf die Stadtmauer. Zwei Häuserdächer weiter zeichnete sie sich schwarz gegen das helle Grau der Baumkronen ab. Keine Schwärme in Sicht. Die anderen wurden immer mutiger. Eines der Mädchen erntete respektvolle Blicke, als sie so leise, dass die Wächter es nicht hören konnten, aber laut genug für die Götter, in den Himmel flüsterte: „Kali! Zeig dich, Kali!"

Tobbs fingerte gerade nach den Opferschalen in seinen weiten Manteltaschen, als Ambar neben ihm auftauchte. Mit erhitzten Wangen, schön wie eine dämonische Wolkenreiterin. „Was stehst du hier denn herum?", keuchte sie. „Komm mit und sieh dir das an!" Sie ergriff seine Hand und zog ihn einfach mit sich. Gemeinsam rannten sie zum Rand des Daches. „Sieh nur!", sagte sie andächtig und deutete auf die Gebirgskette am Horizont.

Dort, wo bald die Sonne aufgehen würde, zeichnete ein schmaler rosa Streif die Zacken der Gipfel nach. Tobbs schluckte. Seine Taverne – irgendwo da draußen.

„Eines Tages gehe ich dorthin", sagte Ambar leise. „Ich werde fliegen – wie die Schwärme." Im Mondschein wurde ihr Gesicht weich und sehnsüchtig.

„Warum gehst du nicht einfach so in die Berge?", fragte Tobbs.

Ambar sah ihn erstaunt an. „Weißt du das denn nicht? Das sind die heiligen Berge. Die Schwärme hausen dort und auf dem Boden ringeln sich Pflanzen, die jedes lebende Wesen verschlingen."

Tobbs wurde auf der Stelle mulmig zumute. Er konnte

nur hoffen, dass dies ein Schauermärchen war, das man Stadtkindern wie Ambar erzählte.

„Warum willst du dann dorthin?“, fragte er zaghaft.

„Ich will auf die andere Seite der Berge. Und eines Tages wird es mir gelingen – wenn schon nicht in diesem, dann im nächsten Leben. Ich werde ein Raubvogel sein oder eine Libelle.“

Tobbs schüttelte den Kopf. „Und warum setzt du dich dann dem Risiko aus, von den Schwärmen verschlungen zu werden? So läufst du doch Gefahr, auch deine Seele zu verlieren.“

Nun war es an Ambar, ihn spöttisch anzulächeln. „Dazu müssen sie mich erst einmal kriegen“, sagte sie leise. „Alles im Leben braucht eine gute Geschichte. Eine besondere. Wir müssen etwas riskieren.“ Ihr Mund verzog sich zu einem Lächeln. „Du gefällst mir“, sagte sie und legte ihm die Arme um den Hals. „Wir werden heute vielleicht sterben – sollten wir uns da nicht vorher küssen?“

Tobbs war verwirrt. Ihr Gesicht, das so sehr an Anguanas zarte Züge erinnerte, ihr Mund …

Ein Schatten huschte plötzlich über Ambars Stirn. Ein Flügelschatten. Das Geräusch von schlagenden Schwingen erfüllte die Luft begann zu strahlen. „Sie kommen“, sagte sie mit bebender Stimme.

Sie flogen in Gestalt von weißen Pfauen und leuchteten vor dem Nachthimmel wie der Mond. Es waren ungefähr zehn und sie stürzten sich Blitzen gleich auf die Stadt. Tobbs wartete auf einen schrillen Kampfschrei, aber die Stille war viel schlimmer. Der Großteil der Schwarmfrauen drehte ab und flog in Richtung der bewachten Türme, doch zwei von ihnen hielten auf das Dach zu, auf dem die Gruppe der DZHS wartete. Tobbs sah hungrige Augen, spitze Schnäbel und Adlerkrallen. Auf den anderen Dächern erhob sich Geschrei. Pfeile sausten in den Himmel, ein Pfau verlor ein ganzes Bündel Federn und drehte sich torkelnd in der Luft. Ambar rannte los. „Zu den Sternen!“, brüllte sie. Einer der Spionspiegel klappte wie ein großes Auge um und verfolgte ihren Weg.

Tobbs hatte keine Chance. Die zweite Vogelfrau entdeckte ihn genau im selben Moment, in dem die erste Ambars Verfolgung aufnahm. Keine Zeit, die Opferschalen aus den Taschen zu holen. Tobbs raffte seinen Mantel um sich und rannte los.

Ambar hatte Recht gehabt. Der Mantel störte nur, aber ohne ihn war Mamsie Matata auf seinem Rücken fast ungeschützt. Seine Sohlen hämmerten auf das glatte Dach, während hinter ihm das Schwunggeräusch riesiger Flügel heranrauschte. Jeden Augenblick erwartete er, dass sich scharfe Krallen in seinen Nacken bohrten und ein Pfauenschnabel ihm in die Schultern hackte. Seine ganze Haut kribbelte, als würde er in einem Hagel von spitzen Kieselsteinen stehen. Federn streiften seinen Nacken und schickten ihm eiskalte Schauer über den Rücken. Doch Tobbs rannte, schlug Haken und duckte sich blitzartig, wenn die Klauen ihm zu nahe kamen. Mit letzter Kraft lief er über eine Kreidemarkierung, die mit der Zahl 3 versehen war, und rettete sich mit einem Hechtsprung in eine Nische im Schutzturm. Hart schlug Mamsies Spiegelrahmen gegen die Wand. Mamsie Matata gab einen gedämpften Empörungsschrei von sich. Weiße Pfauenschwingen rauschten in voller Fahrt am Türspalt vorbei, dann sah man nur noch den Nachthimmel.

Die anderen applaudierten. Tobbs zuckte zusammen, als er sah, dass die zwei Jungen bereits in der Nische saßen. Der größere von beiden nickte ihm anerkennend zu.

„Drei Punkte“, sagte er. „Hoffentlich hat der Spiegel das gut erwischt, sonst kann es sein, dass die Punkte nicht gezählt werden.“

Tobbs klappte die Kinnlade nach unten. Mit einem Mal verstand er – der eine Spionspiegel fing die Jagd auf dem Dach ein und leitete die Bilder irgendwohin. Es war ein Spiel! Allerdings eines um Leben und Tod. Und irgendwo da unten, in der Sicherheit lackierter Wände, saßen Menschen und beobachteten in einem Panoramaspiegel, was sich hier oben abspielte.

„Spinnt ihr alle?“, zischte Tobbs die zwei an. „Das ist kein Spiel! Das ist lebensgefährlich!“

Der ängstliche Junge klapperte mit den Zähnen. „Da!“, flüsterte er und hob eine zitternde Hand.

Tobbs fuhr herum. Durch den schmalen Spalt konnte man ein Stück der glatten Dachkante sehen. Ambar lief. Nein, sie lief nicht, sie tänzelte. Im Gegensatz zu ihr wirkte der fliegende Pfau, der ihr folgte, schwerfällig und ungelenk. Mühelos tauchte sie unter dem zuschnappenden

Schnabel nach links und rechts – konzentriert wie ein Boxer, der den Gegner ins Leere laufen lässt.

Tobbs schluckte, sein Mund war trocken. Ambar musste wahnsinnig sein, aber er musste widerstrebend zugeben, dass sie ihre Sache gut machte. Fantastisch gut, um genau zu sein. Der Pfau fauchte unwillig und schüttelte sich in der Luft. Die Flügel fielen in sich zusammen, als bestünden sie aus schmelzendem Wachs, der Körper streckte und wand sich in der Luft. Wo eben noch Federn gewesen waren, wallte nun blaues Schlangenhaar, das sich um das wahre Gesicht der Schwarmfrau wand. Viel längere, dunkle Flügel schlugen nun in der Luft. Tobbs prallte zurück und hätte beinahe den Jungen neben sich umgestoßen. Eine lange rote Zunge schoss aus dem grausamen Mund, doch Ambar war schneller. Bevor die Schwarmfrau ihr die Zunge wie eine Peitsche um den Hals schlingen konnte, machte sie einen Sprung nach hinten. Sie drehte sich in der Luft, fing sich sicher mit den Armen ab und rannte weiter – aus Tobbs' Sichtfeld. Ohne nachzudenken, stürzte er zu dem Spalt und spähte hindurch. Dort war sie – weit rechts. Und viel zu weit entfernt vom nächsten Schutzturm, bei einer Kreidemarkierung, die mit der Zahl 5 gekennzeichnet war. Es war ein Spiel – für Ambar. Doch die Schwarmfrau wurde langsam, aber sicher wütend. Richtig wütend. Wie ein Rachedämon raste sie hinter dem Mädchen her. Tobbs fragte sich, warum sie nicht mit den Füßen auf dem Dach aufkam. Und vor allem: Wo war die zweite Schwarmfrau abgeblieben?

„Na los!“, rief Ambar in Richtung Turm. „Raus aus der

Deckung, ihr Feiglinge!“ Ihr Lachen hallte durch das Schutzhaus.

„Geh aus dem Weg!“, zischte ihm der größere Junge zu, dann schubste er Tobbs einfach beiseite und rannte auf das Dach. Die zwei Mädchen tauchten links von ihm auf, völlig außer Atem, aber mit leuchtenden Augen.

Für einen Moment erhaschte Tobbs einen Blick in den Spionspiegel. Die Mädchen lachten ihrem Spiegelbild zu. Tobbs kniff wütend die Lippen zusammen. Wie konnte man bloß so dumm und sensationslüstern sein? Beinahe noch wütender war er auf die Leute, die irgendwo die Szene verfolgten, vielleicht sogar die Punkte zählten und Wetten abschlossen, wer von den DZHS auf dem Dach lebendig wieder in den Schacht steigen würde. Nun, dachte er mit grimmigem Trotz, zumindest von ihm würden sie nicht viel mehr sehen als ein dunkles, wolkiges Etwas. Immer noch konnte er sich keinen Reim darauf machen, warum die Schwarmfrauen nicht einfach auf dem Dach landeten, aber es schien eine magische Grenze zu geben, die sie nicht überschreiten konnten. Machte den dämonischen Wesen dieses verrückte Spiel etwa auch Spaß?

Ein Schrei ließ Tobbs zusammenzucken. Eines der Mädchen taumelte und stürzte. Blut färbte den Kreidestrich. Die Schwarmfrau schraubte sich in einer spiralförmigen Kurve in die Luft und stieß einen schrillen, triumphierenden Raubvogelruf aus. Das Mädchen stöhnte und rappelte sich wieder auf. An ihrem Oberschenkel klaffte eine hellrote Wunde. Humpelnd torkelte sie auf das Schutzhaus zu. Die Schwarmfrau lachte lautlos und legte die Flügel an.

Tobbs dachte nicht nach. Mit einem Satz war er aus der Schutzhütte und rannte. Im Rennen löste er den Beutel mit Bleisand von seinem Gürtel. Der Spiegel klapperte, aus dem Augenwinkel nahm Tobbs wahr, wie sich Ambar im letzten Moment mit einem eleganten Sprung in einen Schutzturm flüchtete.

„He, Spatzenhirn!", schleuderte er der Schwarmfrau entgegen. Das Gesicht mit den leeren Augen und der schimmernden Echsenhaut wandte sich ihm zu. Tobbs holte mit aller Kraft Schwung – und ließ den Bleisandbeutel los. Er hatte gut gezielt. Mit einem hässlichen Klatschen landete der Beutel genau auf der Stirn der Schwarmfrau. Sie kippte in der Luft, wirbelte und drehte sich um sich selbst – ein heilloses Durcheinander aus fuchtelnden Händen, Haaren und Federn.

„Idiot!", zischte das Mädchen. „Jetzt sind meine Punkte futsch!"

Tobbs warf ihr einen verständnislosen Blick zu. Pfeile und Steinkugeln hagelten auf das Dach – auf den Nebendächern bemühten sich die Wächter immer noch, die anderen Schwarmfrauen in die Flucht zu schlagen. Ein erstickter Schrei brach mit einem Mal ab, als sich eine der Schwarmfrauen mit einem Wächter in den Klauen durch die Luft entfernte.

„Lauf!", brüllte Ambar. „Die zweite ist hinter dir!"

Tobbs nahm sie beim Wort. Im ersten Augenblick wäre er fast gestolpert, denn der Verlust des einen Beutels hatte sein Gleichgewicht vollkommen verändert. Ein Fauchen erklang, dann rissen zwei scharfe Krallen seinen Mantel der

Länge nach durch. Tobbs duckte sich und stürmte los. Für einen Moment kam es ihm so vor, als dehnte sich die Zeit ins Unendliche. Im Bruchteil dieser Sekunde erfasste er seinen Standort und die Position der Stadtmauer. Vier große Sprünge, schätzte er. Und Anguanas Glück, dass ihn keine der herunterregnenden Kugeln treffen würde. Im Rennen zog er seinen Mantel aus und schleuderte ihn seiner Verfolgerin ins Gesicht. Tatsächlich war sie für einen Augenblick blind und taumelte durch die Luft. Zeit genug für Tobbs, den zweiten Beutel vom Gürtel zu lösen und ihn ebenfalls von sich zu werfen. Nun wurde es schwierig, auch wenn sein Körper sich angenehm leicht anfühlte. Keine hastigen Bewegungen mehr, sonst würde er gefährlich ins Trudeln geraten! Die Schwarmfrau riss mit Klauen und Zähnen an seinem Mantel. Dann warf sie plötzlich den Kopf zurück und verschlang das ganze Bündel mit einem Happs. Ihr Kiefer war ausgehängt wie bei einer Schlange. Tobbs wurde übel, doch er konnte nicht mehr zurück. Anfeuernde Pfiffe und Klatschen folgten ihm, während die Kreidemarkierungen unter ihm hinwegflogen.

„Zum Schutzhaus!“, schrie Ambar. „Nicht zur Dachkante!“ Ihre Stimme überschlug sich. Ein metallischer Gong ließ Tobbs ahnen, dass die zweite Schwarmfrau nun den Schutzturm angriff. Hinter sich hörte er das Rauschen von Schwingen. Tobbs biss die Zähne zusammen und tastete nach den Opferschalen. Seitenstechen nahm ihm die Luft und seine Lungen brannten. Er stieß sich mit einer Drehung ab und wirbelte herum. Wie ein Diskuswerfer ließ er erst die eine Schale los und bei der nächsten Drehung die zweite. Die erste verfehlte seine Verfolgerin um fast einen Meter und landete mit einem scheppernden Geräusch in einem Schutzhaus. Die zweite aber flog genau auf das Gesicht zu. In der Sekunde, in der Tobbs sich noch drehte, sah er, wie die Frau in der Luft nach der Schale schnappte – und sie ebenfalls verschlang, als wäre es nur ein Brotstück. Ihr Hals beulte sich an der Stelle, an der der schwere Stein hindurchglitt. Nun kam die nackte Angst. Sie wird mich fressen!, schrie eine Stimme in Tobbs' Kopf. Mit einem schwebenden Satz landete er auf dem Dach und stieß sich mit aller Kraft wieder ab. Die Schwarmfrau schnupperte in der Luft, auch die zweite Frau verharrte, auf allen vieren auf dem Dach des Schutzhauses kauernd. Tobbs nutzte die Sekunden und kämpfte sich weiter. Mit unglaublicher Geschwindigkeit flog er der nächsten Dachkante entgegen, schlug hart auf, stieß sich wieder ab. Die Stadtmauer kam näher.

Dann hörte er ein Heulen. Die Schwärme, die die anderen Dächer angriffen, hielten inne und starrten zu ihm herüber. Seine beiden Verfolgerinnen hatten die Köpfe in den Nacken gelegt und heulten wie die Wölfe. Langsam, eine nach der anderen, setzten sie sich wieder in Bewegung und wandten sich Tobbs' Dach zu. Tobbs schwitzte. Mamsie Matata schrie irgendetwas in seinem Rücken. Durch die Polsterwolle hörte es sich an wie „mauf". Mit einem gewaltigen Satz erreichte Tobbs die Stadtmauer, landete zwischen zwei überraschten Wächtern – und stieß sich ein letztes Mal ab. Durch den Schwung drehte er sich in der Luft und sah gerade noch, wie in der Ferne Ambars verblüfftes

Gesicht aus seinem Blickfeld verschwand. Alles andere hätte er lieber gar nicht gesehen: Eine der Schwarmfrauen deutete auf ihn, stieß einen hohen Warnton aus, der in seinen Ohren schmerzhaft knackte – und alle – ALLE – anderen Frauen fletschten die Zähne und stürzten ihm hinterher.

Schreie fuhren ihm durch Mark und Bein, dann tat sich unter ihm der Abgrund auf. Tobbs machte sich schmal, um schneller zu fallen, aber der Schwebanzug hielt sich stur an seine eigenen Regeln der Schwerkraft und trug ihn in gemäßigtem Schwebtempo dem dunklen Boden entgegen. Tobbs war noch dabei, im Fallen verzweifelt nach seinem Messer zu suchen, als schon klauenbewehrte Hände ihn ergriffen und seinen Fall mit einem brutalen Ruck stoppten. Hände krallten sich in seine Arme und Beine, rissen an seiner Jacke und seinem Haar. Nach wenigen Sekunden war er unfähig, sich zu bewegen. Der Sog großer Schwingen nahm ihm fast die Luft. Eine Schwarmfrau schnupperte an ihm und leckte ihm mit einer langen, rauen Zunge über den Hals. Tobbs glaubte ohnmächtig zu werden. Er schloss die Augen. Es war aus und vorbei. Er würde sterben, ganz und gar.

Alte Bekannte

Der Ruck, den er spürte, fuhr ihm in die Kniescheiben. Vor Schreck schrie er auf. Doch im nächsten Moment ließen ihn alle Schwarmfrauen los und er stand federleicht, wenn auch mit zitternden Knien, auf hartem Grund. Vorsichtig blinzelte er, dann machte er die Augen einen Spaltbreit auf.

Er brauchte eine ganze Weile, um zu begreifen, was er da sah. Er war nicht tot, auch wenn seine Arme und Beine schlimm zerkratzt waren und schmerzten. Stattdessen stand er mitten im Wald. Der Mond leuchtete durch die Kronen der niedrigeren Bäume, während sich am Himmel bereits die erste Helligkeit des frühen Morgens abzeichnete. Die Schwarmfrauen hingen kopfüber in den Bäumen wie überdimensionierte Fledermäuse und betrachteten Tobbs interessiert. Jetzt erst konnte er sie sich genau ansehen.

Die Bewegungen ihrer Köpfe waren ruckartig wie bei Vögeln. Die Gesichter stechend schön, aber kalt. An ihren Hälsen fältelte sich die Haut eidechsenartig.

Tobbs gegenüber, lässig an einen der dicken Bäume gelehnt, stand ein blonder Junge mit einem dunklen Käferaugengestell auf der Nase und grinste wie eine Kakerlake. Als er das Gestell herunternahm, sah Tobbs grüne, pupillenlose Augen.

Sid pfiff durch die Zähne und musterte ihn anerkennend. „Wow!“, meinte er. „Dreizehn Stunden in der Stadt und Tobbi Tobbs wandelt sich von einer langweiligen, knusigen Raupe zu einem richtigen Nachtfalter. Sei froh, dass die Schönen hier eine bessere Nase haben als ich. Ich hätte dich in hundert kalten Wintern nicht erkannt.“ Er winkte den Frauen im Baum zu. „Danke, Mädels!“

Die Schwarmfrauen schnupperten in seine Richtung und niesten. Einige zischten Sid an. Tobbs war sich nicht sicher, ob sie nicht gerade überlegten, sich doch noch auf ihn zu stürzen.

„Wie ... wie hast du ...“, stammelte er. „Warum hören sie auf dich?“

„Schon vergessen? Ich bin ein Dämon, ich und die Hübschen hier sind also sozusagen verwandt. Aber es hat eine Weile gedauert, bis sie das herausgefunden haben. Siehst du?“

Er hob den Arm und präsentierte Tobbs eine bereits verkrustete Bisswunde an seinem Unterarm. „Schlimmer als meine Cousins. Eine hat mich gebissen. Die hat jetzt ein verbranntes Maul – tscha, selber schuld!“

Tobbs hatte das Gefühl, als bestünde seine Zunge aus Watte.

„Du hast ... sie auf die Suche nach mir geschickt? Deshalb haben sie die Stadt so tief überflogen?“

Sid trat zu ihm und senkte die Stimme. „Sie sollten mal

nach dir schauen. Komm, lass uns ein Stück gehen. Da hinten lang – siehst du den bewachsenen Stein?“

Die Schwarmfrauen tuschelten miteinander. Knackend brach Geäst, als sie ihr Gewicht verlagerten. Tobbs sträubten sich sogleich die Nackenhaare. Vorsichtig machte er einen schwebenden Schritt.

„Ich habe dich gesucht“, sagte Sid. „Mann, ich bin ganz schön erleichtert, dass du so ein cleverer Junge bist.“ Er versetzte Tobbs einen freundschaftlichen Schubs in die Seite, der ihn von den Füßen riss und direkt ins Dickicht beförderte.

„He, pass gefälligst auf“, fuhr Tobbs ihn an. „Das ist Schweb-Eiche – und ich habe was Zerbrechliches unter der Jacke.“

Sid riss die Augen auf. „Mann, da hab ich ja Glück gehabt, dass du ausgerechnet heute vom Dach gesprungen bist. Ich dachte schon, ich muss dich noch auf dem unterirdischen Friedhof der Stadt suchen.“

Tobbs pflückte sich Laub und Ästchen von der Jacke und hüpfte wieder zu Sid. Im Geäst leuchteten die toten Augen der Schwarmfrauen. Die Dämonendamen kletterten ihnen hinterher und bewegten sich dabei ungefähr so grazil wie tanzende Elefanten. Obwohl Tobbs immer noch unendlich wütend auf Sid war, war er dennoch froh, ihn wiederzusehen. Und die Tatsache, dass das Dämonenkind sich mit den Schwarmfrauen verbündet hatte, um ihn zu finden, freute ihn irgendwie doch. Wenn er ehrlich war, sogar ziemlich!

„Wo ist der Wagen?“

Sid deutete mit einer unauffälligen Geste auf einen großen, moosbewachsenen Stein, der sich bei genauerem Hinsehen als riesenhafte Platte entpuppte. Unter dem Dickicht aus Pflanzenranken erkannte Tobbs auch verwitterte Säulen.

„In irgend so einer alten Tempelruine da drüben“, flüsterte Sid. „Gut versteckt.“

„Und?“

„Na ja, ein bisschen demoliert ist der Karren, aber er fährt. Komm mit!“

Schon war er hinter einer Säule verschwunden. Tobbs sah sich nach den Schwarmfrauen um, aber sie machten keine Anstalten, ihm zu folgen. Mit einem Sprung war er bei der Säule und spähte in einen höhlenartigen Eingang.

„Na los …os …os …!“, echote Sids Stimme. Tobbs wagte einen weiteren Sprung und fand sich in einer zerfallenen Halle wieder. Im Halbdunkel leuchteten die Augen des Mancors auf – wasserblaue Scheiben, die das spärliche Licht reflektierten. Sid machte sich bereits an dem Wagen zu schaffen. Das Gefährt sah allerdings alles andere als vertrauenerweckend aus. Als der Mancor einen halben Schritt zurücktrat, entdeckte Tobbs, dass zu allem Übel auch noch ein Rad eierte. Blitzschnell überdachte er alle Möglichkeiten.

„Wanja bekommt es wieder hin“, sagte er schließlich. „Sie hilft uns bestimmt – und bis dahin müssen wir es irgendwie festbinden. Ohne den Wagen kann der Mancor nicht fliegen.“ Flink zog er Anguanas Faden aus der Tasche hervor und hakte seine Beine in die Speichen. Dann umwickelte er eine lose Strebe mit dem festen Faden, zog seine Jacke aus und knotete sie auch noch um die gesplitterte Strebe. Ein wenig Schwebunterstützung würde sicher nicht schaden. Tobbs fühlte, wie die Schwere in seine Arme und Schultern zurückkehrte. Das Gewicht von Mamsie Matatas Spiegel zog an seinem Rücken.

„Glaubst du, das hält?“, meinte Sid zweifelnd.

„Tu mir einen Gefallen und nerv jetzt nicht“, knurrte Tobbs. Er drehte sich zu Sid um und sah ihm direkt in die Augen. „Hör zu, ich danke dir, dass du mit den Schwarmfrauen dieses Abkommen getroffen hast. Aber jetzt reicht es. Sobald wir wieder in der Taverne sind, setzt du dich an deinen Kindertisch und rührst dich keinen Zentimeter vom Fleck, es sei denn, ich fordere dich ausdrücklich dazu auf. Haben wir uns verstanden?“

Sid starrte ihn mit offenem Mund an. Dann erlebte Tobbs etwas Seltsames. Der Dämon lief knallrot an und senkte beschämt den Kopf.

„Ja“, sagte er ernst. „Versprochen. Ich bringe dich nicht mehr in Schwierigkeiten.“

„Schaffst du es, den Mancor zur Taverne zurückzulenken?“

Sid nahm regelrecht Haltung an. „Jawohl, Sir! Ich hab ihn im Griff. Dämonenehrenwort!“

Tobbs sah ihn noch einmal scharf an und nickte dann. Er wusste nicht, was sich verändert hatte, aber er fühlte sich ein ganzes Stück älter – und stärker. Vielleicht war das so, wenn man sich von einer Stadtmauer gestürzt hatte, den sicheren Tod durch das Verschlingen der Seele und des Körpers vor Augen. Auch wenn er wusste, dass die Probleme mit seiner Rückkehr zu Kali erst richtig anfangen würden.

„Also gut", sagte er. „Dann nichts wie weg hier."

Sid salutierte und kletterte auf den Wagen.

Das Holz knarrte bedenklich unter ihrem Gewicht und der Mancor drehte sich sogleich nach ihnen um. Wenn jemals ein Ungeheuer besorgt ausgesehen hatte, dann war es dieses hier. Heute würde er bestimmt kein Schnurren hören lassen, sein Schwanz peitschte hin und her und er knurrte leise.

Sid räusperte sich. „Also … äh, wir sollten dann mal fahren. Und zwar … ziemlich schnell." Draußen erklang wieder ein Knacken.

„Meinst du, der Schwarm klettert uns in die Tempelhöhle hinterher?"

„Nun, das können diese Biester nicht. Sie sind unfähig, den Boden zu berühren. Aber da ist etwas …"

Tobbs fuhr zu Sid herum.

„Was?", zischte er ihm zu. Sid schluckte wieder.

„Na ja, den Gefallen, dich zu retten, haben sie mir natürlich nicht ganz umsonst getan."

„Und was schuldest du ihnen?"

In dem höhlenartigen Raum war es dunkler geworden. Tobbs blinzelte und erkannte die Umrisse hängender Gestalten in den Bäumen vor dem Eingang. Die Schwarmfrauen wanden sich um die Äste, zischten und tuschelten miteinander. Tobbs schloss die Augen. „Was, Sid?"

„Nur eine Seele", flüsterte Sid. „Und … äh … Menschenfleisch. Wobei die Seele wichtiger ist."

„Und wo nimmst du eine Seele her?“

Sid lächelte unsicher. „Eben das ist mein Problem. Ich hatte es so dahingesagt. Ich meine, die Mädchen sind ein wenig einfallslos. Beschränkt, um genau zu sein. Es geht immer nur um Seelen hin, Seelen her. Und um Fleisch, Fleisch, Fleisch. Das ist das Einzige, was gezogen hat.“

Tobbs stöhnte. „Na wunderbar“, murmelte er. „Dann bleibt uns ja nur eins, stimmt's?“

Der Mancor schüttelte die Mähne und warf ihm wieder diesen besorgten Blick zu. „Tut mir leid“, sagte Tobbs zu dem Ungeheuer. „Es wird gefährlich werden. Und wir müssen schnell sein – bitte!“

Der Mancor wandte sein großes Raubkatzengesicht dem Eingang zu. Dann spannte er die Muskeln und stürmte los.

Sie brachen durch das Gestrüpp und die Efeuranken und hoben ab. Eine Sekunde lang blickte Tobbs auf gleicher Höhe in die überrumpelten Gesichter der Schwarmfrauen. Dann erhob sich Kalis Streitwagen schon über die Wipfel.

Das Gebirge am Horizont lag inzwischen wie mit Gold übergossen da. Die Sonne ging auf und ließ die verschneiten Berghänge leuchten. Und links von ihnen erhob sich riesig und uneinnehmbar die Stadt der Spiegel.

Von der Höhe wurde Tobbs auf der Stelle wieder übel. Der Schweiß brach ihm aus. Der Wind, der ihm durch das kurze Haar fuhr, fühlte sich ungewohnt an und ohne seine

Jacke fror er erbärmlich. Mamsie Matata lag immer noch sicher verschnürt an seinem Rücken. Nur ab und zu hörte er einen leisen Ächzlaut durch den Stoff. Aus dem Augenwinkel sah er, wie die Schwarmfrauen die Nasen hoben und witterten – wie Hunde, die eine Fährte gerochen hatten.

„Auweia, jetzt haben sie es gemerkt", schrie Sid gegen den Wind. Im selben Augenblick kreischte der ganze Schwarm. Es hörte sich an wie ein einziger Schrei aus dem Schlund einer Höllenkreatur. Tobbs war ganz und gar Gänsehaut und der Mancor preschte jetzt richtig los. Gegen den Wolkensprint, den er nun hinlegte, war die Herreise nur ein gemächlicher Trab gewesen. Kalis Kutsche ächzte und bog sich an allen Ecken. Hinter ihnen ballte sich der wütende Schwarm in der Luft zusammen, schoss nach oben, nahm die Gestalt von geflügelten Geparden an und setzte der Kutsche nach.

Der Mancor rannte. Er rannte um ihr Leben und Tobbs liebte das Ungeheuer dafür, dass es so sehr kämpfte. Schließlich hatte der Schwarm es nicht auf Kalis Kutschtier abgesehen, sondern auf Tobbs – oder war es Mamsie Matata, deren Seele sie spürten und verschlingen wollten?

Die Berge schossen auf sie zu, das Kreischen des Schwarms wurde allmählich leiser. Nach und nach blieben die geflügelten Frauen zurück, bis sie nur noch ferne Punkte am Horizont waren. Sie hatten es geschafft! Erleichtert atmete Tobbs aus und legte dem Dämonenjungen den Arm um die Schultern.

„Glück gehabt", sagte er zu ihm. Sid strahlte ihn an und

nickte, während der Mancor mit unverminderter Geschwindigkeit weiterraste. Allerdings holperte das Gefährt nicht mehr, sondern schien nun auf den Wolkenfetzen und den Luftströmungen zu gleiten wie ein Schlitten über Eis. Die erste schneebedeckte Kuppe kam in Sicht, dann weitere Berge und schließlich die baumbewachsenen Täler – und ganz weit in der Ferne leuchtete wie eine winzige rote Schachtel – die Taverne! Tobbs ballte die Hand zur Faust und stieß einen lang gezogenen Triumphschrei aus.

In wenigen Minuten würden sie zu Hause sein. Endlich zu Hause! Unter ihnen füllten die rosa Baumblüten die Täler.

Der Mancor jagte abwärts und stieß ein ohrenbetäubendes Gebrüll aus, das von den Talwänden widerhallte. Innerhalb weniger Sekunden verloren die Bäume all ihr Laub und ihre Blüten. Als gewaltige rosagrüne Wolke wirbelten sie im Luftzug des Streitwagens hoch. Im nächsten Moment waren sie überall – Blütenblätter in Tobbs' Nase, in seinem Mund, in den Ärmeln und im Kragen. Neben ihm hustete und würgte Sid, als hätte er sich verschluckt. Dann zerfielen die Blütenblätter und der ganze Wagen duftete von einer Sekunde auf die andere betäubend nach Räucherwerk. Asche verwehte.

Tobbs sog den Duft tief in die Lungen und musste mit einem Mal grinsen. Es würde Probleme geben – dennoch war er stolz auf sich. Es war ihm gelungen, aus einer Gefängniszelle zu fliehen – in einer fremden Stadt in einem fremden Land. Er hatte sich ganz gut geschlagen. Und er hatte Mamsie Matata und die anderen gefangenen Seelen im Spiegel gerettet. Beinahe erschien es ihm seltsam, wieder zurückzukehren – ein bisschen Wehmut nach den vergangenen Abenteuern verspürte er doch. Vielleicht war Sid mit seiner Art, den Ärger zu suchen, doch nicht nur ein nerviger Dämon, sondern wusste etwas, was Tobbs gerade dabei war, für sich zu entdecken?

Hart setzte die Kutsche wieder auf dem Boden auf. Der Stoß kam so unerwartet, dass Tobbs das Gleichgewicht verlor und gegen die Seitenwand geschleudert wurde. Ein loser Zügel klatschte an seine Stirn. „Halt!“, schrie Sid. „Hej-jaaaarrrrrr!“ Verzweifelt klammerte er sich an die lädierte Seitenwand.

Mit einem Schreckschauer erkannte Tobbs, dass der Dämon die Zügel verloren hatte.

„Er ... will ... nicht ... an... hal... ten ...“, ratterte Sid.

Tobbs hangelte nach dem flatternden Zügel und bekam ihn zu fassen. „Stopp!“, brüllte er dem Mancor zu und zog mit aller Kraft am Zügel. Der Mancor warf nur einen spöttischen, blau glühenden Blick über die Schulter, machte einen Bocksprung – und keilte mit den Hinterbeinen aus! Der Zügel ruckte schmerzhaft in Tobbs' Hand. Panik erfasste ihn: Mamsie Matata! Auf gar keinen Fall durfte er zulassen, dass ihr Spiegel jetzt zerbrach! Er spürte zwei schlangengleich starke Arme, die ihn umklammerten. „Nicht loslassen!“, brüllte Sid. Holz barst unter den Tritten des Mancors. Der Wagen brach und kippte auf die

Seite. Aus dem Augenwinkel sah Tobbs, wie das heile Rad davonschlingerte und wie ein betrunkener Wanderer über den Plateaurand in die Schlucht kippte.

„Lass ihn nicht los!", piepste Sid. „Jetzt bloß nicht loslassen!"

Eine Sekunde war Stille – dann zog ein schmerzhafter Ruck an seinem Handgelenk. Der Zügel zurrte sich um seine Finger fest und riss ihn aus den Trümmern des Streitwagens. Der Spiegelrahmen bohrte sich in seine Hüfte. Mit aller Kraft versuchte er auf dem Bauch zu bleiben, um Mamsie Matata zu schützen. Mit Sid, der sich an ihn klammerte, wurde er über den Boden geschleift – direkt auf die Taverne ntür zu! Trockenes Gras und Erde klatschten ihnen ins Gesicht.

Bei jedem Sprung schien der Mancor kleiner und kleiner zu werden, bis er die Größe eines normalen Tigers erreicht hatte. Seine Kraft schien sich indessen zu verdoppeln – er peitschte mit dem Löwenschwanz und stürmte geradewegs durch die Tür!

Tobbs senkte im letzten Moment den Kopf und kniff die Augen zu. Es fühlte sich an, als würde er gegen eine Gummiwand aus zähen Minuten prallen. Sein Herz bremste herunter, bis er glaubte, es würde gar nicht mehr schlagen. Das Blut sackte in seinen Bauch, ihm wurde schwindlig und der Atem kam nicht in seine Lunge. In diesem unwirklichen Moment endlos gedehnter Zeit sah er ganz am Ende des Flurs eine Gestalt – sie hatte eine Zuckerdose in der Hand und trug eine Schürze. Dopoulos! Der Wirt drehte in Zeitlupe den Kopf und blieb regungslos stehen.

Unendlich langsam klappte sein Mund auf und die Augen drohten aus den Höhlen zu springen. Ungläubig starrte er auf das Bild, das sich ihm bot. Dann hatte sich Tobbs' Körper endgültig auf die Tavernenzeit eingetaktet und ließ sein Herz im gewohnten Rhythmus schlagen.

Jemand musste die Tür zum Festsaal geöffnet haben, denn die Dämonenmusik schallte nun auch durch diesen Flur. Sie traf Tobbs mit voller Wucht, schüttelte ihn durch und wummerte gegen seine Schläfen – im selben Takt donnerten die Hufschläge des Mancors über den gebohnerten Boden, der nur so unter ihnen dahinzischte. Schwach nahm er den Honiggeruch von Dopoulos' selbst gemachtem Bohnerwachs wahr, dann erklang ein Splittern. Tausend Spreißel bohrten sich wie kleine Pfeile in Tobbs' Arme. Fliegender Schlamm ohrfeigte ihn bei jedem Galoppsprung des Mancors. Irgendwo unter seiner rechten untersten Rippe wimmerte Sid. Unendlich weit wurden sie durch nasses Gras geschleift. Tobbs tastete mit seiner freien Hand nach dem verhedderten Zügel und zog mit aller Kraft daran. Rechts und links von ihm erklangen Schreie, etwas klirrte wie zerbrechendes Porzellan und etwas viel Größeres barst mit einem Geräusch wie Steinschlag. Nur langsam lockerte sich die Schlinge, bei jedem Sprung ein bisschen mehr. Endlich, als Tobbs das Reißen von Stoff hörte, glitt der Zügel von seiner Hand ab. Die Wucht des letzten Sprungs schleuderte ihn und Sid aus der Kurve. Tobbs schlitterte auf einen Graben zu und landete – zum Glück bäuchlings – in einem Haufen Gestrüpp. Die donnernden Hufschläge des Mancors entfernten sich.

Tobbs spuckte eine Handvoll faulig schmeckender Erde aus und tastete mit seiner Zunge nach seinen Zähnen – sie waren noch da. Auch seine Hände waren noch da – und seine Beine. Sein Körper konnte sich offenbar nicht entscheiden, welche Stelle am meisten wehtat, und verteilte den Schmerz einfach großzügig über alle Gliedmaßen. Mühsam öffnete er die Augen, hob den Kopf – und blickte in einen orangeblauen Frühabendhimmel, an dem schon die ersten Sterne blinzelten. Das war mit Sicherheit nicht Yndalamor. Erschrocken tastete er nach dem Spiegel auf seinem Rücken. Er war fort! Er hatte Mamsie Matata verloren! Und wo war Sid?

Direkt vor seiner Nase lag ein zerbrochener Holzlöffel. Der stammte ganz eindeutig nicht aus Dopoulos' Küche. Nicht weit davon entdeckte er einen verbeulten Topf und die Trümmer mehrerer Weinfässer.

„Sid?", flüsterte Tobbs. „Sid, lebst du noch?"

Am Grabenrand über ihm stöhnte ein geplatztes Kissen und richtete sich schwankend auf. „Mehr oder weniger!", krächzte das federbeklebte Gespenst und zog sich die zerfetzte Kissenhülle vom Kopf. Tobbs atmete erleichtert auf und kroch die Grabenwand hoch. Sid sah sich benommen um und erstarrte.

„Wow!", stieß er hervor. Tobbs erreichte den Grabenrand und folgte dem Blick des Dämons. Für das, was er nun sah, würde Kali ihn in winzige Stücke zerfetzen und diese in alle Winde zerstreuen!

Der Mancor hatte mit seinen mörderischen Hufen eine Schneise gezogen – fein säuberlich mitten durch ein Dorf hindurch. Und auch mitten durch drei Häuser. Auf den Apfelbäumen in den Vorgärten schaukelten einige der Dorfbewohner in verschiedenen Stadien des Bekleidetseins wie schwere Vögel auf und ab – andere hatten sich auf die mitten entzweigeborstenen Dächer geflüchtet und starrten fassungslos dem Mancor hinterher, der eben am glutroten Horizont verschwand. Eine gewaltige Furche der Zerstörung, angefüllt mit zerbrochenen Möbeln, verbeulten Badezubern, Matratzen und Bettlaken markierte den Weg, den Kalis Ungeheuer eingeschlagen hatte.

Ein untersetzter Mann mit einer geblümten Nachtmütze auf dem Kopf machte seinen Mund wieder zu, rutschte vorsichtig von einem der Dächer und blickte sich irritiert um. Er entdeckte Tobbs und Sid und stutzte. Hier musste die Zeit langsamer voranschreiten als in Dopoulos' Taverne, denn Tobbs konnte die Gedanken des Mannes geradezu sehen: alte Weiblein mit Krückstöcken, die nun grimmig auf ihn zuwackelten.

„Aufstehen, Sid!", wisperte er. „Mach schon!"

Blasse, zerschrammte Gesichter wandten sich ihnen zu. Doch niemand rührte sich oder sagte ein Wort. Tobbs packte Sid am Arm und zog ihn hoch. Hand in Hand taumelten sie vom Graben weg, während die Dorfbewohner ihnen nachschauten.

„Wir müssen verschwinden, bevor sie anfangen zu denken", zischte Tobbs dem Dämon zu. „Am besten in den Wald. Geh ganz langsam, als würden wir nur einen Spaziergang machen."

Fünf oder zehn Schritte folgten sie der Furche, die der

Mancor in den Boden gerissen hatte, ohne dass einer der Dorfbewohner sie daran hinderte.

„Wenn wir da vorne bei der zerbrochenen Schnapsflasche sind, rennen wir los!“, befahl Tobbs. Sid nickte nur. Beim letzten Schritt vor der Flasche zog er plötzlich an Tobbs' Hand und blieb stehen.

Direkt vor ihnen, im aufgeworfenen schlammigen Erdreich, lag eine Gestalt. Mit einem Ruck setzte sie sich auf, wischte sich den Schmutz vom Gesicht und schüttelte den Kopf wie ein Hund nach dem Bad. Glasige, grüne Augen glänzten auf, die sich beim Blick auf Tobbs allerdings zu Schlitzen verengten.

„Du warsashier also, Tobbs!“, lallte Fairy Sam. Offenbar hatte er seit ihrem Gespräch an der Tür eine weitere wichtige Unterredung mit der Schnapsflasche geführt.

Schwere Schritte stampften durch den Morast hinter Tobbs und Sid. Mit einem mulmigen Gefühl in der Magengrube blickte Tobbs sich um.

Hinter ihm stand eine Front aus töricht faszinierten, schlammverschmierten Gesichtern und zerrissenen Hemden, die im Abendwind wie Banner wehten. Eine Frau ließ ein verbogenes Küchenmesser fallen und streckte ihre Hände nach Fairy Sam aus.

„Ein Elf!“, flüsterte sie mit einem verklärten Lächeln. „Wie schön er ist!“ Andächtiges Raunen ging durch die Gruppe. Frauen seufzten, ein Mädchen begann zu weinen.

Fairy Sam nickte huldvoll und rappelte sich hoch. Schwankend blieb er stehen und deutete mit großer Geste auf seine Brust.

„Gansrecht, ich bineinelf!“, rief er. Dann schwenkte er den Arm in Tobbs’ Richtung. „Aber diejadrüben nich – dassis nämmich die Brutes Teufels!“

Alle Dorfbewohner – das heißt die, die sich von Sams Anblick losreißen konnten – sahen zu dem Mann mit der Nachtmütze. Er kniff die Augen zusammen und addierte offenbar sorgfältig die Fakten:

Ein Ungeheuer, das sein Dorf in den Boden stampfte,
plus
zwei dubiose Gestalten, die es begleiteten,
plus
ein Elf, der die beiden als Gäste aus der Hölle identifizierte,
minus
gute Laune.

„Oje“, sagte Sid.

„Auf siiiiie!“, brüllte Nachtmütze. Er hob eine lädierte Mistgabel auf, der zwei Zinken fehlten, und stürmte mit Wutgebrüll los.

„Lauf!“, flüsterte Tobbs. „Zum Wald!“

Der Fuchs und die Fee

Das Geschrei, das sie verfolgte, als sie sich durch das aufgeweichte Erdreich kämpften, war fürchterlich. Tobbs' Beine waren fast taub von der Anstrengung, dennoch kam er erstaunlich schnell voran – zwar hatte er die Jacke mit den Schweb-Eichenstücken verloren, aber unter dem Gürtel waren noch einige Hölzer eingenäht, die das Laufen zumindest ein wenig erleichterten. Hand in Hand mit Sid hetzte er an der Schneise entlang, dann weiter querfeldein, während verbeulte Löffel und zerbrochenes Geschirr an ihren Ohren vorbeipfiffen. Eine Mistgabel verfehlte seine rechte Schulter nur knapp und bohrte sich in einen Wacholderbusch.

„Los!", rief er Sid zu. „Da hinten lang!"

„Du ... reißt ... mir ... den ... Arm ... raus!", keuchte der Dämon.

„Besser ohne Arm als ohne Kopf!", gab Tobbs zurück. Zweige peitschten ihm über die Stirn, als er in den Wald eintauchte. Unter seinen Füßen knackte trockenes Geäst. Tobbs duckte sich und kämpfte sich weiter, Sid im Schlepptau. Eine Bewegung vor ihm ließ ihn zusammenzucken. Ein

Gesicht? Nein, das war kein menschliches Gesicht – es war das Gesicht eines Fuchses. Das Tier war rauchgrau und schlank – fast unsichtbar im Laub und verborgen zwischen Zweigen. Tobbs wunderte sich, dass er ihn überhaupt entdeckt hatte. Noch mehr aber wunderte er sich über den Ausdruck im Fuchsgesicht. Noch nie war er von einem Tier angestarrt worden, aber diesem hier schien vor Staunen regelrecht die Kinnlade herunterzuklappen. Dann leckte das Tier sich mit einer dunkelroten Zunge über die Lefzen als schien es sich etwas zu überlegen. Nach einem kurzen Blick auf die Meute, die nun ebenfalls als eine Woge aus Waffen und stampfenden Füßen in den Wald brach, drehte der Fuchs sich um und rannte davon.

„Ihm nach!“, keuchte Tobbs.

„Was?“

„Halt die Klappe und lauf! Behalte den Fuchs im Auge! Wo ein Fuchs ist, ist auch irgendwo ein Bau und ein Versteck.“

Während er das sagte, klang es nach einem wunderbaren Plan, einem klugen, durchdachten Plan, aber eine Minute später musste Tobbs feststellen, dass er die Dorfbewohner unterschätzt hatte. Sie blieben ihnen auf den Fersen, auch wenn der Abstand sich vergrößert hatte.

Farne peitschten über Tobbs’ Schienbeine, Waldgetier ergriff mit raschelnden Schritten die Flucht. Und immer wieder leuchtete irgendwo vor ihm das Fuchsgesicht auf. Immer wieder blieb das Tier stehen und blickte zurück – als würde es auf die beiden Fliehenden warten.

Plötzlich lichtete sich der Wald, und das Rascheln, das

sie schon seit einiger Zeit begleitete, wurde zu – Wasserrauschen und Wellenschlag! Eine salzige Brise fegte durch Tobbs' Haar.

„Toller Fuchsbau", japste Sid. „Und jetzt? Ins Meer hüpfen?"

Tobbs zögerte und sah sich um. Wolkenschatten jagten sich auf der Wiese, die sich vor ihnen erstreckte und an steilen Klippen endete. Mitten auf der Wiese stand der Fuchs und wartete, eine Vorderpfote in der Luft.

„Ihm nach", befahl Tobbs. Sie rannten weiter – links das Meer und rechts den Waldrand – bis es plötzlich steil bergauf ging. Vor ihnen tauchte eine Mauer auf. Efeu rankte sich über die verwitterten Steine. Der Fuchs nahm Anlauf und sprang. Tobbs zögerte keine Sekunde. Er riss Sid hoch und schubste ihn über die Mauer. Dann sprang er selbst.

Wind riss an seinen Haaren und in seinem Magen kribbelte es, als würde er unendlich tief fallen. Und das Problem war: Er fiel tatsächlich! Die Mauer, die auf der anderen Seite nur hüfthoch war – fiel nun tief, viel zu tief ab. Sids entsetzter Schrei gellte in Tobbs' Ohren, während der Boden ihm entgegenraste. Er konnte nur hoffen, dass das unter ihm wirklich ein Holunderbusch war. Aber was war das Weiße rechts davon? Nebel? Kurz bevor er selbst wie ein Komet in den Strauch einschlug, hörte er einen dumpfen Aufprall. Sids Schrei verstummte abrupt – aber dafür erklang ein anderer Laut. Zweige kratzten über Tobbs' Arme, splitterten an seinen Knien und bremsten endlich seinen Fall. Der Sturz war nicht so schlimm, das, was ihm das Leben aus jeder einzelnen Faser seines Körpers zerren schien, war etwas anderes. Ein Ton – ein schriller, unmenschlicher Ton. Die dreizehn Jahre seines Lebens zogen an ihm vorbei wie eine Reihe aufblitzender Lichter, an deren Ende das Fuchsgesicht stand. Selbst *fühlen* konnte Tobbs diesen Schrei – als Gänsehaut auf seiner Seele. Er schüttelte ihn durch und ließ ihn erschöpft in den Zweigen zurück. Erst nach einer Ewigkeit begriff Tobbs, dass der schauerliche Ton verstummt war und dass er nur noch einem grässlichen, letzten Echo hinterherlauschte.

Vorsichtig richtete er sich auf und spähte durch das dichte Blattwerk. Neben dem Holunderbusch kniete Sid und hielt sich immer noch die Ohren zu. Und neben Sid hüpfte eine Todesfee auf einem Bein. Ihr Gesicht war vor Schmerz verzerrt, ihr Mund, aus dem der schreckliche Todesschrei gekommen war, weit aufgerissen. Mit beiden Händen umklammerte sie ihren bloßen Fuß. Eine hässliche Schramme zeichnete sich an der Stelle ab, auf die Sid offenbar gesprungen war.

„Die Todesfee!“, kreischte die Stimme eines Verfolgers über Tobbs’ Kopf. „Die Todesfee hat geschrien! Weg hier! Sonst werden wir alle sterben!“

Tobbs schaute nach oben und erhaschte gerade noch einen Blick auf einige Dorfbewohner, die über den Rand der Mauer starrten – und dann die Flucht ergriffen.

Nun kam auch Sid auf die Beine und klopfte sich Gras und Erde von den Hosenbeinen. Als er das Knacken des Geästs hörte, drehte er sich um und entdeckte Tobbs. Ein erleichtertes Lächeln erschien auf seinem engelsgleichen Gesicht.

„He, Tobbi!“, strahlte er. „Gute Idee mit der Mauer. Die Meute sehen wir so schnell nicht wieder!“

Die Banshee ließ ihren geprellten Fuß los und schlug sich beide Hände vor den Mund.

„Entschuldige“, meinte Sid aufrichtig. „Ich wollte dir noch ausweichen ... aber da warst du schon genau unter mir ... und da ...“

Die Todesfee sackte in sich zusammen und krümmte sich, ein weißes Häuflein Elend, dem perlmuttweiße Tränen über die Finger rannen. „Oh nein“, flüsterte sie. „Nein, das war ich nicht. Das war doch nicht ich, die geschrien hat?“

Tobbs wälzte sich aus dem Busch und sprang auf den Boden. Seine Knie wackelten wie lose Scharniere. Er rannte zu der zusammengekauerten Banshee hinüber und ließ sich vor ihr nieder. Behutsam berührte er ihre Handgelenke – sie fühlten sich an wie Fleisch gewordener Nebel.

„Alles in Ordnung?“, fragte er leise. „Tut es ... sehr weh? Dein Fuß?“

Die Todesfee zuckte überrascht zurück und blickte ihn aus Augen an, die so traurig waren wie der dunkelste See tief. Tobbs hatte schon viele Todesfeen gesehen, aber diese hier war etwas ganz Besonderes. Zu ihren Lebzeiten musste sie eine Schönheit gewesen sein. Vielleicht hatte sie dunkles Haar gehabt, nun aber fiel es ihr in silberweißen Wellen über die Schultern und umrahmte ein elfenbeinfarbenes sanftes Gesicht mit hohen Wangenknochen. Selbst ihre Augen waren weiß, ihre Wimpern und Brauen, dennoch erkannte Tobbs den feinen Schwung der Linien, als würde ihr menschliches Gesicht, das längst Vergangenheit war, durch das geisterhafte Antlitz hindurchschimmern.

„Du kannst mich ... immer noch sehen?“, wisperte sie ungläubig. Ihr Blick glitt fassungslos zu Sid. „Und du?“

„Klar“, sagte Sid. „Du bist ganz weiß, nur dein Fuß ist – äh ... dunkelgrau? Ist das bei dir so was wie ein blauer Fleck?“

Die Banshee betrachtete verdutzt ihre Hände. „Aber ... Menschen können mich doch gar nicht sehen.“

„Ich bin ja auch kein Mensch“, gab Sid zurück. „Ich bin ein Dämon. Der Mensch ist der da!“

Tobbs schluckte. Das mulmige Gefühl kroch wieder seinen Nacken hoch. Er war ein Mensch, ganz bestimmt! Oder doch nicht?

„In unserem Wirtshaus kann ich alle Todesfeen sehen. Können die Leute dich hier nur wahrnehmen, wenn du ... schreist?“, fragte er.

Die Fee erwachte aus ihrer Erstarrung und ballte die Hände zu Fäusten. „Der Schrei!“, zischte sie und sprang auf die Füße. Ihr Gewand, das einem Hochzeitskleid sehr ähnlich war, flatterte im Wind. „Verdammt, ich habe geschrien! Ich darf nicht schreien! Alles darf passieren, nur das nicht.“

Es war seltsam zu sehen, wie sie vor Wut und Verzweiflung die Hände rang und sich dabei bemühte, leise zu sprechen. „Er ist verloren!“, jammerte sie im Flüsterton. „Alles ist verloren, nur weil ein trampeliger ... Dämon mir auf den Fuß springt!“

„Ich habe doch gesagt, es war keine Absicht“, murmelte

Sid und kickte verlegen einen kleinen Stein weg. Tobbs stand auf und blickte sich ratlos um. Enttäuscht stellte er fest, dass der Fuchs verschwunden war. Hinter seinem Rücken und weit nach links und nach rechts erstreckte sich die Mauer und rahmte in einem sanften Bogen ein Grundstück ein, das wie ein Möwennest direkt an den Klippen erbaut worden war. Ein Stückchen weiter oben konnte man ein Schieferdach erkennen. Ein kupferner Windfänger in Form eines Reiters drehte sich knarrend auf dem Giebel.

Neugierig kletterte Tobbs ein Stückchen bergauf und betrachtete das Haus. Es war ein verwinkelter Backsteinbau, ein verwittertes Herrenhaus. Von dem dunkelblauen Meer hob sich das Gebäude ab wie ein Juwel.

„Das da oben ist sein Zimmer." Die weiße Frau war neben ihn getreten und deutete auf ein großes Fenster direkt unter einem Dachgiebel. Hinter einer matten Scheibe zeichnete sich die Silhouette eines hochgewachsenen Mannes ab. Als Tobbs genauer hinsah, erahnte er wirres, dunkles Haar. Die Anspannung in der Haltung verriet, dass der Mann aufmerksam den Park beobachtete.

„Er sieht dich an", flüsterte er.

Die Banshee verschränkte die Arme und schüttelte traurig den Kopf. „Gehört hat er mich, nun bin ich wieder unsichtbar für ihn. Oh, das hätte nicht passieren dürfen!"

Sid war ebenfalls herangetreten. „Wieso, was passiert denn, wenn du schreist? Außer, dass es einem alle Rippen dabei umdreht?"

Tobbs stieß ihn an. „Weißt du das denn nicht?", zischte er ihm zu.

„Woher denn, ich bin doch nicht von hier."

Tobbs rollte mit den Augen und senkte seine Stimme noch etwas mehr.

„In Gwinnydell gibt es diese Tradition. Eine verstorbene Ahnin spukt als weiße Frau. Sobald sie schreit, stirbt einer ihrer Nachfahren."

Sid blickte die Banshee mit ganz neuem Respekt an. „Echt – du bist eine Todesfee?"

„Ich bin sein Schicksal", sagte sie ernst. „Und das ist nun besiegelt – durch meine Dummheit."

„Du bist ganz schön jung gestorben", bemerkte Sid.

„Nun, wenn man noch vor der Hochzeitsnacht eine Treppe hinuntergeschubst wird, kann das schon passieren", erwiderte die Banshee bissig.

„Und jedes Mal, wenn du stolperst oder dir den Ellenbogen anhaust, springt einer von ... äh ... deiner Familie über die Klinge?"

„Sei still, Sid!", mahnte Tobbs.

„Ich will doch nur wissen, was Ursache und Wirkung ist", beharrte Sid. „Ich meine ... stirbt der Mann am Fenster, weil sie schreit, oder schreit sie, weil er ohnehin sterben muss, da seine Uhr abgelaufen ist?"

Die Fee blinzelte ratlos. „Ich ... weiß nicht genau. Ich weiß nur, dass es immer höchstens zwei Tage dauert." Sie blickte zu dem Mann hinüber, dann schlug sie die Hände vors Gesicht und schluchzte. „Zwei Tage!", jammerte sie. „Nur noch zwei kurze Tage!"

„Ursache und Wirkung, ja?", blaffte Tobbs Sid an. „Darüber solltest du dir auch mal Gedanken machen. Warst du unfähig, den Mancor zu halten oder war der Mancor nur zu blöd, um deinen Befehlen zu gehorchen?"

Sid zog den Kopf ein. „Ich ... sonst hat es immer geklappt", meinte er kleinlaut.

Tobbs sank auf das feuchte Gras und stützte den Kopf in die Hände. Seine Gedanken kreisten wie brennende Mühlenflügel hinter seinen Lidern. Wenn er nur daran dachte, dass Mamsie Matata irgendwo lag – allein und verloren, krampfte sich ihm der Magen zusammen.

„Wir müssen zurück", murmelte er. „Wir müssen so schnell wie möglich zurück in die Taverne!"

„Warum ist es so schlimm, wenn er stirbt?", wandte sich Sid wieder an die Todesfee. „Er wird zum Geist und ihr zwei könnt bis in alle Ewigkeit Händchen haltend durch den Park schweben."

Ein giftiger Blick traf ihn. „Schon mal etwas von ‚weißen Männern' gehört, Dämon? Spuken können nur gewaltsam zu Tode gekommene Frauen. Oder Verfluchte, die selbst einen Mord begangen haben. Menschen wie er ... gute, anständige Menschen ... sterben einfach. Und verschwinden."

„Wohin?"

Die Fee kaute auf ihrer Unterlippe herum und zuckte nach einer Weile mit den Schultern. „Keine Ahnung", gab sie zögernd zu. „Sie sind einfach nicht mehr da. Nicht in meiner Welt und nicht in ihrer. Und das heißt, ich werde ihn nie wieder sehen. Nie!"

„Das ist gar nicht gesagt! Bei uns laufen sehr viele Tote herum, die im Leben nichts Schlimmes getan haben", ereiferte sich Sid. „Manche bewachen Gräber ... und in anderen Ländern hängen sie sogar an Ohren."

Die Todesfee sah ihn so verständnislos an, dass er verstummte.

„Woher weißt du, dass er es sein wird, der stirbt?", fragte Tobbs leise.

„Weil er der Letzte der Familie Kavanian ist und weil ich an ihn gedacht habe", fauchte die Fee. „Ich denke immer an ihn!" Mit diesen Worten raffte sie ihr Kleid und stampfte über das Gras davon.

Es wurde schnell dunkel in Gwinnydell. Und gemein kalt war es inzwischen auch. Ein feiner Frühlingsregen hatte eingesetzt, der Tobbs frösteln ließ. Hinter den Klippen rauschte das Meer.

„Und was machen wir jetzt?", fragte Sid. „Sollen wir schauen, ob im Herrenhaus ein Platz für uns frei ist?"

Tobbs überlegte eine Weile, dann schüttelte er den Kopf. „Wir müssen zuerst Mamsie Matata finden – ein Spiegel, den ich aus Yndalamor mitgebracht habe."

Sid sah zum Haus hinüber. Seine Augen leuchteten im Dunkel wie die einer Echse auf. „In der Nacht im Wald herumzustolpern bringt doch nichts", meinte er. „Wir sollten erst nach einem Unterschlupf Ausschau halten. Und sobald es hell wird, machen wir uns auf die Suche nach der Taverne und nach deinem Spiegel."

„Nein, wir gehen sofort los!", brauste Tobbs auf. Am

liebsten hätte er das Dämonenkind erwürgt. Hier saß er nun und fror – weit weg von seinem Zimmer und seinen Schnitzfiguren, von Dopoulos, von Wanja und seiner Geburtstagstorte. Und die Minuten schienen wie Blitze an ihm vorbeizuflackern. Das Schlimmste daran war, dass jede Minute, die er hier an Zeit verlor, genau einer Minute in der Zeitrechnung der Taverne entsprach. Was, wenn er nicht rechtzeitig zurückkam? Aber ohne Mamsie Matata konnte er nicht zurückkehren. Vom Mancor mal ganz abgesehen.

„Kein Grund, mich gleich anzuschreien!“, schnaubte Sid beleidigt.

„Dann hör endlich auf, Chaos zu verbreiten!“, brüllte Tobbs. Fluchend drehte er sich um und stapfte auf das Herrenhaus zu. Er hatte genug von diesem Dämon, genug davon, Schwierigkeiten zu haben. Was er jetzt brauchte, waren ein paar Minuten für sich allein, um einen klaren Kopf zu bekommen.

Das Haus war von mehreren knorrigen Bäumen umgeben. Und auf einem der niedrigeren Äste hing ein Nebelschweif.

Tobbs zog sich sein durchnässtes Hemd enger um den Körper und ging auf den Baum zu. Wie er vermutet hatte, war es die Todesfee. Sie hing im Baum und starrte traurig in ein hell erleuchtetes Fenster im Erdgeschoss. Das Licht schien durch sie hindurch und brachte den nassen Ast, auf dem sie saß, zum Glänzen. Zunächst leuchtete er rosa, dann in einem hellen Gelb und schließlich bläulich weiß. Tobbs schlich sich näher heran, doch die Banshee bemerkte ihn ohnehin nicht. Nicht einmal, als er den untersten Ast ergriff und auf den Baum kletterte, drehte sie sich nach ihm um. Tobbs ließ sich auf dem Ast neben ihr nieder und spähte durch das Fenster.

Vor ihm tat sich eine Art Küche auf – Glasgefäße und Metallkästen standen überall herum. Manche der Gläser waren mit Flüssigkeiten gefüllt. Auf einer Holzplatte hatte jemand Steinstücke aufgehäuft. Und hinter einem alten Tisch saß ein blasser, junger Mann mit umschatteten Augen. Tobbs beugte sich weiter vor und sah genauer hin. Der Mann trug ein schwarzes Hemd, schwarze Lederbänder um die Handgelenke, eine schwarze Kette mit einem schwarzen Stein um den Hals und hatte langes Haar, so schwarz, wie es kein Mensch haben konnte – es sei denn, jemand hätte kräftig mit Farbe nachgeholfen. Es rahmte ein blasses, hageres Gesicht ein. Schön konnte man den jungen Mann nicht nennen, aber seine Augen wirkten durch ein wenig schwarze Schminke groß und beinahe dämonisch ausdrucksvoll. Die Banshee schniefte und wischte sich ganz unfeenhaft mit dem Ärmel über die Nase. Dabei entdeckte sie Tobbs.

„Ist er das?“, flüsterte Tobbs.

Das tote Mädchen hatte bereits den Mund geöffnet, um ihn rüde anzufahren, aber dann schluckte sie nur und nickte. „Er heißt Jamie“, sagte sie mit erstickter Stimme.

„Und wie heißt du?“

„Megan. Die Gemeuchelte Megan. Dabei wurde ich gar nicht mit dem Dolch gemeuchelt, sondern nur von der obersten Stufe der Treppe runtergeschubst. Manche nennen mich auch nur die Weinende Lady. Dabei habe ich nur wegen meiner Hochzeit geweint – jeder hätte geheult, wenn er mit Lord Sedrick dem Zahnlosen verheiratet worden wäre. Und dieser Unmensch war nicht nur hässlich, sondern auch noch gierig. Wollte nur an mein Geld. Steht alles in der Chronik, die dort auf dem Tisch liegt, siehst du?"

„Was macht Jamie da eigentlich?"

Megan seufzte. „Ist das wichtig? Wichtig ist nur, dass er dank deines kleinen Freundes sterben wird."

Tobbs betrachtete Jamie. Gerade eben hatte er sich einen Augenschutz aufgesetzt, der den Käferaugen aus der Spiegelstadt sehr ähnlich war, und starrte konzentriert durch eine Art Fernrohr in eine Kiste. Was er sah, gefiel ihm offensichtlich gar nicht, denn er fluchte und gestikulierte wütend mit den Armen. Tobbs hatte eine Idee – nicht die beste Idee, aber besser als nichts.

„Ich könnte ihn doch warnen. Mich kann er ja sehen. Vielleicht wird er dann aufpassen und das Unglück umgehen."

Die Todesfee sah ihn aus perlmuttfarbenen Augen verächtlich an, dann kniff sie die Lippen zusammen und schüttelte langsam den Kopf.

„Du hast wirklich keine Ahnung, Blaukopf", sagte sie. „Geh von meinem Baum und stiehl mir nicht die wenigen Stunden, die ich noch mit Jamie verbringen darf."

Tobbs musste widerwillig zugeben, dass Sid Recht gehabt hatte. Es war vollkommen sinnlos, im nächtlichen Wald nach etwas zu suchen. Seit Stunden stolperten sie nun schon herum, stapften durch die aufgeworfene Erde, fanden Haushaltsgegenstände, zerbrochene Truhen und Geschirr, Mamsie Matata aber blieb verschwunden. Sid war höflich genug, kein Wort darüber zu verlieren, aber Tobbs merkte, wie müde der kleine Dämon war. Und dann schob sich zu allem Überfluss auch noch ein ganzes Heer von Wolken über den Himmel und verschluckte das letzte Restchen Mondlicht. Dicke, schwere Tropfen klatschten auf Tobbs' Stirn. Sid schlich sich an ihn heran und zupfte an seinem Ärmel. Regen rann ihm aus dem Haar über das makellose Gesicht, doch der Dämon schien die Feuchtigkeit überhaupt nicht zu spüren.

„Schau mal da drüben“, sagte er leise. „Sieht aus wie eine Scheune.“

Es war eine Scheune. Gartengeräte standen darin, Kisten mit frisch geernteten Äpfeln, außerdem ein Haufen von nachlässig hingeworfenen Kitteln. Es roch nach verstaubten Spinnennetzen und feuchtem Holz, aber Tobbs trat trotzdem ein und prüfte mit der Hand, ob der Kleiderhaufen trocken war.

„Wir ruhen uns aus, bis der Regen vorbei ist“, flüsterte er.

„Gut!“, gähnte Sid. Ohne ein weiteres Wort kletterte er blitzschnell an einem Regal hoch und rollte sich in einem Fach ein wie eine Katze. Wenige Augenblicke später war er bereits eingeschlafen. Verdutzt blinzelte Tobbs in die Dunkelheit.

„Sid?“, flüsterte er. Doch der Dämon antwortete nicht.

Tobbs schüttelte den Kopf und ließ sich auf dem Stoffhaufen nieder. Viel zu laut prasselte der Regen auf das morsche Dach. Und viel zu sehr drückte ihn die Sorge, wie es weitergehen sollte. Irgendwo da draußen lief der Mancor frei herum. Nun, zumindest wusste Dopoulos, in welchem Land sich sein Schankjunge und Kalis Kutschtier befanden. Doch die Aussicht, dass Dopoulos ihm hier zu Hilfe kommen würde, hatte nicht viel Tröstliches. Der Wagen war zertrümmert und Mamsie Matata war verschollen – Tobbs würde nicht darum herumkommen, Kali die ganze Katastrophe zu beichten und für seinen Fehler einzustehen. Beim Gedanken an die blutroten Augäpfel der Göttin musste er schlucken. Doch es half nichts. Die ganze Sache war seine Schuld. Sid war ein Kind, ein Dämonenkind, und Tobbs trug die Verantwortung. Nachdenklich fuhr er sich durch das kurz geschnittene Haar. Die Stadt der Spiegel war ihm noch gegenwärtig, selbst hier im Schuppen glaubte er noch den Opferblütenduft zu riechen. Tobbs tastete nach einem der Gärtnerkittel und nahm sich den heraus, der am wenigsten geflickt war. Grober, grüner Stoff, der über seine nackten Arme kratzte, aber wenigstens wurde ihm wärmer, nachdem er das Kleidungsstück angezogen hatte. Keine schwebende Jacke mehr. Seufzend stand er auf und trat zur Tür. Der prasselnde Regen hatte sich in einen Nieselschleier verwandelt. Die Nachtluft duftete frisch und salzig und Tobbs lehnte seinen Kopf gegen das Holz und schloss die Augen. Für einen Augenblick wirbelten Bilder an ihm vorbei, als wäre er schon im Begriff einzuschlafen, doch sofort schreckte er wieder hoch.

Im Unterholz leuchteten die Augen des Fuchses auf. Tobbs winkte ihm müde zu und kehrte zu seinem Kleiderhaufen zurück. Leise ließ er sich darauf nieder und vergewisserte sich, ob der Dämon immer noch schlief. Dann fing er an zu weinen. Die Tropfen, die ihm über die Wangen rannen, waren heiße Bäche. Und mit der Wärme schmolz der eisige Klumpen Angst und wurde zu Verzweiflung. Noch nie in seinem Leben hatte er sich so einsam gefühlt. Er wollte nach Hause! Er sehnte sich nach seinen Holzfiguren, nach Wanja, sogar nach Anguana und den Schicksalsfrauen. Am schlimmsten war der Gedanke, dass auch in der Taverne Stunden vergangen waren – und er immer noch nicht wusste, wer er war.

Irgendwann musste er eingeschlafen sein, denn als er viel später einmal blinzelte, nahm er noch halb im Traum wahr, dass sein Kopf auf einem kleinen Kissen lag. Es war weich wie Fell und warm. Mit einem erleichterten Seufzen drehte Tobbs sich auf seinem Lager um und träumte von wilden Jagden und köstlichen, saftigen Mäusen.

Geisel und Garn

Etwas Feuchtes fuhr ihm über die Augen – eine kleine Zunge. Neki? Tobbs schreckte hoch und sah sich dem Fuchs gegenüber – dort, wo sein Kopf auf der Schulter des Tieres gelegen hatte, hingen ein paar blaue Haare im Fell. Der Fuchs gab einen hohen, bellenden Laut von sich und gähnte herzhaft. Dann flitzte er zur Tür hinaus. Hastig sprang Tobbs auf und schüttelte Sid.

„Sid, wach auf! Wir haben verschlafen!"

Der Dämon blinzelte einen Sonnenstrahl an, der sich durch ein Loch im Dach fingerte, und lächelte dann wie ein Engel.

„Alles klar, Tobbi!", meinte er und sprang aus dem Regal. „Heute finden wir deine Mamsie Matata!"

Der Fuchs begleitete sie – immer am Rand des Blickfeldes, kaum wahrnehmbar wie ein huschender Schatten.

Die Schneise, die der Mancor in den Boden getrampelt hatte, war breit wie eine Straße. Selbst die zerbrochene Flasche von Fairy Sam lag noch im Graben. In respektvoller Entfernung umrundeten sie das Dorf und folgten den Spuren des Mancors in Richtung Taverne. Bald schon sanken

Tobbs' Füße im morastigen Boden ein. Es roch modrig. Wasser hatte die Spur gefüllt, an einigen Stellen verlor sie sich sogar. Tobbs sank der Mut. Keine Taverne weit und breit.

„Das ist ein Sumpf", stellte Sid fest. „Hier kommen wir nicht weiter."

„Ganz recht", sagte eine hämische Stimme. Fairy Sam lehnte an einem kahlen Baumstumpf und grinste. Seine Augen waren blutunterlaufen und das Haar zerzaust. Ein Ohr war abgeknickt, als hätte er die Nacht über darauf geschlafen. Aber sein Hemd und die grünen Hosen waren wieder makellos sauber – ebenso wie seine goldbraunen Lederschuhe, denn natürlich sank er nicht im Schlamm ein. Wenn sie nicht gerade von einem Mancor in den Boden gestampft wurden, konnten Elfen sich selbst im sumpfigsten Gelände leichtfüßig bewegen, ohne auch nur einen Fußabdruck zu hinterlassen.

„Na? Gut geschlafen?" Sams Grinsen verschwand und machte einer geschäftsmäßigen Miene Platz. „Ja, wenn man die halbe Nacht im Morast herumstolpert, ist man müde. Sucht ihr möglicherweise das hier?"

Mit dem flinken Griff eines Taschenspielers zog er den Spiegel hinter seinem Rücken hervor. Tobbs wurde ganz heiß. Im Spiegel sah er eine dunkle Wolke, dann erschien eine sehr wütende Mamsie Matata. Ihre verwirrend unterschiedlichen Augen glitzerten gefährlich.

„Die ganze Zeit heult sie mir die Ohren voll, dass sie zu dir will", meinte Fairy Sam. „Und da dachte ich, Sam, sei nett und tu dem Schankjungen einen Gefallen. Sicher zahlt er gerne einen angemessenen Preis dafür, sein Täubchen hier wiederzubekommen."

Tobbs bedeutete Sid, ruhig zu sein, und trat vor. „Ach, du bist also nett, ja? Was willst du für sie?"

„Nicht viel. Zugang zu den Spieltischen für alle Gwinnydell-Elfen. Außerdem hätte ich gerne die 50 Dupeten wieder, um die ich betrogen wurde."

„Niemand hat dich betrogen", fuhr Tobbs ihn an. „Du schuldest Wanja sogar noch eine Tür! Und Dopoulos wird dich in hundert heißen Sommern nicht mehr reinlassen, das weißt du genau. Alle Elfen haben Hausverbot."

Fairy Sam zog bedauernd die Braue hoch. „Schade. Ich dachte, deine Freundin wäre dir genug wert, damit du bei Dopoulos deinen Einfluss geltend machst, Schankjunge." Flink zauberte er einen kantigen Stein hervor und hob Mamsie Matatas Spiegel höher. „Dann werde ich dieses Stück Granit wohl leider doch benutzen müssen."

„Nur zu!", giftete Mamsie Matata ihn an.

Tobbs stockte der Atem. Das war ein Fehler gewesen. Fairy Sam mochte ein Trinker sein, aber dumm war er nicht. Nach einem Augenblick des Nachdenkens senkte er den Arm und ließ den Stein gleichgültig in den Schlamm fallen.

„Ach so ist das! Ich *soll* ihn also zerbrechen? Hm, was könnte das bedeuten? Vielleicht Folgendes: Die Dicke sitzt im Spiegel fest und will raus, ja? In diesem Fall habe ich natürlich ein anderes Geschenk für sie."

„Lass sie in Ruhe!", brüllte Tobbs. Er wollte losstürzen, doch seine Füße waren zu tief in den Morast eingesunken.

Er stolperte und klatschte der Länge nach hin. Fairy Sam legte seine Hand auf Mamsie Matatas Gesicht. Mit einem empörten Schrei erlosch sie und ließ nur das Bild eines kleinen grünen Schlangenmenschen zurück – Sid in seiner wahren Gestalt.

Die Spiegeloberfläche gab ein metallisches Klacken von sich. Tobbs rappelte sich hoch, packte eine Handvoll Schlamm und schleuderte sie auf Fairy Sam. „Lass sie!", japste er. Der Elf wehrte den Schlammballen mit dem Spiegel ab. Schmutz zerplatzte auf der blanken Oberfläche. Dann nahm er den Spiegel und schleuderte ihn mit voller Wucht in Richtung Tobbs. Der Spiegel verfehlte ihn, prallte mit einem trockenen „Klack" an einem Stein ab und blieb mit dem Gesicht im Schlamm liegen. Tobbs war mit drei schmatzenden Schritten bei ihm und hob ihn vorsichtig auf. Als er ihn umdrehte, sah Mamsie Matata ihn vorwurfsvoll mit einem Bart aus Schlamm an. Dann hob sie beide Fäuste und trommelte von innen energisch gegen das Glas.

„Versiegelt", jammerte sie. „Ich bin unzerbrechlich."

Zu Tobbs' Entsetzen brach sie in Tränen aus und verlosch. Ein Elfenzauber – das hatte noch gefehlt!

„Tja", meinte Sam bedauernd. „Als Strafe für diesen sehr unfeinen, tätlichen Angriff werdet ihr jetzt wohl leider auf meine großzügige Hilfe verzichten müssen."

„Ich werde dafür sorgen, dass deine verdammte Tür zugemauert wird!", schrie Tobbs. „Sobald ich in der Taverne bin, werde ich …"

„Ts, ts, ts", unterbrach ihn der Elf pikiert und betrachtete seine Fingernägel. „Dazu müsst ihr die Taverne aber erst einmal finden, nicht? Tja, sobald ihr nach Gwinnydell eintretet, ist die Taverne nur noch für Elfenaugen sichtbar. Wir müssen ja schließlich die Leute aus dem Dorf davor bewahren, in die Hände von Halsabschneidern zu geraten, nicht wahr?" Und mit einem zufriedenen Lächeln setzte er hinzu: „Ist ein Elfen-Ding. Zu dumm, was?"

„Sag uns, wo die Tür ist!", mischte sich nun Sid ein. „Wenn nicht, wird mein Onkel Jestan dich bis in die Hölle schleifen!"

Fairy Sam lachte. Jedes Dorfmädchen wäre bei diesem Anblick vor Entzücken in Ohnmacht gefallen, Tobbs dagegen hatte nur Lust, ihm Mamsie Matatas Spiegel über den Kopf zu hauen.

„Oh, ich schlottere, ich zittere vor Angst, Giftzwerg", sagte der Elf gnädig. „Aber bis es so weit ist, wünsche ich euch noch viel Spaß beim Suchen. Ach übrigens – ihr solltet euch beeilen. Die Nachricht vom Höllentier hat sich schon herumgesprochen. Wenn ich mich nicht irre, hat euer Schoßtierchen eine Herde Schafe verspeist. Und bei Schafen verstehen die Leute hier leider gar keinen Spaß. Die Messer sind gewetzt. Na ja, falls ihr doch noch zu unserem kleinen Geschäft bereit seid, könnt ihr gerne versuchen, mich zu finden."

Tobbs packte eine Handvoll Schlamm und schleuderte sie mit aller Kraft. Noch ein und noch ein Schlammbatzen sausten auf den Elf zu. Dieser riss empört die Arme hoch, gerade noch rechtzeitig, bevor ihn eine Ladung ins Gesicht traf.

„Wir brauchen deine Hilfe nicht!“, tobte Tobbs. „Mach, dass du wegkommst!“ Sid starrte ihn mit ungläubigem Staunen an, dann huschte ein Lächeln über sein Gesicht. Im nächsten Moment sprang er mit Schwung in die nächste Schlammpfütze und beteiligte sich an der Schlacht. Er zielte besser als Tobbs. Fairy Sam duckte sich und fluchte, dann brachte er sich mit einem Satz hinter dem Baum in Sicherheit. Tobbs warf trotzdem noch die letzte Hand Schlamm. Plötzlich ging es ihm um einiges besser, auch wenn er völlig außer Atem war. Er brauchte eine Weile, bis er Mamsie Matatas Stimme vernahm. Sie stand mit dem Rücken zum Baum, und als er einen Blick in den Spiegel erhaschte, sah er sie – Elfengesichter. Tobbs drehte sich um.

„Tag, Sam“, sagte eine Elfe mit knielangem, purpurrotem Haar. „Probleme?“

„Sam hat angefangen!“, ereiferte sich Sid. „Er hat uns den Spiegel gestohlen, als ....“ Er verstummte, als Tobbs ihm seine schlammbeschmierte Hand auf den Mund drückte.

Die Elfen lachten.

„Wurde auch Zeit!“, rief Sam und kam hinter dem Baum hervor. „Nehmt den Spiegel mit und lasst uns abhauen.“

Tobbs und Sid sprangen gleichzeitig zu Mamsie Matata, doch die Elfen waren schneller. Eine ganz und gar nicht zarte Elfenfaust boxte Tobbs in den Magen, dass ihm schwarz vor Augen wurde – und schon rannten sie davon. Nach Elfenart sah es elegant und flink aus, sie glitten über Pfützen, zwischen Sumpfdotterblumen und Torfballen hindurch und verschwanden mit Mamsie Matata in den Morgennebeln.

„Langsam verstehe ich, wieso die Hausverbot haben“, meinte Sid ungerührt. „Keine Taverne also. Was machen wir jetzt?“

Tobbs schüttelte den Schlamm aus seinen Haaren und kam mühsam auf die Beine. Tränen der Wut stiegen ihm in die Augen. Dort, wo die Elfen die Büsche und Halme gestreift hatten, waren Blumen erblüht. Die Menschen würden beim Anblick dieses Ortes sicher glauben, einen Elfentanzplatz gefunden zu haben. Tanzplatz. Pah! „Wenn die Elfen den Eingang verstecken, können wir suchen, bis der Mancor auch noch das letzte Schaf gefressen hat. Wir müssen ihn finden. Stell dir vor, was passiert, wenn die Leute Jagd auf ihn machen.“

„Große Party“, sagte Sid leise. „Feuerwerk. Keine Überlebenden.“

Schon von Weitem sahen sie Tobbs' Jacke wie ein Banner über dem Dorf wehen. Sie war ziemlich ramponiert, der rechte Ärmel hing wie ein gebrochener Flügel herunter, aber sie schwebte immer noch. Jemand hatte sie an einem Seil befestigt und am Kirchturm angebunden. Die Kirche lag in Trümmern, das Kirchenschiff war zusammengebrochen und bestand nur noch aus einem Haufen von Geröll. An einem zerbrochenen Fenster hing ein Büschel von sandfarbenen Haaren vom Schweif des Mancors.

Tobbs zog sich die Kappe, die er ebenfalls im Schuppen gefunden hatte, tiefer in die Stirn und winkte Sid, sich mit ihm in die Büsche zu schlagen. Unbemerkt pirschten die beiden sich an das Dorf heran. Durch die Zweige beobachteten sie eine Ansammlung von Dorfbewohnern. Sie standen um den Mann herum, der am Abend zuvor die Nachtmütze getragen hatte. Heute hatte er seine graue Mähne straff nach hinten gekämmt und trug ein schwarzes, langes Gewand. Seine Stimme donnerte über den Platz.

„Dreiundfünfzig Schafe! Von Mellys Kutschpferd, das vor Schreck tot umfiel, wollen wir gar nicht reden. Drei zerstörte Dörfer, vierzig niedergepflügte Felder und sechzig Verletzte. Darauf kann es nur eine Antwort geben!“

„Tod!“, brüllten die Leute. Mit einem Schaudern sah Tobbs, dass die Dörfler sich bewaffnet hatten. Nun streckten sie Gewehre und rostige Musketen in die Luft und klapperten mit Küchenmessern und Mistgabeln.

Nachtmütze nickte gewichtig. „Tod der höllischen Kreatur“, verkündete er mit unheilvoll tiefer Stimme. „Und Tod ihren dämonischen Helfern.“ Er deutete auf ein großes Blatt Papier, das an eine Tür genagelt war. Es musste ein Steckbrief sein. Der Mancor sah aus wie eine Mischung aus fetter Hauskatze und Feuer speiender Kuh, die beiden Gestalten daneben hatten bestenfalls Ähnlichkeit mit zerzausten Zombies.

Sid grinste und stieß Tobbs an. „Das bist du!“, flüsterte er. „Eindeutig!“

„Der Teufel persönlich hat uns diese Kreaturen geschickt“, fuhr Nachtmütze fort. „Also werden wir sie auch austreiben, als wären sie der Teufel persönlich. Sucht euer Silber zusammen! Besteck, Kaffeekannen, Münzen, Ketten, Ringe – wir werden Kugeln daraus gießen. Und ich werde sie weihen. Und wenn die Ungeheuer uns noch einmal zu nahe kommen, werden wir sie würdig empfangen. Colm! Aidan! Margaret! Ihr werdet die erste Wache halten!“

Drei Gestalten traten vor und nickten düster und entschlossen.

„Warum warten wir, bis sie wieder angreifen?“, meldete sich eine Frau mit einem Kopftuch zu Wort. „Du bist der Pfarrer, Leary, du musst sie suchen und austreiben, bevor sie auch noch unsere Weiden zerstören.“

Nachtmütze schluckte.

„Ich weiß, wer die Kreaturen gerufen hat!“, meldete sich nun auch ein alter Mann zu Wort. Er drängte sich vor und deutete in Richtung Wald.

„James Kavanian war's!“

„Wie kommst du darauf, dass der Einsiedler etwas damit zu tun hat?“

„Du hast es gerade selbst gesagt, Leary. Er ist ein Einsiedler. Lebt im alten Herrenhaus allein wie ein Geist und macht seltsame Experimente. Könnten doch Beschwörungen sein. Und er schmiert sich schwarze Farbe ins Haar.“

„Schwarz ist die Farbe des Teufels“, bemerkte die Frau.

Tobbs schüttelte den Kopf. „Nachtmütze trägt doch selbst Schwarz“, flüsterte er Sid zu. „Wie können sie solchen Unsinn reden?“

„Das ist kein Beweis“, meinte Nachtmütze nun auch

prompt. „Und wir können nicht einfach auf gut Glück James Kavanian mit der Waffe bedrohen!“

„Er schläft am Tag und treibt in der Nacht weiß Gott was“, ereiferte sich der hagere Mann. „Überlegt doch: James wird nachts erst munter. Und wann haben die Ungeheuer unser Dorf zerstört?“

„Bei Anbruch der Nacht“, kam die gemurmelte Bestätigung von allen Seiten. Der Wortführer nickte.

„Und die Dämonen rannten dann schnurstracks zu ihrem Herrn auf das Anwesen am Meer. Ich bin sicher, wir werden sie dort finden, wenn wir nur gründlich suchen.“

Die Dorfbewohner sahen sich unsicher an, dann begannen sie zu tuscheln. Tobbs konnte beinahe fühlen, wie der Wind sich drehte. Nachtmütze begann zu schwitzen.

„Und dann“, setzte der Mann hinzu, „wäre da natürlich noch die Tatsache, dass die Gemeuchelte Megan geschrien hat. Wir haben es alle gehört – sogar durch den Wald schallte der Schrei, stimmt’s? Ich sage euch: Jamies Tage sind gezählt!“

„Komm“, zischte Tobbs. „Wir müssen James warnen.“

Sid starrte ihn völlig verständnislos an. „Wozu das denn? Megan hat doch gesagt, es ist vorbei mit ihm.“

„Und wer ist schuld daran?“, fuhr Tobbs ihn an. Grob schubste er den Dämon vor sich her. Ein Rascheln im Laub versetzte ihm einen Schreck, aber es war nur der Fuchs. Zu dritt rannten sie durch den Wald, der Spur von abgebrochenen Zweigen hinterher.

Die Vormittagssonne tauchte das Meer in silbernes Licht. Die Schaumkronen auf den Wellen erinnerten an Sahnehäubchen, doch Jamie hatte für die Schönheit des Tages offenbar nicht viel übrig. Die Fensterläden des Herrenhauses waren geschlossen. Nun, dann würden sie seinen Schlaf stören müssen. Tobbs umrundete laufend die Mauer und hetzte am Holunderbusch vorbei.

„Megan!“, brüllte er. „Megan, komm raus! Wir müssen Jamie retten. Es geht um Leben und Tod!“

Ein blasses Mädchengesicht erschien hinter dem Holunderbusch. Im Rennen wunderte Tobbs sich, wieso er blaue Augen sah statt perlmuttfarbener. In seinem Kopf stolperten die Gedanken und fielen der Länge nach hin. Schlitternd kam er zum Stehen. Sid prallte gegen ihn und stieß sich die Nase an seiner Schulter. Die Kappe rutschte Tobbs über die Nase und er riss sie sich vom Kopf.

„Anguana!“, flüsterte er fassungslos. Dann erst sah er die zweite Gestalt.

„Onkel Jestan!“, kreischte Sid, flitzte zu dem hundeköpfigen Dämon, der eben hinter den Hecken hervortrat, und sprang ihm in die Arme. Anguanas Augen wurden groß, als sie Tobbs’ blaues Haar sah. Doch dann huschte ein Lächeln über ihr Gesicht.

„Tobbs!“, sagte sie. „Dem Glück sei Dank, du lebst noch! Aber du siehst – ganz anders aus.“

Hinter Anguana traten zwei weitere Dämonen neben den Busch. Wie Sids Onkel hatten auch sie Hundeköpfe. Tobbs machte unwillkürlich einen Schritt zur Seite und zog Anguana mit sich.

„Ist Dopoulos auch hier?“, flüsterte er.

Anguana schüttelte den Kopf. „Er hat nur Jestan, seine

Leute und mich geschickt. Aber keine Sorge, die Dämonen haben versprochen, nur das Nötige zu tun. Dopoulos musste in der Taverne bleiben und wird mit Kali plaudern, bis die Dämonen wenigstens ihr Kutschtier wieder eingefangen haben. Wenn ihr schon den Streitwagen zerstört habt ...“ Besorgt sah sie sich nach dem Wald um, über dem die Sonne immer höher stieg. „Viel Zeit haben wir nicht.“

„Aber warum schickt Dopoulos ausgerechnet dich hierher? Er predigt doch immer, wie gefährlich die Türenländer sind.“

Ein feines Lächeln ließ Anguanas Gesicht aufleuchten. „Ich bin die Einzige, die dich so schnell finden konnte.“ Sie streckte ihm die Hand entgegen. Darauf lag sein Spinnenkokon – diesmal sehr zerdrückt. Aber immer noch quoll der blaue Faden daraus hervor. Tobbs folgte dem Faden mit dem Blick und stellte überrascht fest, dass er an seiner Gürtelschnalle in einem kleinen Knoten von verwirrten Schnüren und Schlaufen endete. „Den hast du vor der Taverntür verloren, als der Mancor euch nach Gwinnydell geschleift hat. Aber das Ende des Fadens hat sich zum Glück an deinem Gürtel verhakt. Ich musste also nur dem Faden folgen.“ Anguana legte behutsam die Hand um den Kokon. „Und nun habe ich dich gefunden.“

„Den ganzen Weg bist du mir gefolgt? Im Zickzack durch den Wald? Wie geht das, ohne dass alle über den Faden stolpern?“

„Niemand außer dir selbst kann den Faden zerreißen. Und niemand sonst wird ihn sehen, spüren oder darüber stolpern. Für andere existiert er nicht.“ Sie räusperte sich.

„Deine Schnur ist nur für mich und dich sichtbar“, fuhr sie noch leiser fort und wurde rot. „Denn ich ... habe dich umarmt.“

Eine Weile schwiegen sie. Tobbs überdachte die Worte noch einmal. Was für ein Idiot er doch gewesen war! Das Mädchen vor ihm war keine Nervensäge. Sie mochte ihn einfach. Und sie setzte unglaublich viel aufs Spiel, um ihm nahe zu sein. Plötzlich schämte er sich dafür, sie immer so gleichgültig behandelt zu haben. Und er tat etwas, was er sonst nie getan hätte: Er trat vor und umarmte Anguana, drückte sie fest an sich und vergrub die Nase in ihrem weichen Haar. „Danke“, sagte er aus tiefster Seele. „Für das viele Glück.“

„Tobbs!“, ertönte Sids aufgeregte Stimme. „Komm her! Onkel Jestan und ich werden den Mancor einfangen. Euer fetter Wirt sagt, wir sollen uns beeilen.“

Tobbs und Anguana fuhren auseinander. Das Gesicht des Mädchens glühte. Jestan fletschte sein Hundegebiss und blickte Tobbs düster an, dann begann er, sich zu verformen. Seine Schultern verbeulten sich und zogen sich in die Länge, die Finger wuchsen zusammen und wurden zu Pfoten, Haare sprossen. Allerdings schien Jestan nichts davon zu halten, die Verwandlung gleichmäßig auszuführen, denn die unterschiedlichen Körperteile veränderten sich, wie es ihnen gefiel und nicht alle zur gleichen Zeit. Tobbs musste wegsehen. Als er wieder hinschaute, prallte er zurück. Der Dämon hatte sich in einen riesigen schwarzen Hund verwandelt, seine beiden Begleiter glichen grauen Windhunden. Beunruhigenderweise befand sich Jestans

Maul ziemlich exakt auf der Höhe von Tobbs' Kehle. Gelbe Augen starrten ihn an. Als der Dämon knurrte, roch sein Hundeatem nach Blut und brennenden Disteln.

„Onkel Jestan sagt, du sollst genau das tun, was er dir befiehlt. Eine einzige Dummheit und er beißt dir den Kopf ab", übersetzte Sid und fügte etwas vertraulicher hinzu: „Na ja, er ist ziemlich wütend, dass er von der Festtafel wegmusste. Er hat noch nicht viel gegessen."

Der Blick aus den gelben Augen ließ Tobbs erschauern. Irgendetwas in ihm wollte Jestan höflich darauf hinweisen, dass der Ausflug mit dem Streitwagen nicht seine Idee gewesen war, aber die funkelnden Zähne waren ein gutes Argument dafür, diese Behauptung nicht gerade jetzt vorzubringen. Er wagte sich nicht zu rühren, lediglich ein kurzes Nicken gelang ihm. Der Hund ließ ein grollendes Bellen hören, dann drehten die drei Ungeheuer sich zum Glück um und trabten in Richtung Meer.

„Wir müssen los", drängte Sid. „Onkel Jestan wird dafür sorgen, dass du und Anguana in die Taverne zurückkehren könnt."

Tobbs räusperte sich. „Und Jamie?", fragte er heiser. „Wenn wir ihn nicht warnen, wird die Meute ihn holen und ihm etwas antun."

Sid zuckte mit den Schultern. „Dann beeil dich!", rief er und rannte über die Wiese dem Hund hinterher. Anguana nestelte verlegen an dem Seil und sah Tobbs mit einem Lächeln an.

„Ich komme mit dir", sagte sie entschlossen. „Wohin müssen wir gehen, um diesen Jamie zu finden?"

Pferdchen lauf Galopp

Der Türklopfer hatte die Form eines Schafkopfes. Donnernde Schläge hallten durch die Flure, doch nichts rührte sich. „Er schläft bestimmt“, meinte Tobbs. „Dann müssen wir eben Steine gegen die Fensterläden werfen.“ Ein letztes Mal ergriff er den schweren Eisenring, der durch die Schafsnase gezogen war, und hämmerte damit gegen die Tür. „Jamie!“, brüllte er. „Jamie!“

Megan tauchte so plötzlich aus dem Nichts auf, dass Tobbs einen erschrockenen Satz von der Tür weg machte und beinahe in der verwilderten Ligusterhecke gelandet wäre, die den Weg zum Haus säumte.

„Was machst du denn für einen Lärm!“, zischte sie. „Du weckst ihn auf.“

„Genau das habe ich vor! Die Leute aus dem Dorf sind auf dem Weg hierher. Vermutlich mit Mistgabeln und Messern, wenn du verstehst, was ich meine.“

Wenn sie nicht ohnehin schon eine weiße Hautfarbe gehabt hätte, wäre Megan nun sicher blass geworden. Sie schlug die Hand vor den Mund und schüttelte verzweifelt den Kopf. „Das dürfen sie nicht!“, hauchte sie.

„Dann sag uns, wie wir ins Haus kommen."

Megan deutete auf die Hecke. „Unter dem gelben Stein dort versteckt er einen Schlüssel."

Von innen sah das Haus aus wie eine Tanzhalle für Geister. Die Möbel waren an die Wand gerückt und mit Laken abgedeckt. Offensichtlich hatte Jamie sich nur vorübergehend in dem verlassenen Gebäude einquartiert. Auf der Treppe hinterließen Tobbs' Schuhe dunkle Abdrücke im Staub. Und als er einmal verstohlen auf die Stufen schielte, die Anguana eben betreten hatte, erkannte er den Abdruck des kleinen Ziegenhufs.

Die Tür zu Jamies Zimmer war nur angelehnt. Als Tobbs sie aufstieß, fiel der schwache Lichtschein aus dem Flur auf ein blasses, schlafendes Gesicht. Kleidungsstücke – allesamt schwarz – lagen überall im Zimmer verstreut.

„Jamie! Aufwachen!", rief Tobbs und schüttelte ihn. Der junge Mann blinzelte verwirrt, dann riss er die Augen auf und schrie. Tobbs war mit zwei Schritten beim Fenster und stieß die Fensterläden auf.

Jamie blinzelte wie ein Maulwurf, den man in der prallen Sonne ausgesetzt hatte. Aber immerhin verstummte er und musterte verblüfft Tobbs' blaue Haare.

„Aufstehen", kommandierte Tobbs. „Du musst hier verschwinden."

Jamie schien ihn nicht gehört zu haben. Megan schwebte heran und legte schützend ihre wolkigen Arme um seine Brust.

„Schrei ihn nicht an", sagte sie vorwurfsvoll.

„Ich schreie nicht, er soll nur mitkommen!"

„Mit … wem redest du?“, fragte Jamie und sah sich um. Einen Moment starrte er direkt in Megans Gesicht, natürlich ohne sie wahrzunehmen.

„Mit mir spricht er“, sagte Anguana schnell. „Und jetzt komm mit, Jamie. Bitte!“

„Wohin?“

„Nach draußen. Schnell!“

Tobbs warf einen besorgten Blick aus dem Fenster. Jamie musste an seiner verblüfften Miene gesehen haben, dass draußen etwas vor sich ging, denn er blinzelte noch angestrengter aus dem Fenster. Dann weiteten sich seine Augen vor Erstaunen. „Was ist das?“

Es war Tobbs’ Jacke. Entschlossen marschierte sie direkt auf das Fenster zu. Bei jedem Schritt wippte sie in der Luft. Der Ärmel schlenkerte vor und zurück. Jamie wurde noch blasser. „Das … gibt es doch nicht“, stammelte er. „Oder ist das etwa … Oh Gott … doch nicht etwa die Gemeuchelte Megan?“

Anguana und Tobbs blickten sich kurz an, dann packten sie in stummem Einverständnis jeder eine Hand von Jamie und zerrten ihn aus dem Raum. „Halt, mein Mantel!“, schrie Jamie. „Und meine Schuhe …“

„Keine Zeit“, gab Anguana erstaunlich resolut zurück. Zu dritt stolperten sie die lange Treppe hinunter zum Ausgang. Jamie verzog das Gesicht, als er die spitzen Steine auf dem Kiesweg unter seinen bloßen Füßen spürte.

„Zu spät!“, flüsterte Anguana. Tobbs spähte zum Waldrand. Eine kleine Gruppe von Dorfbewohnern hatte sich auf der Wiese versammelt. Sie steckten die Köpfe zusammen und diskutierten, fuchtelten mit den Händen und schienen sich nicht einig zu werden. Nachtmütze hielt die Jacke am Seil.

„Schnell! In die Hecken und dann zum Meer“, befahl Anguana. „Sie schauen gerade nicht her.“

Mehr stolpernd als rennend umrundeten sie das rote Herrenhaus.

„Was … wollen die?“, fragte Jamie. Tobbs antwortete nicht, sondern schubste ihn weiter. Doch als das Meer in Sicht kam, blieb auch Tobbs wie erstarrt stehen.

Auf Jestans Rücken saß Sid und klammerte sich am Nackenfell seines Onkels fest. Im Hintergrund glitzerte das endlose Meer. Es war in der Tat ein atemberaubender Anblick: der Engel und das Ungeheuer. Doch das, was Tobbs einen richtig gemeinen Stich in die Brust versetzte, war etwas ganz anderes: die Vertrautheit, die zwischen Sid und seinem Onkel spürbar war. So unterschiedlich sie auch aussahen, jeder Blinde erkannte, dass sie eine Familie waren. Verbunden, nicht zu trennen, sie gehörten zueinander, wie Tobbs noch nie zu jemandem gehört hatte. Sogar Dämonen haben eine Familie, dachte er bitter und biss sich auf die Unterlippe.

Jestan bellte und das Meer kam in Bewegung. Der Schaum auf den Wellenbergen wurde erst dunkelgrün, dann schwarz. Das Wasser stieg so hoch, als würde ein Sturm toben. Von einer Sekunde auf die andere trübte Schlamm die See, bleiche Gegenstände durchbrachen die Oberfläche und Tang peitschte wie ein Bündel Schlangen. Der Dämon hielt inne, die Vorderpfote in der Luft, und legte den riesigen Kopf in den Nacken. Er riss das Maul auf und heulte. Der Ton begann leise und schwoll an, sträubte Tobbs die Haare. Selbst Sid zuckte zusammen. Im nächsten Augenblick kroch eine dunkle Masse über den Klippenrand. Sie wälzte sich heran wie eine Schlammwoge und breitete sich über die Wiese aus. Jetzt erkannte Tobbs, was die weißen, blanken Gegenstände waren: Knochen. Ein Menschenschädel, ein Fuß, aber das meiste waren Gräten gewaltiger Fische. Zerfaserte Stricke gesunkener Schiffe, mit Tang behangen, schlängelten sich auf die Wiese. Sie wanden sich, wimmelten und krochen übereinander wie bizarre Seewürmer.

Jamie sah erst den Schädel an und dann Jestan, der gerade eben seine halb menschliche Gestalt zurückerlangte. Dann kippte er um.

Anguana versuchte, den Körper im Fallen aufzufangen, aber für ihre zierliche Gestalt war er zu schwer. Mit einem dumpfen Laut sackte der junge Mann auf der Wiese zusammen.

„Wunderbar!", zeterte Megan. „Erschreckt ihn nur zu Tode und stehlt mir noch die letzten Stunden mit ihm!"

Tobbs blickte zu den Dämonen. Immer noch riefen sie die Dinge aus dem Meer herbei. Muscheln waren es nun, halb verfaulte Stämme und sogar ein zerrissenes Fischernetz. Der zerbrochene Rumpf eines vor langer Zeit gesunkenen Ruderbootes rollte über die Wiese, überschlug sich immer wieder und blieb schließlich direkt vor Jestan liegen.

Sid wandte sich zu Tobbs und Anguana um und winkte ihnen mit einem begeisterten Lachen zu.

„Geht!“, flüsterte Megan. „Die Kerle, die den Pfarrer begleiten, haben Gewehre dabei.“

Der Dämonenjunge war inzwischen von Jestans Rücken gesprungen und kam atemlos bei dem bewusstlosen Jamie an. „Habt ihr gesehen, was mein Onkel macht?“ Seine Wangen glühten vor Aufregung. „Das werden definitiv die dämonischsten Viecher aller Zeiten!“

Tobbs zuckte zusammen. „Was hat er denn mit dem Gerümpel und den Knochen vor?“

Sid grinste noch breiter. „Kannst du reiten?“

Tobbs rutschte das Herz in die Hose, als er sah, was mit den Gegenständen geschah. Sie krochen zusammen, türmten sich zu einem Haufen. Schlick glitt zwischen Knochenstücke und Muschelschalen, füllte den Schädel und das zerbrochene Boot aus und erhob sich zu einer Form. Beine wuchsen wie vier Säulen in die Höhe, große Herzmuscheln dienten als Hufe, Seetang und das Fischernetz erweckten den Eindruck von Mähnen. Aus noch pulsierenden Quallen entstanden bleiche Augen.

Als das erste der fünf Pferde die Tangmähne schüttelte, regnete eine salzige Fontäne auf Tobbs herunter. Der Gestank nach Schlick und fauligem Seegras nahm ihm den Atem.

„Aufsteigen“, grollte Jestan. Mit einem geschmeidigen Satz sprang er auf das Pferd, dem der menschliche Schädel als Stirn diente. Sid deutete auf das Pferd, dessen Rücken der Bootsrumpf war.

„Nimm den da“, riet er Tobbs. „Da kannst du dich am besten festhalten.“

Tobbs brach der Angstschweiß aus. „Ich kann nicht“, flüsterte er. „Ich kann Pferde … nicht leiden. Und reiten schon gar nicht.“

„Oh mein Gott, was ist das?“, flüsterte Jamie. Er lag auf dem Rücken und betrachtete Tobbs. „Blaue Haare! Du bist ein Dämon, nicht wahr?“

„Nein, die Dämonen sind die da drüben“, erwiderte Anguana freundlich. Jamie wandte den Kopf – gerade rechtzeitig, um zu sehen, wie Jestans Pferd bockte und dabei einige Knochen verlor. Jamies Augenlider flatterten, dann fiel er wieder in Ohnmacht.

Ein Schuss fiel. Nicht weit von Tobbs entfernt spritzte eine Fontäne aus Grasbüscheln und Erdklumpen in die Luft. Nachtmütze und seine Helfer starrten mit weit aufgerissenen Augen zu ihnen hinüber. Der Pfarrer ließ vor Schreck die Jacke los und sie entschwand in den Himmel wie ein bizarrer Ballon.

Anguana nahm Tobbs’ Hand und zog ihn zu dem Pferd. „Komm. Ich reite mit dir.“

„Du kannst reiten?“

„Natürlich. Auf Gämsen. Ober hast du gedacht, ich sitze zu Hause nur in den Bergen herum und spinne Garn?“ Als wäre es die normalste Sache der Welt, ging sie auf das Pferd zu und ergriff einen Fischknochen. Dann schwang sie sich auf das umgedrehte Boot. Unter ihrem Rocksaum blitzte ihr Ziegenfuß hervor, aber im Augenblick schien Anguana nicht daran zu denken, ihn zu verstecken. Eine zweite Gewehrkugel schoss Jestans Pferd einen Vorderfuß weg, der jedoch gleich wieder zusammenfloss.

Der Dämon sah sich nach den Dorfbewohnern um und grinste, was bei seinem Hundegesicht gespenstisch aussah. „Dieses müde Land hat lange keinen guten Krieg gesehen", knurrte er und seine Augen funkelten unheilvoll. „Aber die Leute hier haben Talent, wie ich sehe. Viel Talent. Nur der richtige Lehrmeister fehlt, was?" Die beiden anderen Dämonen lachten.

„Ich steige nicht auf!", rief Tobbs. „Nicht ohne Jamie! Wir können ihn hier nicht bewusstlos liegen lassen!"

„Onkel Jestan?", rief Sid dem Dämonen zu und deutete auf den Ohnmächtigen.

Der Hundedämon rollte genervt mit den Augen, aber er gab seinem Pferd die Sporen und preschte auf Jamie zu. Tobbs hatte einen Augenblick Angst, der Dämon würde den jungen Mann in Grund und Boden stampfen, aber er beugte sich im Galopp hinunter und packte Jamie am Kragen. Mit einem routinierten Schwung warf er ihn bäuchlings vor sich auf den glitschigen Pferderücken.

„Komm endlich, Tobbs!", flehte Anguana und streckte die Hand nach ihm aus. Und als eine weitere Kugel an ihm vorbeipfiff, ergriff er Anguanas Hand und stieg mit schlotternden Knien auf das Pferd. Es stank nach fauligem Holz und fühlte sich ekelhaft glitschig an, aber immerhin fanden seine Füße in den Löchern im Schiffsrumpf Halt.

Die Dämonen bellten und preschten los – direkt auf die Gruppe der Dorfbewohner zu! „Ducken!", rief Anguana ihm ins Ohr. Obwohl der Geruch ihn würgen ließ, beugte Tobbs sich tief über die Tangmähne. Der Boden flog unter ihm dahin. Nachtmützes Gruppe stand da wie erstarrt, während die Dämonen auf sie zupreschten. Jestan warf den Kopf in den Nacken und stieß wieder sein schauriges Geheul aus. Die Männer, die immer noch die Gewehre in den zitternden Händen hielten, warfen die Waffen weg und begannen zu schreien wie die Kinder. Muschelhufe wühlten den Boden auf, als die wilde Jagdgesellschaft die fliehenden Männer überholte und weit hinter sich ließ.

Spiegelbild

Brieftauben schienen in Gwinnydell die häufigste Vogelart zu sein. Ganze Schwärme von ihnen überflogen die Ebenen und verteilten sich in alle Himmelsrichtungen. Tobbs hatte ein mulmiges Gefühl, wenn er ihnen nachblickte. Vermutlich überbrachte jede von ihnen eine Nachricht wie: *Dämonen-Invasion an der Küste. Kommt alle und bringt Waffen mit.*

In der Mittagssonne stanken die dämonischen Pferde noch schlimmer, an einigen Stellen warf der Schlick faulige Blasen.

Jamie saß stöhnend auf einem moosbewachsenen Stein neben einer Weidemauer und hielt sich den Kopf. Getrockneter Schlamm klebte an seinem Pyjama und an seinem Kinn, und er wiegte den Oberkörper vor und zurück, als wäre er verrückt geworden. „Ihr seid nicht real“, wiederholte er immer wieder. „Das Ganze hier gibt es gar nicht. Ich bin Wissenschaftler. Ich glaube nicht an so einen Humbug.“

Jestan lief als Hund herum, die Nase am Boden, und untersuchte jede Hufspur, jedes umgeknickte Blatt und schließlich auch den Schafskadaver, der neben der Mauer lag. Der Mancor hatte auf der Weide ganze Arbeit geleistet, doch darüber, wohin seine Spur danach führte, waren sich die Hunde noch nicht einig. Anguana legte Jamie tröstend die Hand auf die Schulter.

„Du bist in Sicherheit", sagte sie leise.

Jamie warf einen Blick auf Jestan und die toten Schafe und begann hysterisch zu lachen. Angewidert zupfte er sich einen glitschigen Algenstrang von der Pyjamahose. „Ich hätte die Chronik nicht lesen sollen", stöhnte er. „Dabei glaube ich nicht an so etwas. Es war Langeweile – ich musste den Kopf freibekommen. Experiment 14/189 hat nicht geklappt. Und dann war da dieser seltsame Schrei ..."

„Ach, das war nur Megan", sagte Sid. „Eure Todesfee. Sie hat aus Versehen geschrien, aber wir wollten dich trotzdem warnen. Wenn du nicht aufpasst, hast du noch etwa einen Tag zu leben, vielleicht auch weniger."

Tobbs kniff den Dämonenjungen in den Arm, so fest er konnte. Jamie wurde noch blasser und sah ihn müde an. Tobbs war nicht sicher, ob die Tragweite dieser Nachricht wirklich das Gehirn des jungen Mannes erreicht hatte.

„Ach", meinte er nur. „Schön, schön, ja. Megan, soso, der Hausgeist. Ja, über sie stand auch etwas in der Chronik. Unschöne Sache, der Mord in der Hochzeitsnacht. Und Megan bist nicht zufällig du?"

Anguana schüttelte den Kopf.

„Die meisten Todesfeen bleiben immer in der Nähe des Hauses", erklärte Tobbs. „Aber sie liebt dich und will nicht, dass du stirbst."

Der junge Mann lächelte ironisch. „Es muss ja eine Todesfee sein, die Jamie Kavanian liebt. Alle anderen halten mich für verrückt.“ Er seufzte. „Als ich das Anwesen erbte, dachte ich, ich würde wenigstens auf dem Land die Ruhe für meine Forschungen finden. Aber in diesem Haus geht es zu wie in einer Geisterbahn – und die Dorfleute sind durchgedrehter und misstrauischer als alle Spießbürger in der Stadt zusammen. Sie halten mich für einen Alchimisten, mit dem Teufel im Bund. Mittelalter ist das!“ Mühsam kam er auf die Beine und betrachtete seine schmutzigen Hände.

„Was für Forschungen sind das?“, fragte Anguana.

Jamie sah sie an, als hätte sie gefragt, ob Pferde vier Beine haben. „Na, Isotop C 14“, sagte er mit grimmigem Stolz. „Ich arbeite an einer Methode, mithilfe von Kohlenstoff-Isotopen das Alter von Böden genau datieren zu können. Geologische Schichtanalysen, Knochenfunde, all das. Aber noch klappt es nicht.“

„Wozu soll das gut sein?“

„Das ist Wissenschaft“, antwortete Jamie gekränkt. „Nicht dieser windige, unzuverlässige Magiekram. Sondern Fakten! Alles Fakten!“

„Und nachdem dein Experiment fehlgeschlagen ist, hast du in der Familienchronik der Kavanians gelesen?“, fragte Sid.

Jamie nickte. „Um mich abzulenken, ja. Meine Vorfahren waren schrecklich abergläubisch. Einer von ihnen hat sogar einige Beschwörungen aufgeschrieben. Und Kochrezepte, aber die sollte man besser nicht ausprobieren. Ich habe versucht, den berühmten Hammel-Ananas-Eintopf meiner Urgroßcousine zweiten Grades nachzukochen. Nun, das Zeug hätte sogar Isotop C 14 spurlos eliminiert." Er lächelte unsicher und strich sich die schwarze Pyjamajacke glatt. „Tja, war nett euch kennen zu lernen. Aber ich denke, ich habe jetzt endgültig genug von der Gegend."

„Heißt das, du gehst jetzt zurück in die Stadt?", fragte Anguana.

Jamie nickte und blickte zur Weide, wo Jestan mit einem Dämon diskutierte. „Ja", meinte er entschlossen. „Tolle Idee, danke! Schönen Tag noch."

„Pass auf dich auf!", rief Sid ihm hinterher. „Lass dich nicht umbringen, stolper in keine Schlucht und so weiter. Du weißt, Megan macht sich Sorgen um dich!"

„Können wir ihn einfach so gehen lassen?" fragte Anguana besorgt.

„Klar", sagte Sid. „Wir haben ihn doch gewarnt."

„Nein!" Tobbs sprang auf. „Seht ihr nicht, dass er unter Schock steht? Der Kerl denkt wirklich, er träumt."

„Und was willst du mit ihm machen?"

Tobbs überlegte nur kurz. „Wir nehmen ihn einfach mit", entschied er. „Wir sind an seinem Zustand schuld – und daran, dass Megan geschrien hat. Wir bringen ihn bei Dopoulos in Sicherheit und warten ein paar Tage ab. Vielleicht erledigt sich der Fluch dann von selbst!"

Sid schüttelte nur verständnislos den Kopf und auch Anguana hob zweifelnd die Brauen. Aber Tobbs drehte sich um und rannte Jamie hinterher. Weit kam er allerdings nicht.

Das Erste, was ihn zögern ließ, war Jamies empörter Schrei. „Haut bloß ab!“, schimpfte er irgendwo im Unterholz. „Euch gibt es nicht! Keinen von euch, verstanden?“

Im selben Augenblick legte sich eine kalte Dämonenklaue auf Tobbs’ Schulter. Er wurde hochgerissen und zappelte in der Luft wie eine Fliege.

„Lass mich los! Was soll das?“

„Zeit für euch, nach Hause zu gehen“, raunzte einer von Jestans Helfern ihn an. „Und zwar schnell.“

„Sid!“, grollte Jestan. „Her zu mir! Auf das Pferd!“

Der Dämonenjunge warf Tobbs einen begeisterten Blick zu und rannte zu seinem Onkel hinüber, der schon auf dem Pferd saß. Tobbs wurde durch die Luft geschwenkt wie ein Lappen und landete unsanft auf dem anderen Pferd, auf dem bereits Anguana saß. Sie rieb sich ihren Arm, als hätte der dritte Dämon sie ebenso unsanft wie Tobbs in den Holzsattel befördert.

„Was ist mit Jamie?“, begehrte Tobbs auf. „Und dem Mancor?“

Die Dämonen sahen sich an und grinsten. „Wir holen den Mancor, ihr reitet nach Hause, so lautet die Vereinbarung.“

„Das stimmt“, flüsterte ihm Anguana zu. „Das ist mit Dopoulos so ausgemacht. Ich sollte dich nur finden, den Rest erledigen die Dämonen und kommen dann mit dem Mancor nach.“

Jestan fletschte sein Maul zu einem schadenfrohen Lächeln. „Dopoulos kann es kaum erwarten, dich in die Finger zu bekommen.“

Tobbs biss sich auf die Unterlippe, als das Pferd unter ihm zu tänzeln begann. Er sollte tatsächlich heimgeschickt werden wie ein unartiges Kind. „Nein, ich bleibe hier!“, bestimmte er. „Der Mancor hat schon einmal auf mich gehört.“

Jestan lachte bellend. „Wir haben unsere eigene Methode“, sagte er und zog eine lange Peitsche vom Gürtel. „Aber Reden gehört ganz bestimmt nicht dazu. Diesem Vieh wird es noch leidtun, jemals die gleiche Luft geatmet zu haben wie wir.“

Sein Blick glitt an Tobbs vorbei und seine Augen begannen zu funkeln.

„Oh nein“, flüsterte Anguana.

Tobbs wandte den Kopf und wusste auf einmal, wen Jamie angeschrien hatte. Der eiskalte Schreck fuhr ihm durch den Körper bis in die Fingerspitzen.

Auf der Weidemauer stand die versammelte Elfenfront. Es mussten mindestens fünfzig sein – und sie sahen sehr wütend aus. Ein Flirren und Schimmern umgab sie und ließ ihre Gesichter noch leuchtender und ebenmäßiger aussehen. Glänzendes Haar wehte im Wind, grüne Augen verzogen sich zu Schlitzen, frisch geschliffene Pfeilspitzen blitzten in der Mittagssonne.

Fairy Sam trat vor. „Runter von den Pferden, Olitai-Pack“, wandte er sich mit Grabesstimme an die Dämonen. „So etwas könnt ihr in euren ziegenbestreuten Bergen machen, aber nicht bei uns!“

Jestan schwang seine Peitsche und ließ sie mit voller Wucht auf die Kruppe von Tobbs’ und Anguanas Pferd niedersausen. Muschelschalen und Schlammspritzer flogen durch die Luft.

„Ab nach Hause“, donnerte er. „Und wir mischen hier erst einmal die Spitzohren ein bisschen auf.“

Das Pferd lief wie ein Uhrwerk. Mit den Reitern auf dem Rücken überquerte es noch eine Schafsweide und stürmte dann durch den Wald. Sosehr Tobbs auch an der Tangmähne zerrte, das dämonische Wesen hielt nicht an. „Tobbs, beruhige dich!“, rief Anguana ihm ins Ohr.

„Ich will mich nicht beruhigen! Ich kann noch nicht zurückkehren – nicht ohne Mamsie Matata und Jamie und ohne zu wissen, was sie mit dem Mancor machen. Sie werden ihm etwas antun, ich weiß es. Wir müssen anhal…“

Der Seitwärtsschwung riss ihn vom Pferderücken. Eine Muschel ritzte seine Wange, dann prallte er schon auf dem Boden auf. Fest aneinandergeklammert rollten Anguana und er über Farne und Gras, überschlugen sich und flogen schließlich auseinander wie zwei Bälle, die in der Luft zusammengeprallt waren. In der Ferne verhallte der Galoppschlag des Pferdes, das unbeirrt seinen Weg fortsetzte.

„Was war das denn?“, stöhnte Tobbs. „Du … hast mich vom Pferd gezogen.“

Anguana sprang auf und klopfte sich Laub und Halme vom Rock.

„Du wolltest doch nicht zur Taverne zurück. Das Pferd hätte nicht angehalten, also mussten wir absteigen.“

Tobbs setzte sich auf und betrachtete sie völlig verblüfft. Dieses schüchterne, kleine Mädchen, das ihn nun so sanft wie immer anlächelte, stieß ihn einfach so kaltblütig vom Pferd – er hätte sich das Genick brechen können!

Mit einer ruhigen Bewegung löste Anguana den Gürtel ihres blauen Kleides und Tobbs erkannte, dass es ein aufgerolltes Seil war. Gedreht war es aus Anguanas Garn. Sie knotete es zu einer Lassoschlinge und wog es prüfend in der Hand. „Wenn die Dämonen den Mancor nicht fangen sollen, müssen wir schneller sein als sie – und noch schneller als die Elfen."

Tobbs schauderte. Zum ersten Mal, seit er Anguana kannte, verstand er, warum manche Leute sich vor ihr fürchteten. Selbst er spürte mit einem Mal so etwas wie ängstlichen Respekt. In den sanften blauen Augen funkelte etwas, das ihn an Ambar, die Draufgängerin, erinnerte.

„Alles in Ordnung, Tobbs?", fragte sie freundlich und lächelte ihr unschuldiges Anguana-Lächeln. Tobbs' Kehle fühlte sich plötzlich ausgedörrt an und als er zu sprechen begann, klang seine Stimme belegt.

„Wie finden Jestan und die anderen ohne dich zur Taverne zurück?"

„Hunger, Krieg und Krankheit finden immer ihren Weg", erwiderte sie ernst. „Wen willst du zuerst suchen: Jamie oder den Mancor?"

Irgendwo in der Ferne zischte ein Elfenpfeil blitzend der Sonne entgegen.

Der Fuchs hatte nicht lange gebraucht, um Tobbs zu finden. So selbstverständlich, als wären sie nie getrennt gewesen, tauchte er an seiner Seite auf und trabte in einiger Entfernung neben ihnen durch den Wald und über die Hügel. Nach und nach gesellten sich weitere Füchse dazu, aber sie wirkten eher wie Zaungäste. Sie sprangen herbei, warfen einen Blick auf Tobbs und trollten sich wieder. Tobbs kam sich wie ein Ausstellungsstück in einer Vitrine vor.

Anguana suchte unterdessen weiter konzentriert nach den Spuren. Eine leichte Falte zeichnete sich zwischen ihren Augenbrauen ab. Tobbs betrachtete sie verstohlen von der Seite. In ihrer Ernsthaftigkeit sah sie älter aus, doch jedes Mal, wenn sie seinen Blick bemerkte, verwandelte sie sich sofort in das Mädchen aus den Bergen zurück, lächelte ihm zu und lief rot an. Den Rock hatte sie sich über ihren Ziegenfuß gezogen und achtete wieder peinlich genau darauf, ihn nicht sichtbar werden zu lassen. Was für ein Leben mochte Anguana in ihren Bergen führen? Noch nie zuvor hatte Tobbs sich darüber Gedanken gemacht. Lebte sie in einem Haus, einer Höhle, in einem Baum oder bei den Gämsen? Noch rätselhafter erschien es ihm nun, dass er noch nie auf die Idee gekommen war, das Mädchen danach zu fragen.

Der Weg führte sie im Bogen durch den Wald. Von Zeit zu Zeit entdeckten sie einige sandfarbene Haare an den Ästen, die der Mancor vermutlich mit seiner Mähne gestreift hatte. Der Boden war aufgewühlt, entwurzelte Bäume lehnten sich wie Betrunkene an ihre Nebenmänner. Manchmal knackte es bedrohlich im Holz. Tobbs zuckte immer wieder zusammen, wenn er aus der Ferne ein Elfenhorn oder ein grässliches Heulen hörte. Und seltsamerweise machte er sich Sorgen um Sid. Konnten Dämonen durch Elfenpfeile sterben? Sein Mut sank. Die Chancen, Jamie zu finden, standen schlecht. Die, zufällig auf den Mancor zu stoßen, noch schlechter. Und selbst wenn sie einem von beiden gegenüberstanden … was würden sie dann tun? Jamie bewusstlos schlagen und den Mancor anbinden wie einen Hund? Tobbs wünschte sich, einfach in die Taverne zurückzugehen. Er wollte seinen Geburtstag feiern, er wollte endlich wissen, was es mit seiner Herkunft auf sich hatte. Und er sehnte sich unendlich nach seinem Zuhause – nach Neki, nach Wanja und nach seinem Zimmer – ganz besonders nach seinem Zimmer und den Holzfiguren.

Anguana riss ihn aus seinen trüben Gedanken. „Was ist los? Du siehst so traurig aus."

Tobbs schluckte schwer. „Ich bin auch traurig", gab er zu. „Ich bin … ganz allein."

Anguana blickte ihn von der Seite an. „Allein? *Du* bist allein?"

Tobbs nickte. „Jeder hat irgendjemanden. Sid hat Jestan und seine Schwester. Und wahrscheinlich noch eine ganze Familie von hundertzwanzig Dämonen. Wanja hat viele Verwandte im Land der Rusaner, Dopoulos erzählt ständig von seinen vier Brüdern. Jeder hat jemanden. Nur ich muss immer allein sein." Anguana antwortete nicht, sondern beschleunigte nur ihre Schritte.

Der kleine See tauchte so plötzlich vor ihnen auf, dass Tobbs beinahe in das feuchte Ufergras gelaufen wäre. Obwohl der Frühling längst vorbei war, blühten an diesem See die Bäume. Reife Äpfel hingen neben Apfelblüten.

„Fairy Sam und die anderen müssen hier gewesen sein“, stellte Tobbs fest. Anguana stutzte und blieb stehen. Angestrengt lauschte sie.

„Hörst du das auch? Da singt jemand!“

Tobbs spitzte die Ohren, doch außer den Insekten, die die Blüten umschwirrten, hörte er nichts. „Da ist nichts.“

„Doch, ganz sicher – es muss hier gleich in der Nähe sein. Jemand ... blubbert, aber es hört sich an wie ein Lied.“ Anguana ging vorsichtig näher an das Ufer des Sees heran und spähte ins Wasser. Ein heller Fleck spiegelte sich auf ihrem Gesicht und ließ die Lichtreflexe von Wellen über ihre Wangen huschen. „Halt mal“, sagte sie und drückte Tobbs das Lasso in die Hand. Es war weich und viel biegsamer als ein Seil. Fast erschien es ihm, als pulsierte es in seiner Hand.

Anguana stellte sich auf einen hohen Uferstein, ging in die Hocke – und stieß sich mit aller Kraft ab!

Einen Moment lang sah Tobbs, wie der gespannte Mädchenkörper in einem geschmeidigen Bogen durch die Luft schnellte, dann erwischte ihn schon eine Wasserfontäne und durchnässte ihn vom Kopf bis zu den Füßen. Anguana war verschwunden, nur unter Wasser erahnte er die wallenden Bewegungen ihres blauen Kleides. Himmel, wie konnte jemand bloß freiwillig ins Wasser springen! Tobbs konnte nicht einmal schwimmen.

Wellen kräuselten die Wasseroberfläche, dann tauchte Anguana wieder auf. Sie trug etwas im Arm, schwamm mit sicheren Zügen ans Ufer und warf einen flachen Gegenstand ins Gras. Eine tiefe Stimme schmetterte ein Kampflied. Tobbs' Herz machte einen freudigen Satz. „Mamsie Matata!"

Das Lied brach mitten in der Strophe ab. „Tobbs?"

Er rannte zu dem Spiegel und hob ihn auf.

„Puh", sagte Mamsie Matata erleichtert. „Willkommen in meinem Club – DISD – Die Im Schlamm Dümpelnden. Dieses spitzohrige Gesindel hat mich einfach hier reingeworfen."

Tobbs musste grinsen. „Lass mich raten: Du hast ihnen vorgesungen?"

„Nur die ersten fünfzehn Lieder über den Helden Mtomekela Ziegenwerfer." Sie zwinkerte ihm zu. „Ich hoffte, sie würden mich einfach im Wald zurücklassen. Aber dass sie mich gleich versenken ..."

„Ziegenwerfer?" Anguana zog sich mit einem schnellen Schwung am Ufer hoch. Das Kleid klebte an ihrem Körper und für einen Augenblick zeichnete sich ein Ziegenbein unter dem Stoff ab. Tobbs wandte diskret den Blick zur Seite, doch aus den Augenwinkeln sah er, wie Anguana rasch den Rock auswrang und über den gespaltenen Huf breitete. Wütend stapfte sie dann zum Spiegel und blickte entrüstet hinein. „Das ist also Mamsie Matata", meinte sie spitz. „Und sie findet es lustig, Lieder über sogenannte Helden zu singen, die Ziegen durch die Gegend werfen. Aus welchem Barbarenland kommst du?"

Tobbs erwartete, ein rachsüchtiges Wesen im Spiegel zu erblicken, aber es war nur Anguana, wie er sie kannte –

allerdings sah sie mit den nassen Haaren, die ihr an Wangen und Stirn klebten, beinahe wie eine Nixe aus. Wie eine hübsche Nixe.

„Was geht dich das an, Kleine?“, gab Mamsie ebenso giftig zurück. „Ziegen stinken, nur als Mahlzeit können sie wenigstens einen gewissen Nutzen haben.“

Tobbs schnappte nach Anguanas Hand, aber es war zu spät. Das Mädchen hatte bereits einen Stein vom Boden aufgehoben und schmetterte ihn mit voller Wucht gegen den Spiegel. Er prallte ab, ohne einen Kratzer zu hinterlassen.

„Pech gehabt“, zischte Mamsie Matata beleidigt und verlosch. Tobbs griff nach Anguanas Handgelenk.

„He, langsam“, sagte er sanft. „Sie wollte dich nicht beleidigen. Ihr kennt euch doch noch gar nicht.“

Das Mädchen schluckte und blinzelte, Tränen der Wut standen in ihren Augen. Gekränkt kniff sie die Lippen zusammen. Nie hätte Tobbs ihr solchen Jähzorn zugetraut. Aber verstehen konnte er sie gut – und wie gut sogar! Er fühlte sich oft genauso elend, wenn sich jemand über ihn lustig machte. Verzweifelt suchte er nach Worten – und hatte plötzlich eine Idee. „*Ich* mag Ziegen“, sagte er. „Ich finde sie sehr hübsch. Und klug sind sie auch. Sie klettern sehr anmutig.“

„Wirklich?“, fragte Anguana misstrauisch. „Keiner mag Ziegen.“

„Ich schon!“

Ganz langsam stahl sich ein Lächeln auf ihre Lippen und Tobbs hatte zum ersten Mal an diesem vertrackten Tag das

Gefühl, sich wenigstens ein bisschen freuen zu können. Andererseits fragte er sich im selben Moment, ob er nicht etwas zu dick aufgetragen hatte, denn Anguana sah ihn nun an wie eine Nixe die Quelle. Nicht einmal Mamsie Matata bequemte sich, im Spiegel aufzutauchen und einen Kommentar abzugeben.

„Ich wusste gar nicht, dass du schwimmen kannst", versuchte er das peinliche, bedeutungsvolle Schweigen zu überbrücken.

Anguana lachte schüchtern. „Du hast mich ja auch nie gefragt. Du rennst ja immer gleich weg, wenn ich mit dir sprechen will." Verlegen räusperte sie sich und fuhr fort: „Ich wohne am Wasser. Wasser ist toll! Und dich mögen offensichtlich die Füchse hier ziemlich gern."

Das stimmte. Vier von ihnen saßen am anderen Ufer des Sees und betrachteten hingerissen die Szene. Nur Tobbs' grauer Fuchs lauschte angestrengt in den Wald. Im nächsten Moment ertönten ein Knall und ein lang gezogenes Gebrüll. Ein Raubtier musste ganz in der Nähe sein, aber auch Elfenrufe hallten durch den Wald. Die Füchse duckten sich, legten die Ohren an und schossen ins Unterholz davon.

„Hört sich nach einem Kampf an", ertönte Mamsie Matatas Stimme. „Ich hoffe, du weißt, wie wir hier wegkommen."

Tobbs klemmte sich den Spiegel unter den Arm. „Komm", sagte er zu Anguana. „Immer dem Fuchs nach!"

Mit klopfendem Herzen saßen sie wenig später gut versteckt unter den tief herunterhängenden Zweigen einer Eibe. Tobbs fluchte im Stillen. Er wusste weder, wo sie sich inzwischen befanden, noch was im Wald tatsächlich vor sich ging. Im Geiste sah er Jamie, erschossen von einem Elfenpfeil. Nein, so etwas konnte nicht geschehen. Fairy Sam würde doch keinen Menschen töten. Oder doch?

Tobbs blickte an der Eibe hoch. Sie war hoch – zu hoch, um bis ganz in die Baumspitze hinaufzuklettern und Ausschau zu halten. Die obersten Äste sahen zudem verdächtig dünn aus. Wenn er nur seine Schwebjacke noch hätte! Entmutigt klammerte er sich an den Spiegelrahmen und dachte nach. Der Spiegel – seine Hose … das war es! Ein triumphierendes Lächeln breitete sich über sein Gesicht.

„Anguana!“, flüsterte er. „Leihst du mir das Lasso?“

Das Ziegenmädchen sah verlegen weg, als Tobbs seine Hose auszog. Auch ihm war es peinlich, aber zum Glück war sein Hemd ziemlich lang und reichte ihm bis fast zu den Knien. Außerdem hatte er so das zweifelhafte Vergnügen, die prächtigen Prellungen und Kratzer auf seinen Beinen betrachten zu können. Ein beeindruckendes Erinnerungsalbum mit lauter bunten Flecken.

Ohne das Kleidungsstück mit den Schwebeichenstücken fühlten sich seine Beine plötzlich tonnenschwer an. Mamsie Matata murmelte etwas Unverständliches, als er die Hosenbeine um den Spiegel knotete. „Siehst du was?“, fragte er.

Mamsie spähte über den Stoff und nickte. „Es kann losgehen, Junge!“ Ihre Stimme klang heiser. „Und lass auf gar keinen Fall das Seil los, hörst du?“

Tobbs ließ Anguanas blaues Seil behutsam durch die Finger gleiten. Wie ein Ballon stieg der Spiegel in die Höhe und wurde immer kleiner, bis er schließlich über den Baumspitzen schwebte und im Wind leicht hin und her schwankte. Was sich darin spiegelte, konnte Tobbs von unten aus nicht erkennen, aber er drehte und ruckte am Seil, bis der Spiegel sich langsam um seine eigene Achse drehte. Die Sonne fing sich darin und ließ ihn blitzen. Tobbs fuhr der Schreck durch die Glieder. Warum hatte er nicht daran gedacht? Ein auffälligeres Zeichen hätte er den Elfen nicht geben können!

„Hol den Spiegel wieder runter", raunte ihm nun auch Anguana aufgeregt zu. So schnell er konnte, wickelte er das Lasso ein, zog Hand über Hand daran, bis Mamsie Matata direkt vor ihm schwebte. Sie seufzte erleichtert auf, als er sie von dem Stoff befreite und an den Baum lehnte.

„Oje", sagte sie nur. „Viel los. Jede Menge Leute sind unterwegs zu einem zerstörten Dorf – kommen aus verschiedenen Richtungen, sind aber alle bewaffnet. An der Küste, rechts von mir, plündern ein paar Kerle gerade ein Herrenhaus. Sehr subtil gehen sie dabei nicht vor – zerschlagen Fensterscheiben und werfen Metallteile aus den Fenstern in den Garten. Ein schwarz gekleideter Kerl rennt wie besessen auf das Haus zu und fuchtelt mit den Armen. Dann gibt es links von mir noch eine Horde Menschen – und weitere Menschen hinter mir, die auf Pferden zu ihnen unterwegs sind. Südlich von hier liefern sich Elfen und drei Dämonen eine Schlacht. Sieht nicht gut aus für die Elfen. Sie ziehen sich zurück. Aber wenn sie so weitermachen, stoßen sie in weniger als drei Minuten auf den Menschentross.

„Und der Mancor?“, drängte Anguana.

„Hm, den habe ich nicht gesehen. Nur einen blonden Mann auf einer Schafsweide, der zu mir hochgeschaut hat. Er fing sofort an zu rennen – aber er müsste schon verdammt schnell sein, um uns zu erreichen.“

Das warnende Keckern, das der Fuchs ausstieß, ging Tobbs durch Mark und Bein. Er sprang regelrecht in seine Hose und zurrte den Gürtel zu. Dann schnappte er Mamsie Matata, winkte Anguana zu, ihm zu folgen, und lief.

Sie waren erst wenige Meter gerannt, als auch Tobbs hörte, was den Fuchs aufgescheucht hatte. Zweige knackten, etwas wälzte sich durch den Wald. Es musste gewaltig sein. Irgendwo splitterte ein Baum, dann sah Tobbs, wie eine Baumkrone zur Seite kippte. Es donnerte, als der Baum umfiel. Stampfende Schritte kamen näher. Der Fuchs jaulte voller Angst auf. Tobbs keuchte. Vor ihm blitzte Anguanas Rock im Unterholz. Er stieß sich die Zehen an und knickte um, Zweige peitschten ihm durch das Gesicht.

„Schneller!“, schrie Mamsie Matata. „Dieses Ding holt auf!“

Ein Brüllen föhnte ihn fast von den Beinen, Tannennadeln rieselten auf Tobbs herunter. Angewidert spuckte er einige davon aus und erreichte im selben Moment eine Lichtung. Eine Handvoll Schafe glotzte verständnislos zu ihnen hinüber und ergriffen laut blökend die Flucht. Tobbs sah sich im Rennen um und wäre beinahe gestolpert.

Der Mancor brach aus dem Wald. Seine Mähne erstrahlte in der Sonne, die blauen Augen funkelten wie zwei Türkise. Die Pranken setzten geschmeidig bei jedem Schritt auf. Tobbs wurde langsamer und blieb schließlich stehen. „Anguana warte!“, keuchte er. Dann holte er tief Luft und rief dem Mancor zu: „Stopp!“ Doch das Ungeheuer brüllte nur und preschte weiter – direkt auf ihn zu. Keine Spur mehr von dem sanften, beinahe traurigen Ausdruck in den blauen Augen. Das war das Ende. Was für eine Idee, das Ungeheuer zu fangen, um es vor Jestan zu verschonen! In diesem Augenblick hätte Tobbs alles dafür gegeben, wenn die Dämonen ihn gerettet hätten. „Ich dachte, er hört auf dich!“, keuchte Anguana neben ihm. Gleichzeitig drehten sie sich um und flohen. Das heißt – Tobbs wollte fliehen, aber ein Ruck bremste ihn. Sein Knie traf etwas Weiches, Fluffiges, dann fiel er bereits der Länge nach über ein Schaf und biss sich schmerzhaft auf die Zunge. Mamsie Matata segelte mit einem Schrei durch die Luft und knallte gegen einen Stein. Das Schaf blökte und strampelte, kam ächzend auf die Beine und lief, wie noch nie ein Schaf gelaufen war. Tobbs rappelte sich auf. Wie konnte er nur ein Schaf rammen! Benommen drehte er sich um. Plötzlich war es gespenstisch still, kein Trampeln und Schnauben mehr, und auch kein einziger Vogel sang. Selbst der Fuchs stand nur da und starrte fasziniert zu dem Untier.

Endlich war der Mancor stehen geblieben. Seine gewaltigen Flanken hoben und senkten sich bei jedem Atemzug. Dann setzte er sich langsam wieder in Bewegung.

„Oh!“, flüsterte Anguana. Tobbs dachte im ersten Moment, der Mancor würde auf Anguana zutrotten, aber dann bemerkte er, dass die blauen Augen des Ungeheuers nur auf Mamsie Matata gerichtet waren. Der Mancor blieb vor ihr stehen und seufzte abgrundtief. Dann ließ er sich vor dem Spiegel nieder, kreuzte die mächtigen Vorderpfoten und legte den Kopf darauf. Nachdenklich starrte er sein Spiegelbild an – oder zumindest den Ausschnitt, den er sehen konnte, denn der Spiegel wirkte im Verhältnis zu seiner Größe so winzig wie ein Handspiegel.

Tobbs setzte sich vorsichtig in Bewegung und umrundete das Raubtier in einem großen Bogen, dicht gefolgt von Anguana. Beide sahen sie gleichzeitig das Spiegelbild. Tobbs fiel die Kinnlade herunter. Es war so einfach!

„Der Spiegel hat ihn angelockt", flüsterte er. „Dass ich nicht sofort darauf gekommen bin!" Und nun fiel ihm ein, was er für den Bruchteil einer Sekunde in den Spionspiegeln der Stadt erblickt hatte.

Der Mann im Spiegel hatte langes blondes Haar und blaue Augen. Noch nie hatte Tobbs einen schöneren Menschen gesehen. Gegen diesen Mann war der engelhafte Sid bestenfalls ein ganz nett aussehender Junge. Wie ein Schatten legte sich Mamsie Matatas Gestalt über seine Züge. Ihr Gesicht war ernst und sie nickte ehrfurchtsvoll.

„Du hast ein schlimmes Geschick erfahren", sagte sie voller Mitgefühl.

Der Mancor nickte und knurrte leise.

„Das kannst du laut sagen", antwortete gleichzeitig der schöne Mann im Spiegel.

Das Silber fremder Götter

Deshalb bist du zu der Stadt der Spiegel geflogen", sagte Tobbs zu dem menschlichen Bild des Ungeheuers. „Du wolltest dich in deiner wirklichen Gestalt sehen. Weil du gar kein Mancor bist. Und die Seele, die die Schwarmfrauen wollten – das warst vermutlich auch du, nicht wahr?"

„Ich bin ein Mancor und bin es nicht", antwortete der Mann traurig. „Solange Kalis Fluch mich bindet, bin ich ein Ungeheuer, das kann wohl niemand übersehen." Er seufzte tief, während das Untier ein tiefes Knurren von sich gab.

„Nein, das übersieht man tatsächlich nicht", bemerkte Mamsie Matata. „Am allerwenigsten, wenn du das halbe Land dem Erdboden gleichmachst und jedes Schaf frisst, das du finden kannst."

Der Mancor fletschte die Zähne und der junge Mann im Spiegel lächelte. „Solange ich in diesem Körper stecke, bin ich ein Tier", sagte er entschuldigend. „Zum größten Teil zumindest. Und ich hatte seit einem Jahr nicht gegessen. Kali ist der Meinung, ein Verfluchter muss Hunger leiden."

„Und deshalb schleppst du uns aus der Taverne weg in irgendein anderes Land?“, rief Tobbs. „Wegen ein paar Schafen?“

Der Mann schlug die Augen nieder, was ihn in seiner Verzweiflung noch hübscher aussehen ließ. „Ihr ahnt ja nicht, wie es ist, Kalis Sklave zu sein. Ich ... ich konnte nicht anders. Als ich die Tür sah, bin ich einfach losgelaufen. Obwohl ich weiß, dass ein Mancor sich nicht vor Kali verstecken kann.“

„Und ich werde mich auch nicht vor ihr verstecken können“, sagte Tobbs mutlos. „Du hast auch ihren Wagen zerstört.“

Erstaunlich furchtlos trat Anguana an das Untier heran, stellte sich auf die Zehenspitzen und legte eine Hand auf die getigerte Schulter. „Wie heißt du? Und warum hat dich Kali verwandelt?“

Ein Jagdhorn und Gebrüll ertönten. Schüsse hallten durch den Wald.

„Wir haben jetzt wohl kaum Zeit, Lebensgeschichten auszutauschen, Ziegenmädchen“, meldete sich Mamsie Matata zu Wort. „Lasst uns besser schnellstens verschwinden. Wenn wir hier bleiben, landen wir gleich im schönsten Getümmel.“

Ein schriller Fuchslaut lenkte Tobbs’ Aufmerksamkeit auf den Wald. Über den Baumspitzen kräuselte sich in einiger Entfernung dunkler Rauch.

Endlich riss sich der Mann von seinem Spiegelbild los und richtete die blauen Augen auf Anguana. Was er sah, schien ihm zu gefallen. „Du hast Augen wie das Wasser der schönsten Quellen in meinem Land“, sagte er, während der Mancor schnurrte. Anguana errötete und lächelte auf eine Art, die Tobbs gar nicht gefiel.

„Mach, was du willst, aber ich suche Jamie!“, verkündete er. „Falls es dich interessiert: Da hinten, wo das Herrenhaus liegt, brennt es!“

Der Mancor schüttelte seine Mähne und knurrte bedrohlich. Anguana dachte gar nicht daran, ihre Hand von dem dichten Fell zu nehmen.

„Er wird uns hinbringen“, sagte sie nur. „Nicht wahr, Mancor?“

Im Gegensatz zu dem harten Pferd aus Holz, Schlick und Knochen war der Mancor ein geschmeidiger Berg aus Muskeln und katzenweichem Fell. Stechender Raubtiergeruch stieg Tobbs in die Nase, während er sich krampfhaft an das Lasso klammerte, das Anguana dem Untier um die Brust geschlungen hatte. Mamsie Matata hielt er mit einer Hand fest an seine Brust gedrückt. Und er war heilfroh, als Anguana, die hinter ihm saß, seine Hüfte mit den Armen umschlang und ihn festhielt. „Keine Angst“, flüsterte sie ihm zu. „Ich lasse dich nicht los, versprochen! Stell dir einfach vor, du sitzt auf einer großen Gämse.“

„Das geht nicht gut“, orakelte Mamsie Matata.

„Sei endlich still, Ziegenquälerin!“, zischte Anguana ihr von hinten zu. „Von dir habe ich bisher noch kein einziges vernünftiges Wort gehört.“

„Ach, dann war es also gar nicht ich, die in die Luft hochgejagt wurde, um euch zu sagen, wo Jamie ist?“, giftete Mamsie Matata zurück.

Der Mancor setzte sich mit einem gewaltigen Ruck in Bewegung und Tobbs rutschte das Herz in den Bauch. Der Trab der Raubkatze war federnd und leicht, nur am Kratzen und Scharren konnte Tobbs spüren, wie sie mit den sichelscharfen, gespaltenen Hinterhufen die Erde aufriss. Ein Baum krachte zur Seite, und noch einer. Wolken schimpfender Vögel flogen aus den Büschen empor. Dann wurde der Wald zu einem grünen Flackern, unterbrochen vom kurzen Schimmern heller Lichtungen. Jeden Augenblick rechnete Tobbs damit, irgendwo eine Schar Elfen auftauchen zu sehen. Doch der Mancor nahm Pfade und Abkürzungen, sprang über Felsen, kam aber immer wieder auf den richtigen Weg. Tobbs' Finger krallten sich in Anguanas Seil und um den Spiegelrahmen. Er war so damit beschäftigt, das Gleichgewicht zu halten, dass er den Tanggeruch und das Glitzern des Meeres zunächst gar nicht wahrnahm. Es war auch nur ein kurzer Eindruck, der gleich darauf von einem ganzen Schwall Rauch erstickt wurde. Anguana begann zu husten. Verbranntes Holz und ein anderer, stechender Geruch hüllten sie ein, während der Mancor immer langsamer wurde. Irgendwo in der Nähe splitterte Glas, dann erhaschte Tobbs durch verwehte Rauchschwaden hindurch einen Blick auf das Herrenhaus. Es brannte lichterloh. Scheibe für Scheibe zerbrach in der Hitze.

„Ihr müsst ihm helfen!“ Die Stimme direkt neben seinem Ohr ließ ihn zusammenzucken. Es war ein scharfes Flüstern. Natürlich: Megan würde nicht schreien, selbst jetzt nicht. Krachend verabschiedete sich der Dachstuhl und fiel in sich zusammen. Eine Funkensäule schoss in den Himmel. Zwei von Nachtmützes Männern standen vor der Hecke und wichen angsterfüllt zurück. Die Hände in die Luft gestreckt wie Leute, die sich ergaben, stolperten sie rückwärts, fielen hin, rappelten sich wieder auf.

„Ruhig Blut, Kavanian!“, rief einer von ihnen. „Wir wollten dir nichts tun, ehrlich! Es ging nur um die Höllengeräte!“

„Nimm das runter“, schrie der zweite Mann und krümmte sich vor Angst. „Du weißt nicht, was du tust!“

Ein humorloses Lachen jenseits der Hecke war die Antwort. „*Ich* weiß nicht, was ich tue? *Ihr* wisst es nicht!“ Jamies Stimme schraubte sich zu einem Brüllen hoch. „Ihr habt mein Isotop C 14 zerstört! Meinen Isotop-C-14-Detektor!“

„Aber … aber das … das war das Höllengerät, mit dem du die Kreaturen geschaffen hast“, verteidigte sich der erste Mann verzweifelt. „Du hast das Monster damit gerufen … Wir wollten dir doch nichts tun, James! Ehrenwort!“

„Er hat ihnen die Waffe abgenommen!“, flüsterte Megan aufgeregt. Sie schwebte neben Tobbs und klammerte sich an ihn, ohne dass er eine Berührung spürte. „Den Größeren hat er sogar mit einem Stuhl verprügelt. So habe ich Jamie noch nie erlebt! Er muss völlig verrückt geworden sein.“

Der junge Wissenschaftler kam hinter der Hecke hervor. Sein Gesicht war von Ruß geschwärzt, die Haare halb versengt. Er fuchtelte mit einem Gewehr herum, dass Tobbs ganz flau wurde. Anguana schloss die Arme fester um ihn. „Wir müssen ihn aufhalten", flüsterte sie. „Er bringt die beiden um!"

In diesem Moment erblickten Nachtmützes Männer den Mancor. Jamies Gewehr war vergessen. Sie begannen zu kreischen, drehten sich einfach um und flohen mit großen Sprüngen über die Wiese, als sei der Teufel hinter ihnen her. Jamie fuhr herum. Seine Augen wurden groß wie Unterteller, als er den Mancor sah. „Jamie, nicht!", schrie Tobbs. „Wir sind es!" Doch Megans Geliebter hatte schon das Gewehr hochgerissen und feuerte.

Tobbsüberkam ein eigentümliches Gefühl, das er schon einmal empfunden hatte, als er aus Yndalamor kommend wieder in die verlangsamte Zeit der Taverne eingetaucht war. Glasklar nahm er wahr, wie Jamie abdrückte, er hörte den Schuss und das Schmerzgebrüll des Mancors. Dann spürte er, wie der Mancor unter ihnen zusammenzuckte und allmählich weicher wurde, als würden seine Muskeln erschlaffen. Das Ungetüm stürzte. Anguanas Finger krallten sich in Tobbs' Hemd. Stoff riss. Während sie mit dem Mancor fielen, erhaschte Tobbs einen Blick auf Jamie. Er hatte die Augen zusammengekniffen und den Kopf weggedreht, aber das Gewehr hielt er immer noch in die Richtung des Mancors. In *ihre* Richtung.

Tobbs dachte nicht mehr, Tobbs reagierte nur noch: Als er den zweiten Schuss hörte, riss er reflexartig Mamsie Matata hoch. Im selben Augenblick zuckten ein Schlag und ein stechender Schmerz durch seine Finger und seine Arme bis hoch zu den Schultern. Das metallische „Ping“! hallte noch in Tobbs’ Ohren nach, als Mamsie aufschrie. Und dann schrie auch Megan.

Tobbs gelang es im letzten Moment abzuspringen, bevor der gewaltige Körper des Mancors sich über ihn wälzte. Er bekam Anguanas Hand zu fassen und zog das Mädchen einfach mit. Eine Sekunde später kauerten sie zitternd und eng umschlungen auf der Wiese, während Megan schrie und schluchzte, dass ihnen heiß und kalt wurde. Mamsie Matata lag nicht weit von ihnen entfernt und hielt sich die Ohren zu.

„Ihr habt ihn ermordet!“, heulte Megan. „Seht, was ihr gemacht habt!“

Jamie lag ausgestreckt auf dem Rücken im Gras, die Waffe neben sich. Blut war auf seinem schwarzen Pyjamahemd nicht zu sehen, aber eine Stelle an seiner Brust glänzte verdächtig nass. Tobbs musste nicht näher herangehen, um zu wissen, was passiert war.

„Du hast ihn umgebracht!“, klagte Megan. „Er war der letzte der Kavanians und ich werde ihn nie wiedersehen! Was soll ich denn jetzt machen? Was soll ich denn jetzt nur machen?“

Anguanas Griff um Tobbs’ Arm verstärkte sich. Im Augenblick war er ihr unendlich dankbar, dass sie ihn festhielt.

„Es war ein Unfall“, sagte sie sanft, aber bestimmt.

„Megan, du hast es doch selbst gesehen! Die Kugel ist am Spiegel abgeprallt und hat Jamie getroffen. Tobbs kann nichts dafür! Wenn er den Spiegel nicht als Schild benutzt hätte, wäre er jetzt tot.“

Jamies Lider flatterten, bevor er die Augen aufmachte. „Isotop C 14“, flüsterte er und betrachtete interessiert eine weiße Wolke am Himmel. Megan beugte sich über ihn und rang hilflos die Hände. Tränen liefen ihr über das Gesicht. Plötzlich sah Jamie sie an und seine Augen weiteten sich vor Erstaunen. „Oh“, hauchte er und lächelte versonnen. „Du bist das, Megan! Ich hätte nie gedacht, dass du so ...“ Er lächelte noch breiter, dann schloss er die Augen wieder und atmete tief aus. Tobbs biss sich auf die Unterlippe. Tränen stiegen ihm in die Augen.

Megan schluchzte. Sie kniete neben Jamies Körper und strich ihm mit ihren Nebelfingern immer wieder über das Gesicht. „Jamie!“, weinte sie. „Du hast mich gesehen!“ Hilflos sahen Tobbs und Anguana ihr zu. Tobbs musste blinzeln. Das Licht spielte ihm einen Streich, denn Megans Finger sahen nicht mehr ganz so durchsichtig aus. Und dann sah es auch Anguana. „Ihr Haar!“, flüsterte sie.

Megan hatte wirklich dunkles Haar gehabt, als sie noch lebte. Nach und nach traten ihre Züge hervor, die perlmuttfarbenen Augen verfärbten sich in ein dunkles Grün, Augenbrauen erschienen in ihrem zarten Gesicht, das Haar wehte schwarz vor dem Meereshimmel.

Megan verstummte und sah staunend ihre Finger an. „Tobbs!“, flüsterte sie völlig fasziniert. „Schau mal, meine Hän...“ Tobbs sah nur noch, wie ihr wehendes Haar wieder verblasste und mit den fliehenden Wolken verschmolz, dann hatte die Gemeuchelte Megan sich aufgelöst.

Lange starrten Anguana und er auf Jamies einsamen Körper. „Der Letzte der Kavanians“, sagte Anguana schließlich. „Damit hat Megan wohl ihre Aufgabe als Todesfee erfüllt.“ Dann zuckte sie zusammen und sprang so schnell auf, dass Tobbs das Gleichgewicht verlor. „Der Mancor!“, schrie sie und ihre klagende Stimme klang in Tobbs’ Ohren wie ein Echo von Megan.

Das Raubtier lag auf der Seite. Seine Flanken hoben und senkten sich nicht mehr. Tobbs war viel zu betäubt, um sich auszumalen, was der Tod von Kalis Kutschtier bedeutete. Selbst Mamsie Matata schwieg betreten.

Anguana ging zu dem toten Ungeheuer hinüber und beugte sich über seinen Kopf. Behutsam strich sie das Löwenhaar glatt. Tobbs stutzte – doch seine Gedanken mussten erst einige Male im Kreis herumwandern, bis er wusste, was an dem Bild verkehrt war: Der Mancor war viel kleiner geworden – fast nur noch so groß wie ein halbes Pferd oder ein Löwe. Anguana schrie vor Schreck auf, als der Kadaver sich an einer Stelle beulte. Eine Pfote fiel leblos zur Seite, dennoch bewegte sich das Fell – allerdings auf eine Art, auf die sich kein Fell bewegen sollte.

„Oh, oh“, meldete sich Mamsie Matata zu Wort. „Ich weiß nicht, was das wird, aber ein Mancor ist das Ding da nicht mehr.“

Tobbs schauderte und wich einige Schritte zurück. Erst als er Fuchsfell unter seinen Fingern spürte, fühlte er sich wieder etwas sicherer.

Der Mancor schien schäbiger zu werden, das Haar verlor jeden Glanz. Leere Augenhöhlen wurden sichtbar, dort, wo eben noch wasserblaue Tigeraugen gewesen waren. Nähte spannten sich und rissen gleich darauf mit einem hässlichen Ratschen. Dann wälzte sich ein blonder Mann ächzend aus dem Fell und kam benommen auf die Beine. Er taumelte einige Schritte von seiner seltsamen Hülle weg, verzog den Mund, als hätte er Bitterwurzeln gekaut, und spuckte etwas in seine Hand. Es war eine silberne Gewehrkugel. Der Mann betrachtete sie eine Weile, dann ging ein Strahlen über sein Gesicht. Er hielt die Kugel Anguana hin wie eine Kostbarkeit.

„Die hat mich umgebracht", sagte er mit einer Stimme, die jede Elfe neidisch gemacht hätte. „Ich wusste, dass mich Silber töten muss, um Kalis Bann zu brechen, aber bisher war es mir noch nie gelungen, die richtige Kugel dafür zu finden. Und wie oft habe ich es versucht, aber keine einzige Waffe im ganzen großen Reich Yndalamor vermochte mich zu töten."

„Das … ist geweihtes Silber", sagte Tobbs. „Der Dorfpfarrer wollte damit gegen höllische Mächte vorgehen."

„Das Silber fremder Götter also!" Der Mann lachte. Ein Strahlen schien ihn zu umgeben. „Damit hätte Kali nie im Leben gerechnet."

Anguana beugte sich zu dem Fell und hob es auf. „Zusammengeflickte Stücke. Tigerfell, Pferd, Löwe. Das war alles?"

„Das war alles", bestätigte der ehemalige Mancor. Er streckte sich, schüttelte sein helles Haar und befühlte mit den Händen sein Gesicht. „Und jetzt würde mich sogar Indrakshi wiedererkennen!"

Mamsie Matata stieß einen begeisterten Pfiff aus. „Indrakshi! Nun wird mir einiges klar, Pritam, du Prinz der Herzen!" Hingerissen strahlte sie den schönen Jüngling an.

Pritam senkte in einer Geste anmutiger Verlegenheit den Kopf. „Ja, die Geschichte kennt wohl jeder in Yndalamor."

„Kennen?", rief Mamsie Matata spöttisch. „Es gibt wohl kein Mädchenzimmer, in dem kein Bild von euch beiden hängt!" Sie wandte sich an Tobbs. „Indrakshi ist nämlich die Tochter von König Chandra, der in der silbernen Stadt Ghan residierte. Seit ihrer Geburt war Indrakshi der Göttin der Zerstörung versprochen. Sie sollte ihr bis an ihr Lebensende im Tempel dienen. Doch dann begegnete Indrakshi eines Tages Pritam im Tempel – sie fegte gerade die Blütenblätter vor dem Schrein weg, um neue zu streuen, und Pritam sah sie dabei und sprach sie an. Na ja, den Rest kannst du dir denken – wie das eben so ist bei jungen Leuten: Sie verliebten sich, schmiedeten einen todsicheren Plan und flohen."

„Vor Kali?", fragte Tobbs ungläubig. Mamsie Matata verzog den Mund zu einem ironischen Grinsen.

„Eben", meinte sie. „Du siehst, Liebe macht manchmal auch ziemlich dumm. Natürlich kamen sie nicht weit."

„Wir sind nicht dumm!", widersprach Pritam empört. „Wir lieben uns!"

Anguana hatte große Augen bekommen. „Kali hat euch beide zur Strafe für Indrakshis Ungehorsam in Ungeheuer verwandelt?"

„Für wie fantasielos hältst du unsere Göttin?“, fuhr Mamsie Matata sie ungnädig an. „Als allererstes vernichtete sie natürlich die silberne Stadt Ghan von König Chandra und tötete jeden einzelnen Bewohner, König Chandra eingeschlossen, außerdem die Verwandten der Königsfamilie, Pritams Verwandte, alle Freunde beider Familien und deren Dienstpersonal und dann die Freunde des Dienstpersonals, deren Au-Pair-Mädchen und …“

„Also alle.“

Mamsie nickte gewichtig. „Dann erst verwandelte sie Pritam in das Ungeheuer, damit nie wieder eine Frau ihm einen freundlichen Blick zuwerfen sollte. Und Indrakshi – nun, die brachte sie über die Grenzen dreier Länder in die Unterwelt von Kandara. Dort schmachtet das Mädchen heute zwischen den Schatten Verstorbener, einsam und unglücklich, nicht einmal fähig, die Sprache dort zu verstehen.“

Tobbs setzte sich, beugte sich über den Fuchs und vergrub das Gesicht in dem rauchgrauen Fell. Das Tier ließ es zu und leckte ihm mit kühler Zunge über die Hände. Tobbs schloss die Augen und wünschte sich, einfach verschwinden zu können. Es war zu viel. Die Trauer um Jamie überwältigte ihn, die Sorge um Sid – und jetzt sah er auch noch ein Mädchen vor sich, das in die Unterwelt verbannt war und schrecklich litt. In seiner Vorstellung hatte sie Ambars Gesicht. Sie hatte ihre ganze Familie verloren und war nun völlig allein. So wie er, nur viel schlimmer. Und einen Augenblick kam es Tobbs in den Sinn, dass seine Eltern vielleicht auch von einem grausamen Gott verwandelt oder gefangen gahlten worden waren – irgendwo, ohne jemanden, der ihnen half. Tobbs schniefte und hob den Kopf. Der Fuchs betrachtete ihn aus unergründlichen, orangeroten Augen. Mit zitternden Fingern holte Tobbs den Spinnenkokon hervor und ging zu Pritam.

„Ich habe genug", sagte er heiser. „Wir gehen nach Hause, jetzt sofort. Aber erst tausche ich deine Silberkugel gegen Anguanas Garn. Es wird dir auf deiner Suche in der Unterwelt sicher weiterhelfen." Acht Augen – die des Fuchses eingeschlossen – starrten ihn ungläubig an.

„Ich soll gehen?", fragte Pritam. „Du meinst, nicht zu Kali zurück, sondern auf die Suche nach Indrakshi? Du lässt mich frei?" Tobbs nickte. „In deiner jetzigen Gestalt kannst du dich gut vor ihr verstecken."

Mamsie Matata schüttelte bekümmert den Kopf. „Sehr großmütig von dir, aber vergiss nicht, dass du nicht unzerbrechlich bist, Junge", murmelte sie skeptisch. Doch Anguana begann zu strahlen.

Das Fell des Mancors war schwer, aber immer noch leichter als die Angst, die Tobbs' Schultern niederdrückte. Bei jedem Schritt schleiften die Pferdehufe und der Löwenschwanz über den Boden, die ausgestopften Tatzen lagen über Tobbs' Schultern und tippten bei jedem Schritt an seine Brust.

Der Fuchs führte sie durch Hohlwege und über Fuchspfade, die so versteckt waren, dass Tobbs sich fragte, ob sie unversehens in einem verzauberten, völlig unbewohnten Land angekommen waren. Doch die Stille tat gut, und nach einer Weile stellte er fest, dass sogar seine Gedanken allmählich zur Ruhe kamen. Die Angst begleitete ihn, aber da war noch ein anderes Gefühl: das Gefühl, klarer zu sehen, das Gefühl, überlebt zu haben und stark zu sein, obwohl ihm beim Gedanken, vor Kali treten zu müssen, ganz schlecht wurde. Aber es gab kein Zurück. Er hatte zu verantworten, was geschehen war. Und wenigstens Pritam gegenüber hatte er nicht nur das Gefühl, dass er die richtige Entscheidung getroffen hatte, sondern empfand auch einen grimmigen Stolz.

„Da drüben!“, sagte Anguana leise und deutete auf den Fuchs, der vorausgelaufen war. „In diesem Baum haben die Elfen die Tür versteckt.“

Fairy Sam und die anderen hatten sich alle Mühe gegeben, den Eingang zur Taverne zu tarnen. Erst als der Fuchs die morsche Eiche berührte, wurde das Bild undeutlich. Schatten verschoben sich, die Rinde bekam an einer scharf umrissenen Stelle eine dunklere Färbung – und schließlich zeichnete sich im Stamm ein Durchgang ab. Der Fuchs nieste und sprang zur Seite, als wollte er Anguana und Tobbs den Weg freimachen.

„Danke“, sagte Tobbs zu ihm. Zu seiner Überraschung zog das Tier eine Vorderpfote unter den Bauch und senkte den Kopf.

„Bràthair sionnach“, sagte es laut und deutlich – und mit einem elegant rollenden R. Es klang wie „Gern geschehen!“. Tobbs hätte schwören können, dass der Fuchs ihm auch noch zuzwinkerte, dann legte das Tier die Ohren an, bellte ein letztes Mal und flitzte davon, während Tobbs wie vom Donner gerührt dastand und ihm mit offenem Mund nachblickte.

Trautes Heim

Kaum hatten sie den Durchgang hinter sich gelassen, sah er sie auch schon: Mit einem Fächer von Nägeln im Mund stand Wanja breitbeinig neben einer neuen Türzarge und hämmerte ein Scharnier in das Holz. Tobbs war kurz davor, das Mancorfell fallen zu lassen und zu ihr zu stürzen, doch Wanja warf ihm nur einen abschätzenden Blick zu und betrachtete kopfschüttelnd sein Haar.

„Ganz toll, Tobbs“, murrte sie. „Als hätte ich noch nicht genug mit den Türen zu tun, muss ich heute wegen dir gleich zwei Durchgänge reparieren. Dopoulos erwartet dich im roten Zimmer.“ Und zu Anguana gewandt fügte sie hinzu: „Allein.“

Anguana sah aus, als hätte sie auf einen Essigschwamm gebissen, aber sie nickte und streckte die Hand nach Mamsie Matata aus. „Ich passe auf deinen Spiegel auf“, sagte sie. „Viel Glück, Tobbs!“

Die Dämonenhochzeit hatte das Stadium weinseliger Sentimentalität erreicht. Tobbs warf nur einen kurzen Seitenblick in den Gastraum, als er mit gesenktem Kopf über den Flur schlich. Alastor stand auf dem Tisch und sang ein wehmütiges Lied und die Wolfsdämonen heulten inbrünstig mit.

Die Schicksalsfrauen im Nebenraum blickten von ihrem Kartenspiel auf und feixten. „Na, Tobbs?“, fragte die Norne des Nordens. „Spaß gehabt?“

„Interessante Frisur!“, fügte die Zorya des Südens hinzu. Dann prusteten sie los, stießen sich an und klopften auf den Tisch, als hätten sie gerade den großartigsten Witz aller Zeiten gemacht.

Tobbs bekam einen roten Kopf und ging wütend weiter. So hatte er sich seine Rückkehr nicht vorgestellt. Ihm war, als sei er Jahre auf Reisen gewesen, aber in der Taverne hatte sich nichts geändert. Überhaupt nichts. Selbst die Tür zu Kalis rotem Teezimmer war immer noch angelehnt, einige Zuckerkrümel auf dem Boden zeigten, wo Dopoulos vor Schreck beinahe die Zuckerdose aus der Hand gefallen war. Tobbs ließ das Fell des Mancors behutsam auf den Boden gleiten. Sicher war es ratsam, mit der Neuigkeit nicht gleich ins Haus zu fallen. Er schluckte und trat ganz dicht an die Tür heran. Dann stieß er sie vorsichtig auf.

Dopoulos saß allein am Tisch und brütete über seiner Teetasse.

„Hallo“, sagte Tobbs leise. Insgeheim hatte er gehofft, wenigstens der Wirt würde aufspringen und ihn umarmen, ihm vielleicht sagen, dass er sich Sorgen gemacht hatte, aber Dopoulos winkte ihn nur mit einer müden Handbewegung zu sich ins Zimmer.

„Aha, an deinem Haar sehe ich, du warst auch in der Stadt der Spiegel.“ Er seufzte abgrundtief und schob Tobbs mit dem Fuß einen Stuhl hin. „Setz dich, Junge. Willkommen zu Hause. Ich hoffe, du weißt, was dich erwartet?“

„Ich ... werde zu Kali gehen.“

Dopoulos nickte düster. „Aber zunächst muss ich mit dir sprechen.“

„Kommt jetzt die Standpauke?“, brauste Tobbs auf. „Ich weiß, dass es meine Schuld ist. Ja, ich hätte nicht durch die Tür gehen sollen, aber ich denke nicht daran, mir von dir auch noch Vorwürfe anzuhören.“

Dopoulos’ Augen funkelten ärgerlich. „Nicht?“, sagte er scharf. „Nun, dann hoffe ich, dass du aus dieser Geschichte zumindest gelernt hast, warum man nicht einfach von einem Land ins andere springt. Weil sonst alles in heillosem Chaos versinkt! Menschen könnten sterben! Genau aus diesem Grund müssen wir verhindern, dass jeder durch die Türen ein und aus spaziert, wie es ihm passt. Geht das wenigstens jetzt in deinen Dickschädel?“ Tobbs schluckte bei der Erinnerung an Jamie und nickte niedergeschlagen. Dopoulos fuhr fort: „Soweit ich informiert bin, liefern sich die Elfen gerade eine Schlacht mit Dämonen aus dem Olitai-Gebirge und verwüsten dabei die Weiden und den halben Wald. Völker, die sich nie begegnen sollen – jedenfalls nicht auf diese Weise –, begegnen sich ...“

„Die Länder sind doch nicht von Mauern umgeben! Wenn Dämonen und Elfen sich prügeln wollen, können sie auch ganz ohne die Taverne in die anderen Länder reisen.“

Dopoulos’ linker Zeigefinger schoss in die Höhe. „Eben, Tobbs! *Reisen!* Das ist das Zauberwort! Die Reise aus dem Olitai nach Gwinnydell dauert mindestens neunzig Tage.

Und jeder Schritt verändert den Reisenden, öffnet ihm Stück für Stück die Augen für das Fremde, macht ihn empfänglich für die Besonderheiten anderer Völker. Und wenn du dann am Ziel deiner Reise ankommst, verstehst du besser, was dich dort erwartet, du siehst die Bewohner der Länder und nicht nur deine Vorstellung von ihnen und hast nicht den Wunsch, sofort den Holzprügel herauszuziehen."

Tobbs schwieg betreten. So hatte er es noch nie gesehen. Aber es stimmte wohl. Auch er hatte sich auf seiner Reise verändert. Zumindest fühlte er sich nicht mehr wie der Tobbs, der vor einem Tag die Taverne verlassen hatte.

„Na gut", meinte Dopoulos nach einer Weile. „Dann geh jetzt in dein Zimmer. Du hast Besuch."

Tobbs gab es einen Stich in die Brust. Erschrocken blickte er auf. „Kali ist doch nicht etwa in ... meinem Zimmer?"

„Wo sonst?" Jetzt war Tobbs wirklich zum Heulen zumute. Und gleichzeitig war er unendlich wütend. Allein der Gedanke, dass jemand seiner Schatzkammer zu nahe kam, versetzte ihn in Panik.

„Gut, dann gehe ich jetzt", sagte er und sprang auf. „Wird sie ... mich töten?"

Dopoulos sah ihn ernst an. „Ich glaube nicht. Aber du darfst nicht vergessen, sie ist eine Göttin und du hast ihren Streitwagen auf dem Gewissen. Nun, jeder steht für sich selbst ein. Ich wünschte, ich könnte dir jetzt helfen, Junge."

„Dann sag mir, wer meine Eltern sind!"

Dopoulos runzelte die Stirn.

„Mein Geburtstagsgeschenk, Dopoulos. Wenn ich die

nächsten zehn Minuten vielleicht nicht überlebe, will ich wenigstens wissen, was du herausgefunden hast!“

Der Wirt versuchte zu verbergen, wie überrumpelt er war, aber schließlich seufzte er und verschränkte die Hände auf dem Tisch.

„Sie stammten aus ... einem Land, in das keine Tür führt“, sagte er nach einer Weile. „Keine Tajumeeren also, keine Sylvanier, keine Rusaner ...“

„Wie konnten sie mich dann hier vergessen?“

„Sie waren auf der Durchreise. Eine der Schicksalsfrauen erinnert sich, dass sie rot gekleidet waren, in einen Stoff, den man in keinem unserer Türenländer kennt.“

„Aus welchem Land kamen sie dann?“

Dopoulos hob hilflos die Schultern. „Aus irgendeinem, das man durch keine unserer Türen betreten kann“, beharrte er. „Sie waren, wie gesagt, auf der Durchreise. Aber sie wollten eines Tages zurückkommen.“

„Zu wem haben sie das gesagt? Zu dir?“

„Nein, natürlich nicht ... Der Schuster hat es gehört, als sie sich auf der Straße unterhielten.“

„Und wann kommen sie zurück?“

„Wenn du älter bist.“

Tobbs lachte bitter. „Und in welcher Gestalt werden sie hier auftauchen? Auf zwei Beinen? Auf vier? Oder fliegen sie wie die Schwarmfrauen?“

Zufrieden sah er, wie Dopoulos überrascht die Augen aufriss. „Ich bin kein Mensch, Dopoulos. Ich höre sogar Füchse sprechen, stell dir vor! Aber was bin ich? Ein Dämon?“

Der Wirt lehnte sich zurück und schloss für einen Augenblick die Augen. „Ein Dämon sicher nicht“, sagte er nachdenklich. „Sonst hätten die Olitai-Gäste dich als einen der ihren erkannt. Und du hast sehr viel Menschliches an dir, der größte Teil von dir ist menschlich. Aber was du sonst noch bist, kann ich dir leider auch nicht sagen.“ Nun schwang echtes Bedauern in seiner Stimme mit. „Es tut mir leid, Tobbs, mehr haben wir nicht erfahren. Aber du wirst es eines Tages herausfinden.“

„Ja, wenn ich bis dahin noch lebe“, erwiderte Tobbs grob. Wütend stampfte er aus dem Zimmer und griff nach dem Fell des Mancors.

„Tobbs!“ Anguana löste sich aus einem Türschatten. „Was hat sie gesagt?“

„Nichts! Lass mich in Ruhe, Anguana. Geh zu deiner Familie und deinen Gämsen!“ Mit diesen Worten ließ er das fassungslose Mädchen stehen und machte sich auf den Weg zu seiner Kammer. Er wusste, er war gemein und ungerecht, aber hier, mit der sicheren Katastrophe vor Augen und dieser Enttäuschung im Herzen, hätte er sogar sich selbst im Spiegel angeschrien.

Kali saß auf der Ofenbank, das Schwert aufgestützt vor sich. Die Spitze hatte sich tief in die Dielen gebohrt. Die dunkelblaue Haut der Göttin schien einen dunklen Glanz über alles zu legen. Reglos standen die Figuren seiner hölzernen Familie auf den Regalen und der Fensterbank und schienen ihn bang zu erwarten. Ihr vertrauter Anblick gab Tobbs ein wenig Mut. Mit klopfendem Herzen trat er ein und ertrug es, dass die Göttin ihre blutroten Augen auf ihn richtete. Ein schmerzhaftes Prickeln breitete sich auf seiner Haut aus, als würde ihr Blick ihn versengen. Der tote Mann an Kalis Ohr war noch fahler als sonst. „Auweia“, wisperte er. „Der Mancor der Herrin ist tot. Oje, oje, ich wünschte, meine Augen wären nicht eingetrocknet, dann könnte ich sie jetzt zumachen.“

Tobbs ließ das Fell zu Boden fallen. Ein Huf polterte auf den Dielen und lag dann still. Mit zitternden Händen holte Tobbs die Silberkugel aus der Hosentasche. In der Stille seines Zimmers hörte sich seine eigene Stimme fiepsig und verzagt an.

„Ja, der Mancor wurde erschossen“, sagte er zu der Göttin. „Von einem Bewohner Gwinnydells. Es war ein Unfall. Wir fanden nur noch das Fell im Gebüsch.“

Zum ersten Mal in seinem Leben log Tobbs jemanden an – und das musste ausgerechnet Kali sein, die Zerstörerin. Aber vielleicht war das so, wenn man dreizehn war und gerade noch einmal mit dem Leben davongekommen war. Man entschied selbst, was man sagte und was nicht. Man entschied sich zum Beispiel, alles dafür zu tun, um jemanden wie Pritam zu retten.

Kali erhob sich, oder vielleicht sah es nur so aus, auf jeden Fall dehnte sich die Dunkelheit um sie aus und wuchs zu einer Säule aus Zorn und kaum gebändigter Kraft.

„Es tut mir leid“, flüsterte Tobbs. „Auch das mit deinem Streitwagen. Ich werde arbeiten, um ihn zu ersetzen und …“

Kali holte so schnell aus, dass er die Bewegung nicht sah. Die flache Seite des Schwertes traf ihn mit voller Wucht. Eis und Feuer wurden zu einem unglaublichen Schmerz, der durch seinen Arm zuckte, und schon flog Tobbs gegen die Wand. Ein Regal brach herunter. Es war mörderisches Glück, dass es ihn nicht erschlug.

Und dann wurde Tobbs Zeuge der vollständigen Vernichtung seines bisherigen Lebens. Kalis Schwert blitzte, während sie mit grausamer Präzision alles kurz und klein schlug, was Tobbs je etwas bedeutet hatte.

Die Holzfiguren öffneten ihre hölzernen Münder und begannen mit einem Mal zu schreien, sie barsten unter dem Schwert und starben, als wären sie Menschen. Kali wusste offenbar, wie sie mitten ins Herz traf. Durch einen Tränenschleier sah Tobbs das Werk von vielen Jahren sterben. Putz und Steinbrocken regneten auf ihn herunter, Dachschindeln zerplatzten neben und vor ihm und der Qualm im Raum erstickte ihn beinahe. Es war das Ende. Ein Schlag traf ihn am Kopf und Tobbs war beinahe froh, endlich das Bewusstsein zu verlieren.

Als er nach einer Sekunde oder vielleicht nach einem Jahr vorsichtig blinzelte, blendete ihn die Sonne. Dort, wo das Dach gewesen war, sah er nun blauen Himmel. Rauchende Trümmer ließen bestenfalls vermuten, wo sich bis vor einer Minute noch seine Ofenbank und das Zimmer befunden hatte. Sein Zuhause war fort. Sein Lammfell, auf dem er schlief, seine hölzerne Familie, sein ganzes Leben! Die Taverne erzitterte unter wütenden Schritten. Tobbs hörte sie wie Donnerhall auf der Treppe und dann auf dem Flur. Als letztes fiel mit einem krachenden Knall eine Tür ins Schloss. Kali war fort. Tobbs krümmte sich auf dem heißen Aschehaufen zusammen, der sein Leben gewesen war, und dachte nach.

Erst langsam begriff er, dass er davongekommen war. Er hatte Kali etwas gestohlen, das ihr gefiel. Und sie hatte ihm dafür alles genommen, woran sein Herz hing. Für eine Göttin war das ein ausgesprochen fairer Kompromiss.

Von der Tür her erklang ein besorgtes Maunzen. Neki saß dort und begutachtete die Trümmer. Gäste drängten sich nach und nach in den Türrahmen, begafften das Chaos, schüttelten die Köpfe und machten bedauernd „ts, ts". Selbst die Dämonen waren angelockt worden und applaudierten nun anerkennend. Wanja stürmte ins Zimmer und zuckte zusammen. „Autsch", sagte sie beim Anblick der Zerstörung. Dann bahnte sie sich einen Weg durch die Trümmer zu Tobbs und endlich – endlich! – umarmte sie ihn. „Macht nichts, Tobbi", brummte sie und wischte ihm die Tränen von der Wange. „Wir reparieren es. Drei neue Wände und ein Dach und es sieht aus wie neu."

Tobbs stöhnte vor Schmerz, als sie ihn vorsichtig auf die Beine zog. Auf Wanja gestützt humpelte er auf den Flur, vorbei an der verbotenen Tür, hinter der das Scharren und Kratzen erstaunlicherweise verstummt war. Bereitwillig machten ihm die Dämonen, die Schicksalsfrauen und die Banshees Platz. Gerade wollte er fragen, wo Anguana war, als er sie entdeckte. Sie saß zusammengekauert mitten auf dem Flur, mit dem Rücken an eine Tür gelehnt. Ihr Gesicht war totenblass und sie hatte tiefe Ringe unter den Augen.

„Ich habe das Glück verbraucht, Tobbs“, flüsterte sie. „All das Glück, das ich für dich hatte. In Zukunft wirst du ohne es auskommen müssen.“ Ihre Augen funkelten. „Und sag gefälligst nie wieder, du bist allein!“

Happy Birthday

Die Geburtstagstorte würde Tavernengeschichte schreiben. Dopoulos hatte sich ins Zeug gelegt und vier Stockwerke aus Marzipanteig und Sahne aufgetürmt. Und inmitten des Kreises aus glutroten Kerzen prangte die mit Zuckerperlen kunstvoll drapierte Zahl „13“. Die Dämonen hatten ein Ständchen dargebracht – noch jetzt war es Tobbs, als spürte er den schnellen Beat durch sein Blut pulsieren, aber vielleicht war es auch nur sein Herz, das bei der Erinnerung an das rauschende Fest immer noch schneller schlug. Alle waren gekommen: Wanja natürlich, einige der Todesfeen, drei Schicksalsfrauen, die Werwölfe aus Kandara, zwei Amazonen aus dem Dorf, die Furien vom Donnerstagsstammtisch und Anguana. Zum Glück Anguana! Er hatte mit ihr getanzt und konnte sich beim besten Willen nicht mehr vorstellen, warum er jemals vor ihr geflohen war. Als er ihr Lächeln sah und ihr helles Haar bei einer Drehung seine Hand streifte, dachte er sich, dass er vielleicht gar nicht so viel verloren hatte, solange er Freunde wie Anguana hatte.

Sid strahlte den ganzen Abend über und erzählte immer

wieder von der Schlägerei mit den Elfen. Selbst die Zahnlücke entstellte ihn nicht, und das blaue Auge, das er davongetragen hatte, wirkte in seinem Engelsgesicht eher wie ein Schmuck. Am meisten vom Fest begeistert aber war Mamsie Matata gewesen, es tröstete sie sogar darüber hinweg, dass der Elfenzauber über ihrem Spiegel lag und in absehbarer Zeit wohl auch nicht aufgelöst werden würde. „Macht nichts“, sagte sie tapfer. „Solange ich in diesem durchgedrehten Wirtshaus hängen kann, halte ich es noch eine Weile als Spionspiegel aus.“

Tobbs lächelte in der Dunkelheit des Stalles und tastete nach dem neuen Messer, das Wanja ihm geschenkt hatte. Irgendwo schräg unter ihm schnaubte Wanjas gemeines Pferd und stampfte in seinem Stall auf. Stroh stach Tobbs in die Schulter, als er sich auf seinem vorübergehenden Lager auf dem Heuboden umdrehte. Immer noch schmerzten die zahllosen Blutergüsse an seinem Körper bei jeder Bewegung – ein letztes Andenken an Kali, und an Anguanas Glück.

Am meisten hatte er sich über Dopoulos' Geschenk gefreut. Es war ein nagelneuer Schlüssel zur Yndalamor-Tür, hübsch verpackt und mit einer Schleife geschmückt. „Du kennst das Land inzwischen und weißt um die Gefahren“, hatte der Wirt gebrummt. „Und jetzt bist du alt genug, um selbst zu entscheiden, wann du hinausgehen willst oder nicht.“

Oh ja, er war alt genug. Und gerade eben hatte er eine wichtige Entscheidung getroffen. Vorsichtig setzte er sich auf und tastete nach der Leiter.

Wenig später betrat er den nachtdunklen Wirtshausflur. Ein Klappern, das aus dem Keller kam, zeigte ihm, dass Dopoulos seine Runde bei den Türen schon beendet hatte und nun im Keller werkelte. Auf Zehenspitzen schlich Tobbs an den Türen entlang. An der Tür zu Gwinnydell klopfte es nachdrücklich. Im Halbdunkel konnte Tobbs erkennen, wie sich im Takt der Schläge die glänzenden Spitzen von Nägeln durch die Tür bohrten. „So, das sollte genügen", ertönte dumpf Sams Stimme hinter der Tür. „Durch diese Tür kommt keiner mehr nach Gwinnydell!" Murmelnde Stimmen antworteten ihm, dann wurde es leise. Nun war im Flur nur noch ein einziges Geräusch zu hören.

Das Scharren.

Tobbs trat zu der verbotenen Tür, legte seine Hand an die Backsteine und konnte das Kratzen und Schaben unter seinen Fingern fühlen. Vorsichtig betastete er die Mauersteine und löste ein Bröckchen Mörtel heraus. Der Krümel fiel auf den Boden.

„Rote Kleidung", murmelte Tobbs. „Und in eure Welt führt keine Tür der Taverne." Er atmete noch einmal tief durch, dann holte er sein neues Messer hervor und begann die Steine vom Mörtel zu befreien.

ENDE

Lexikon

Agash: Eine iranische Dämonin, die als Personifikation des Verderbens gilt. Auf Avestisch bedeutet ihr Name „Böser Blick“ – und dementsprechend ist sie zuständig für alle Schäden, die sich mit dem bösen Blick, Verfluchungen und Ähnlichem anrichten lassen. Außerdem ist sie für Krankheiten verantwortlich. Beschrieben wird diese Erzdämonin als schöne Frau mit grünen, pupillenlosen Augen und einer Glatze.

Alastor: Ein Dämon mit Wolfskopf, Henker der höllischen Monarchien. Sein Thema lautet „Rache“. In seiner Funktion als Rachegeist wird er manchmal auch mit dem hebräischen Wüstendämon *Azazel* gleichgesetzt.

Anguana: Bei den Ladinern, die unter anderem in Norditalien, in Bozen und in Südtirol leben, wird die *Anguana* oder auch *Anguane* als schöne, junge oder auch alte Hexenfrau beschrieben. Besondere Kennzeichen: langes, blondes Haar und ein Ziegenfuß. In der Morgen- und Abenddämmerung wäscht sie an Quellen und Flüssen ihr selbst gesponnenes Garn. Und auch sonst mag sie Wasser gern, weshalb sie in manchen Gegenden in die Nähe der Nixen und Wasserfrauen gerückt wird. Auch ihr Name deutet darauf hin: Anguana kommt von „*Aqua*“, dem lateinischen Wort für „Wasser“. Ihre guten Wünsche bringen sicheres Glück, und Menschen, die sie besonders gerne mag, schenkt sie nie endendes Garn. Im Prinzip ist mit der Anguane also gut Kirschen essen, allerdings darf man nie, nie, nie über ihren Ziegenfuß spotten. Denn dann handelt man sich lebenslanges Unglück ein.

Banshee: Im irischen Volksglauben ein weiblicher Geist, der um die Häuser streicht und durch Klagen, Rufen und Weinen einen bevorstehenden Tod ankündigt. Meist wird diese Todesfee als weiß gekleidete Frau mit hellem Haar und vom Weinen roten Augen dargestellt. In Irland hat angeblich jede alteingesessene Familie ihre eigene weiße Frau. Anders als es bei James Kanarian der Fall war, hört der Todgeweihte die Klage der Familienbanshee normalerweise nicht. Aber wer weiß …

Elfen: Hier streiten sich die Geister: Wer war zuerst da? Vulkanier wie Mr Spock oder die irischen Elfen?

Hakuna Matata: Ist eine afrikanische Redewendung und bedeutet in der Sprache Swahili (Suaheli) so viel wie: „Kein Problem!“ Lässt man das „Hakuna“ weg, hat man „Matata“ – Probleme nämlich.

Jestan: Dieser Dämon stammt aus dem Hindukusch, einem großen Gebirge in Zentralasien. Der größte Teil des Gebirges liegt in Afghanistan. Jestan ist der Verursacher von Krankheiten, Hungersnöten und Kriegen, erscheint oft in

Hundegestalt und steht für die dunkle Seite der Weltordnung. Eine wichtige Aufgabe, denn: Ohne Schatten kein Licht!

Kali: Auch diese Göttin ist eine Zerstörerin, ihren Ursprung hat sie in der indischen Mythologie, genauer gesagt im Hinduismus. Als Göttin des Todes ist sie gleichzeitig auch die Göttin der Erneuerung. Denn ohne Zerstörung kann schließlich nichts Neues entstehen. So gesehen ist Kali auch eine Personifikation der Erlösung, denn sie durchschneidet alte Bindungen und manchen Gedankenknoten und macht dadurch den Weg frei für Klarheit und Erkenntnis.
Kali wird aber auch als „*Kala*" verstanden, als „Zeit", denn die zerstört ja bekanntlich über kurz oder lang auch alles. Dargestellt wird diese vielschichtige Gottheit meist mit schwarzer oder blauer Haut, mehreren Armen, einer Halskette aus Totenköpfen, einem hübschen Rock aus abgeschlagenen Armen – und manchmal hängt auch noch ein toter Säugling an ihrem Ohr.

Schicksalsfrauen bzw. Schicksalsgöttinnen: Bei den Griechen hießen sie *Moiren*, die Römer nannten sie *Parzen*. In den nordisch-germanischen Sagen haben wir die *Nornen*, in der keltischen Sagenwelt die *Beten* und bei den Slawen heißen sie unter anderem *Zorya*. Häufig treten sie zu dritt auf und machen sich auf verschiedene Arten am Leben der Menschen zu schaffen. Bei den Moiren zum Beispiel spinnt *Klotho* den Lebensfaden, *Lachesis* sagt, wie lang der Faden sein darf, und die „Unabwendbare“ *Atropos* schneidet ihn schließlich ab. In einem von Wilhelm Buschs Gedichten tritt übrigens eine „schwarze Parze mit der Nasenwarze“ auf – aber das ist eine andere Geschichte …

Leseprobe aus:
Dorothy & Thomas Hoobler
„Der Rubin des Samurai“ (58242)

Seikei eilte zurück in sein Zimmer. Sein Vater schlief schon. Er zog seinen Kimono aus und legte sich auf die zweite Matte.

Aber er konnte nicht einschlafen. In der Herberge ging es noch laut zu, und da die Zimmer nur durch Reispapierwände voneinander getrennt waren, konnte Seikei hören, wie sich Fürst Hakusekis Männer in anderen Zimmern auf dem Flur lautstark unterhielten. Sie tranken Reiswein und nahmen keinerlei Rücksicht auf den Schlaf der anderen Gäste.

Seikeis Vater schnarchte. Zumindest *sein* Schlummer wurde vom Lärm offenbar nicht beeinträchtigt. Seikei wusste, dass ihm am folgenden Tag wieder lange, unbehagliche Stunden im Kago bevorstanden. Er seufzte und versuchte den Krach zu verdrängen.
Doch plötzlich ließen ihn laute Schreie aufspringen. Er lauschte. Die Stimme kam vom anderen Ende des Flurs, war aber deutlich vernehmbar. Sie gehörte Fürst Hakuseki persönlich. Der Daimyo wies gerade einen Diener des Hauses zurecht, weil er ihm den Wein nicht

schnell genug gebracht hatte. Eine Ohrfeige erschallte, begleitet von einem erstickten Schrei. Dann folgten schwere Schritte und ein dumpfer Aufprall. Der Diener war offenbar auf den Holzboden des Flurs geschleudert worden. Das Gelächter der Samurai hallte durchs Haus.

Es war genau, wie Michiko gesagt hatte – dieser Daimyo hatte kein edles Gemüt. *Da wäre ich als Samurai ganz anders*, dachte Seikei und rief sich die drei Hauptwesenszüge der japanischen Krieger in Erinnerung – Treue, rechtschaffenes Verhalten und Tapferkeit. Rechtschaffenes Verhalten bedeutete, dass man sich immer so verhielt, dass man anderen als Leitbild und strahlendes Beispiel dienen konnte. Fürst Hakuseki mochte vielleicht sehr mächtig sein, aber den Unterschied zwischen richtig und falsch kannte er nicht.

Der Lärm hörte noch lange nicht auf, wurde mit der Zeit aber immer weniger. Irgendwann hörte Seikei die langsamen Schritte der Samurai, die über den Flur zum Abort im Hof und wieder zurückgingen. Dann lag die Herberge endlich ruhig da.

Doch auch jetzt fand Seikei keinen Schlaf, sondern wälzte sich unruhig von einer Seite auf die andere. Wieso hatte er dem Mädchen bloß erzählt, er würde Geistergeschichten mögen? Jetzt bekam er das Bild des Jikininki einfach nicht mehr aus dem Kopf. Das schwache Zwielicht aus dem Flur schimmerte durch die Reispapierwände ins Zimmer. Die Wände waren mit einem ausgefeilten Schnörkelmuster verziert, und jedes Mal,

wenn Seikei darauf schaute, kam es ihm vor, als starre ihn ein riesiges Augenpaar an.
In der Ferne schlug eine Tempelglocke einmal – das Zeichen, dass die erste Stunde nach Mitternacht begonnen hatte. Die Stunde der Ratte.

Seikei schloss die Augen, lautes Atmen drang an seine Ohren. Er wusste, dass das die Herbergsgäste auf der anderen Seite der Wand sein mussten, doch für ihn klang es so, als lauere eine ganze Bande Jikininki nur darauf, dass er einschlief, um ihn dann in Stücke zu reißen.

Plötzlich erstarrte er. Da war wieder ein Geräusch gewesen. Auf dem Flur schleifte etwas über den Boden. Seikei riss die Augen auf, und dann sah er, wie die Bambustür zu seinem Zimmer aufgeschoben wurde, langsam, ganz, ganz langsam.

Seikei standen die Haare zu Berge. Entsetzt sah er zu, wie die Tür weit aufging. Und da stand etwas auf der Schwelle – etwas, das größer war als ein Mensch. Das Licht auf dem Flur war zu düster, als dass Seikei mehr als einen Schatten hätte erkennen können. Aber er sah, dass das Wesen einen riesigen Kopf hatte – und zwei monströse, lange Hörner.

Seikei richtete sich so blitzartig auf wie eine Marionette, die an ihren Fäden hochgerissen wurde. Er fuchtelte wild mit den Armen. *Ich bin nicht tot!*, wollte er sagen, aber seine Kehle war vor Angst wie zugeschnürt. Ein jämmerliches Krächzen war alles, was er herausbrachte.

Der Schatten wandte sich ihm zu. Seikei sah, wie seine Augen im schwachen Licht aufblitzten. Das weiße Gesicht starrte zu ihm herab. Und dann hob das Wesen einen Arm. Seikei erblickte einen kleinen Gegenstand in seiner Hand, glutrot wie ein Auge aus Feuer. Das Wesen wedelte mit dem Gegenstand in Seikeis Richtung. *Es ist ein Geist, der mich mit einem Fluch belegt!*, schoss es Seikei durch den Kopf.

Doch dann wich der Schatten zurück, und wenig später wurde die Tür von außen wieder zugeschoben. Seikei fühlte sich wie zu Stein erstarrt. Keinen Muskel konnte er rühren, aber sein Herz hämmerte so heftig, als würde es ihm gleich den Brustkorb sprengen.

Sein Gehör war nun so geschärft, dass er die Insekten hören konnte, die in den Zimmerecken umherschwirrten. Und dann vernahm er plötzlich das Geräusch einer Tür, die aufglitt. Der Geist musste ein weiteres Zimmer betreten haben.

Was nun? Seikei musste handeln. Am besten stand er jetzt auf und gab Alarm. Sonst wäre es seine Schuld, wenn das Ungeheuer einen der Schlafenden verzehrte. Vielleicht gar Michiko! Seikei ballte die Fäuste und dachte an den wichtigsten Wesenszug eines Samurai – Tapferkeit. Ja, er musste es tun.

Er zwang sich aufzustehen, doch seine Beine waren schwach und zittrig. *Achte nicht auf deine Schwäche*, versuchte er sich Mut zu machen. *Beweg dich, ohne darüber nachzudenken.* Er machte einen Schritt auf die Tür zu.

Dort angekommen, musste er sich erneut ermahnen, nicht an die Gefahr zu denken. *Für einen Samurai hat der Tod keine Bedeutung,* sagte er sich. *Denn der Tod ist aller Menschen gemeinsames Schicksal, und es spielt keine Rolle, ob er heute oder morgen eintritt.*

Er schob die Tür auf und spähte hinaus in den Gang. Am anderen Ende, dort wo die Dunkelheit am tiefsten war, sah er den Schatten vorbeihuschen. Wieder verhinderte Seikeis Angst, dass er einen Ton herausbrachte. Vor Wut stampfte er mit dem Fuß auf.

In diesem Moment begann der Schatten plötzlich im Boden zu versinken. Seikei traute seinen Augen kaum. Stück für Stück verschwand der Geist nach unten, bis nur noch seine Hörner zu sehen waren. Und dann war er auf einmal ganz weg, ohne eine Spur zu hinterlassen.

Seikei sah sich um. Der Flur lag menschenleer und still vor ihm, alle Türen waren geschlossen. Seikei schlich zu der Stelle, an der das Untier verschwunden war. Jenseits davon gab es einen Ausgang, aber Seikei war sicher, dass diese Tür nicht geöffnet worden war. Um sicher zu gehen, schob er sie auf und spähte nach draußen. Der Regen hatte aufgehört und der Mond erleuchtete den Innenhof. Niemand war zu sehen.

Seikei ging zurück in sein Zimmer und schloss die Tür hinter sich. Er war nun ruhiger, und sogar ein bisschen stolz auf sich, weil er mutig genug gewesen war, dem Geist zu folgen. Vielleicht hatte er ihn durch das Aufstampfen mit dem Fuß ja sogar verscheucht?

Er legte sich auf seine Schlafmatte und lauschte den Geräuschen der stillen Herberge. Wieder hörte er Männer schnarchen, aber jetzt hatte es nichts Beängstigendes mehr an sich. Seikei spürte, dass die Gefahr nun vorüber war. Aber was war das für ein Geist gewesen? Und warum war er in sein Zimmer gekommen?

Die ganze Nacht wirbelten dieselben Fragen in seinem Kopf herum. Erst als die ersten zwitschernden Spatzen die Morgendämmerung ankündigten, fiel er in einen unruhigen Schlaf. Aber der sollte nicht lange dauern.